Em busca da América

anne tyler

Em Busca da América

Tradução de
MARIA JOSÉ SILVEIRA

EDITORA RECORD
RIO DE JANEIRO • SÃO PAULO
2007

CIP-Brasil. Catalogação-na-fonte
Sindicato Nacional dos Editores de Livros, RJ.

Tyler, Anne, 1941-
T972e Em busca da América / Anne Tyler; tradução de Maria José Silveira. – Rio de Janeiro: Record, 2007.

Tradução de: Digging to America
ISBN 978-85-01-07750-9

1. Mulheres imigrantes – Ficção. 2. Assimilação (Sociologia) – Ficção. 3. Ficção americana. I. Silveira, Maria José. II. Título.

07-1767 CDD – 813
CDU – 821.111(73)-3

Título original norte-americano:
DIGGING TO AMERICA

Capa: Necas
Imagem da capa: Tracy Kahn/Corbis/LatinStock

Direitos exclusivos de publicação em língua portuguesa somente para o Brasil adquiridos pela
EDITORA RECORD LTDA.
Rua Argentina 171 – Rio de Janeiro, RJ – 20921-380 – Tel.: 2585-2000
que se reserva a propriedade literária desta tradução

Impresso no Brasil

ISBN 978-85-01-07750-9

PEDIDOS PELO REEMBOLSO POSTAL
Caixa Postal 23.052
Rio de Janeiro, RJ – 20922-970

— 1 —

Às oito horas da noite, o aeroporto de Baltimore estava quase deserto. Os amplos corredores cinza estavam vazios, as bancas de jornais estavam escuras e as lanchonetes estavam fechadas. A maioria dos portões tinha deixado passar seus últimos vôos. Os letreiros estavam em branco e as fileiras de cadeiras de vinil, desocupadas e fantasmagóricas.

Mas era possível ouvir um zumbido distante, um murmúrio de expectativa, bem no final do Saguão D. Podia-se ver uma criança hiperativa rodopiar até ficar tonta no meio do corredor, e depois um adulto aparecendo para pegá-la e levá-la, rindo e se contorcendo, de volta para a área de espera. E uma retardatária, uma mulher de vestido amarelo, se apressava em direção ao portão com uma braçada de rosas de hastes longas.

Avance pela curva, então, e você encontrará o que parece um gigantesco chá-de-bebê. Toda a área de espera do vôo de São Francisco estava entulhada de pessoas carregando presentes embrulhados em papel rosa e azul, ou segurando flotilhas de balões prateados onde estava impresso É UMA MENINA! com rabos de fita cor-de-rosa espiralada. Um homem agarrava a alça de um berço de vime com rodinhas e babados como se planejasse empurrá-lo para dentro do avião, e uma mulher estava a postos com um carrinho de bebê com tantos detalhes de aço cromado e tão cheio de alavancas que parecia pronto para entrar na fórmula Indy. Pelo menos meia dúzia de pessoas segurava câmeras de vídeo, e muitas outras tinham máquinas fotográficas em volta do pescoço. Uma mulher falava em um gravador de maneira urgente e misteriosa. O homem a seu lado segurava junto ao peito uma cadeirinha de carro estofada de veludo.

MAMÃE, dizia o button no ombro de uma mulher — um desses buttons laminados que você vê em ano de eleições. E o do homem dizia PAPAI. Um casal bonito, não tão jovem como se podia esperar — a mulher de pantalonas pretas largas e uma blusinha rebuscada preta-e-branca em um padrão geométrico, o cabelo curto com riscos grisalhos; o homem um tipo grandalhão, sorridente e jovial com um cabelo grosso e louro cortado curtinho, os joelhos nus se projetando timidamente de bermudas cáqui volumosas.

E não estavam lá apenas MAMÃE e PAPAI; estavam também VOVÓ e VOVÔ, duas vezes — os dois conjuntos completos. Uma das avós era uma mulher amarrotada e à vontade em um vestido de verão de brim e um boné de beisebol com a estampa colorida de lenços de caubóis; a outra era magra, dourada e maquiada à perfeição, usando um conjunto de calça comprida de linho cru e sapatilhas na mesma cor. Os avós também combinavam — o marido da mulher amarrotada também amarrotado, seus cachos cinza metálicos necessitando de um corte, enquanto o marido da mulher dourada usava calças de linho e um tipo de camisa tropical fina, e uma parte do brilhante cabelo amarelo possivelmente não era dele.

É verdade que havia outras pessoas esperando, pessoas que claramente não foram incluídas na comemoração. Uma mulher com rolinhos no cabelo e de olhos cansados; uma mulher mais velha com outra mais jovem que podia ser a filha; um pai com duas crianças pequenas já vestidas de pijamas. Esses intrusos estavam nas margens, quietos e de alguma forma obscurecidos, de tempos em tempos lançando olhares sorrateiros em direção a MAMÃE e PAPAI.

O avião estava atrasado. As pessoas iam ficando impacientes. Uma criança mostrava acusadoramente que o aviso de chegada ainda dizia NA HORA — uma óbvia mentira. Vários adolescentes vagavam pela área de espera não-iluminada do outro lado do corredor. Uma menina de rabo-de-cavalo tinha caído no sono em uma cadeira de vinil, o button de sua blusa de listras verdes proclamando PRIMA.

Então alguma coisa mudou. Não houve nenhum aviso — o sistema de som estava em silêncio há algum tempo — mas, aos poucos, as pessoas gradualmente pararam de falar e se acotovelaram em direção à passagem, esticando o pescoço, pondo-se nas pontas dos pés. Uma mulher de uniforme digitou um código e a porta da passagem se abriu. Um carregador chegou com uma cadeira de rodas. Os adolescentes reapareceram. MAMÃE e PAPAI, até agora bem no centro da multidão, foram empurrados para a frente com palmadinhas de estímulo, uma passagem magicamente se abriu para deixá-los se aproximar da porta.

O primeiro a sair foi um jovem muito alto de jeans, com o olhar confuso de alguém que tinha voado por tempo demais. Ele localizou mãe e filha e se dirigiu a elas, curvando-se para beijar a filha, mas só na face, porque ela estava muito ocupada tentando olhar para além dele, apenas devolvendo brevemente seu abraço enquanto mantinha os olhos nos recém-chegados.

Dois executivos com pastas, avançando com determinação pelo terminal. Um adolescente com uma mochila tão grande que parecia uma formiga com uma migalha de pão de tamanho exagerado. Outro executivo. Outro adolescente, este reclamado pela mulher com rolinhos nos cabelos. Uma ruiva sorridente, de faces rosadas, instantaneamente engolfada pelas duas crianças de pijamas.

Agora uma pausa. Uma espécie de concentração de foco.

Uma asiática impecavelmente vestida apareceu na porta com um bebê. Esse bebê tinha talvez cinco ou seis meses de idade — capaz de se sustentar confiantemente na vertical. Tinha um rosto acolchoado e uma cabeça de cabelos negros surpreendentemente volumosos, cortados bem retos na testa e bem retos no alto das orelhas, e usava um macacão rosa com pezinhos. "Ah!" todos suspiraram — até os estranhos, até a mãe com a filha crescida. (Embora o jovem da filha ainda parecesse confuso.) A futura mãe estendeu os braços, deixando o gravador quicar na ponta da alça. Mas a asiática imediatamente parou de uma maneira autoritária que repelia qualquer aproximação. Ela se deteve e disse:

— Donaldson?

— Donaldson. Somos nós — disse o futuro pai. Sua voz falhava. De alguma forma ele se livrara da cadeirinha de carro, passando-a sem ver para quem, mas tinha ficado um pouco atrás da esposa, com uma das mãos nas costas dela como se fosse preciso um suporte.

— Meus parabéns — disse a asiática. — Esta é Jin-Ho. — Ela transferiu o bebê para os braços ansiosos da mãe e desencaixou uma sacola rosa de fraldas dos ombros e a passou para o pai. A mãe mergulhou o rosto na curva da nuca do bebê. O bebê continuou ereto, olhando com calma para a multidão. "Ah", as pessoas continuavam dizendo, e "Ela não é uma gracinha!" e "Você já viu coisa mais linda?"

Lâmpadas de flash, insistentes câmeras de vídeo, todos querendo chegar perto. Os olhos do pai ficaram molhados. Os de muita gente também; houve sons de fungadas por toda a área de espera e narizes sendo assoados. E quando a mãe finalmente ergueu o rosto, sua face estava tomada de lágrimas.

— Toma — ela falou com o pai. — Segure-a.

— Ah, não, tenho medo de... Você segura, querida. Eu fico olhando.

A asiática começou a mexer em um maço de papéis. As pessoas que ainda desembarcavam tinham que passar por ela, passar pela pequena família e os que desejavam boa sorte e o emaranhado de apetrechos de bebê. Por sorte, o vôo não estava cheio. Os passageiros chegavam em ondas: homem com uma bengala, pausa; casal de aposentados, pausa...

E então outra asiática, mais nova do que a primeira e mais comum, com um jeito acanhado, olhando ao redor como quem pede desculpas. Estava puxando pela alça um carrinho de criança em forma de balde, e você podia dizer que o bebê lá dentro não pesava muito. Esse bebê, também, era uma menina, se você pudesse adivinhar pela camiseta cor-de-rosa, mas era menor do que a primeira, amarelada e de faces encovadas, com finos cachos de cabelos pretos caindo em sua testa. Como a jovem que a transportava, mostrava uma espécie de interesse ansioso pela multidão. Seus olhos negros observadores moviam-se rápidos demais de um rosto a outro.

A jovem mulher disse alguma coisa que soou como "Yaz-dun?"

— Yaz-*dan* — uma mulher chamou do fundo. Soou como uma correção. A multidão se abriu outra vez, sem ter certeza de para onde se mover mas ansiosa para ajudar, e três pessoas que ninguém havia percebido antes se aproximaram em fila única: um casal bem jovem, parecendo estrangeiro, de pele morena e atraente, seguido por uma mulher mais velha e esbelta com um coque de cabelo liso e preto preso bem embaixo na nuca. Deve ter sido ela quem disse alto o nome deles, porque agora ela o disse outra vez com a mesma voz clara e forte.

— Aqui estamos nós. Yazdan. — Havia apenas um sinal de sotaque evidente nos s's dobrados.

A jovem virou o rosto para eles, segurando o carrinho de maneira desajeitada a sua frente.

— Parabéns, esta é Sooki — ela disse, mas tão baixo e sem fôlego que as pessoas tiveram que se perguntar uma para a outra: "O quê?", "Quem ela disse?", "Sooki, acho que foi isso.", "Sooki! Não é um amor?"

Houve um problema para desamarrar a correia que segurava o bebê no carrinho. Os novos pais tiveram que fazer isso porque as mãos da asiática estavam cheias, e os pais estavam aturdidos e atrapalhados — a mãe sorrindo levemente e jogando para trás seu explosivo volume de cachos tingidos de hena, o pai mordendo os lábios e parecendo vexado consigo mesmo. Ele usava miúdos óculos sem aros, muito limpos, que brilhavam quando ele se virava de um lado para outro, lutando com o fecho de plástico. A avó, se era isso que ela era, fazia muxoxos solidários.

Mas finalmente o bebê foi solto. Um pedacinho de gente! O pai a puxou para fora com os braços estendidos e cautelosos e a passou para a mãe, que a aninhou e a embalou, pressionando o rosto no topo da frágil cabeça escura do bebê. O bebê levantou as sobrancelhas mas não ofereceu resistência. Os espectadores assoaram outra vez os narizes e o pai teve que tirar seus óculos e limpar as lentes, mas a mãe e a avó permaneceram de olhos secos, sorrindo e murmurando baixinho. Elas não prestavam atenção na multidão. Quando alguém perguntou "A sua também é da Coréia?", nenhuma das mulheres respondeu, e foi o pai que finalmente disse: "Hummm? Ah, sim, é."

— Ouviram isso, Bitsy e Brad? Outra neném coreana!

A primeira mãe olhou ao redor — ela estava deixando que as duas avós fizessem uma inspeção mais próxima — e disse: "É mesmo?". Seu marido lhe fez eco: "É mesmo!" Deu um passo em direção aos outros pais e estendeu sua mão.

— Brad Donaldson. Aquela ali é minha esposa, Bitsy.

— Muito prazer — disse o segundo pai. — Sami Yazdan. — Ele apertou a mão de Brad, mas sua falta de interesse era quase cômica; não conseguia tirar os olhos do seu bebê. — Hum, minha esposa, Ziba — acrescentou depois de um momento. — Minha mãe, Maryam. — Ele tinha o sotaque normal de Baltimore, embora pronunciasse os nomes das duas mulheres como nenhum americano faria — Zi-*bá* e Mar-*yam*. A esposa não levantou os olhos. Estava embalando o bebê e dizendo o que soava como "Su-su-su". Brad Donaldson agitou uma das mãos cordialmente na direção dela e retornou para sua família.

Quando as transferências foram feitas oficialmente — ambas as asiáticas mostraram-se aferradas aos detalhes — a multidão dos Donaldson começou a se dispersar. No entanto, evidentemente algum tipo de reunião fora planejada para mais tarde, porque as pessoas ficavam gritando "Encontro vocês lá!" enquanto se dirigiam para a saída. E então os próprios pais estavam livres para sair, Bitsy na frente enquanto a mulher com o carrinho o empurrava logo atrás dela como uma dama de companhia. (Claramente nada persuadiria Bitsy a renunciar a segurar o bebê.) Brad ia atrás dela, seguido por alguns extraviados e, no final da fila, os Yazdan. Um dos avós dos Donaldson, o amarrotado, ficou para trás para perguntar aos Yazdan:

— Então. *Vocês* tiveram que esperar muito por *sua* nenê? Montes de papéis para preencher e interrogatórios rigorosos?

— Sim — disse Sami —, uma espera muito longa. Um processo muito longo e exaustivo. — E deu um olhar para a esposa. — Houve momentos em que pensamos que isso nunca aconteceria — ele disse.

O avô tagarelou para desabafar:

— E eu não sei!? Deus, o que Bitsy e Brad tiveram que agüentar!

Eles passaram ao lado da segurança, que consistia em um único funcionário sentado em um banquinho, e começaram a descer a escada-rolante — todos, menos o homem com o berço-carrinho. Ele teve que pegar o elevador. A mulher com o carrinho, no entanto, parecia decidida. Com destreza, ela inclinou para trás a frente do carrinho e avançou para o degrau sem hesitar.

— Escuta — do degrau mais baixo, Brad gritou para os Yazdan. — Vocês todos não querem vir para nossa casa? Para comemorar conosco?

Mas Sami estava absorto em guiar sua esposa para a escada rolante, e como ele não respondeu, Brad agitou a mão outra vez naquele jeito afável dele de ah-tudo-bem. "Talvez outra hora", ele disse para ninguém em particular, e se virou para seguir com os outros.

As portas de saída se abriram e os Donaldson saíram em ondas. Dirigiram-se para o estacionamento em dois, três e quatro, e logo depois disso os Yazdan apareceram e ficaram de pé no meio-fio por um momento, sem se mexer, como se precisassem de tempo para se adaptarem à noite quente, úmida, pouco iluminada, com cheiro de gasolina.

Sexta-feira, 15 de agosto de 1997. A noite em que as meninas chegaram.

— 2 —

Às vezes, quando Maryam Yazdan olhava para sua nova netinha, tinha uma sensação sobrenatural e insensata, como se tivesse entrado em um universo alternativo. Tudo em relação à criança era impossivelmente perfeito. A pele era de um marfim impecável e o cabelo era quase macio demais para que as pontas dos dedos de Maryam pudessem registrá-lo. Seus olhos tinham a forma de sementes de melancia, muito pretos e muito precisamente cortados em seu pequeno rosto solene. Ela pesava tão pouco que Maryam muitas vezes se enganava e a levantava demasiado alto quando a pegava. E suas mãos! Minúsculas mãozinhas, com dedos enroscados. As rugas dos nós dos dedos eram de cor caramelada (tão engraçado um bebê ter rugas!), e suas unhas não eram maiores do que pontinhos.

Susan, eles a chamaram. Escolheram um nome que se parecesse com o nome com o qual ela viera, Sooki, e também era uma pronúncia confortável para os iranianos.

"Su-san!" Maryam cantava quando entrava para pegá-la depois de sua soneca. "Su-Su-Su!" Susan olhava por trás das grades de seu berço, sentando-se lindamente ereta com as mãos nos joelhos de uma maneira equilibrada e autocontrolada.

Maryam tomava conta dela nas terças e quintas — os dias em que a nora trabalhava e Maryam não. Ela chegava em casa por volta das oito e meia, um pouquinho mais tarde se o trânsito estivesse ruim. (Sami e Ziba moravam fora no Hunt Valley, quase meia hora de viagem da cidade no horário de movimento.) A essa altura, Susan estaria tomando seu desjejum em sua cadeira alta. Ela se alegrava e fazia um som de boas-vindas quando Maryam entrava na cozinha. "Ah!", era o que mais freqüentemente dizia — nada a ver com "Mari-june", que era como eles tinham decidido que ela devia chamar Maryam. "Ah!", ela dizia, e dava seu sorriso característico, com os lábios franzidos de maneira recatada, e inclinava a bochecha para um beijo.

Bem, não nas primeiras semanas, claro. Oh, aquelas primeiras semanas foram uma agonia, os dois pais se esforçando ao máximo, estrilando "Susie-june!" e balançando brinquedos na frente de seu rosto, girando com ela nos braços. Tudo que ela fazia era olhar fixamente para eles, ou — ainda pior — olhar para o outro lado, contorcendo-se para se livrar, fixando os olhos teimosamente em qualquer outro lugar. Não tomava mais do que um ou dois goles de sua mamadeira e à noite, quando acordava chorando, como fazia a cada poucas horas, as tentativas dos pais para confortá-la só a faziam chorar mais forte. Maryam disse-lhes que isso era natural. Na verdade ela não sabia, mas lhes disse:

— Ela veio de um lar de adoção! O que vocês esperam? Ela não está acostumada a tanta atenção.

— Jin-Ho também veio de uma casa de adoção. *Ela* não está agindo assim — Ziba disse.

Eles sabiam tudo sobre Jin-Ho porque a mãe de Jin-Ho tinha telefonado duas semanas depois da chegada dos bebês.

— Espero que vocês não se importem por eu ter lhes procurado — ela disse. — Vocês são os únicos Yazdan da lista e não pude resistir a lhes telefonar para saber como as coisas estão indo.

— Jin-Ho, parecia, estava indo maravilhosamente bem. Estava dormindo direto até de manhã, ria muito quando brincavam de cavalinho e já havia aprendido a parar de chorar pela mamadeira quando escutava o microondas sendo ligado. E Jin-Ho era mais nova do que Susan! Ela estava com 5 meses e Susan com 7, embora Susan fosse menor. Será que os Yazdan estavam fazendo algo errado?

— Não, não, não — Maryam lhes disse. Mudando levemente sua história, disse: — É *melhor* que Susan fique triste. Isso significa que a família de adoção cuidou bem dela e agora ela sente falta deles. Vocês não iam querer um bebê sem coração e indiferente, iam? Ela está mostrando que tem uma natureza afetuosa.

Maryam esperava que isso fosse verdade.

E era, graças a Deus. Uma manhã, Ziba entrou no seu quarto e Susan lhe deu um sorriso. Ziba ficou tão entusiasmada que imediatamente telefonou para Maryam, embora fosse uma terça e Maryam logo chegaria; e telefonou para a mãe dela em Washington e mais tarde para as cunhadas em L.A. Parecia que algum interruptor tinha sido ligado na cabeça de Susan, pois também sorriu para Maryam quando ela chegou — aquele V franzido encantador que fazia você sentir que as duas dividiam algum segredinho divertido. E semanas depois ela morria de rir com as graças de Sami, dormia a noite toda e tinha uma predileção por cereais em flocos, que catava com obstinação pela bandeja da cadeira alta com a pinça dos dedinhos exigentes.

— Eu não lhes disse? — falava Maryam.

Uma otimista, era Maryam. Ou, pensando melhor, não uma otimista: uma pessimista. Mas a vida dela fora pedregosa o bastante para fazê-la enfrentar possíveis desastres mais filosoficamente do que a maioria. Teve de abandonar a família antes dos 20; ficou viúva antes dos 40; tinha criado seu único filho sozinha em um país onde jamais deixara de se sentir estrangeira. Basicamente, no entanto, ela acreditava que era uma pessoa feliz. Tinha confiança de que se as coisas dessem errado — como bem poderiam dar — ela conseguiria dar um jeito.

Agora ela via a mesma qualidade em Susan. Chame-a de fantasiosa, mas ela sentira uma ligação profunda com Susan desde o momento em que se encontraram no aeroporto. Às vezes, imaginava que Susan se parecia com ela até fisicamente, mas então tinha que rir de si mesma. Ainda assim, alguma coisa em torno dos olhos, um jeito de olhar as coisas, um olhar de *espectadora*: era isso que elas compartilhavam. Nenhuma das duas pertencia completamente àquele lugar.

Seu filho pertencia. Seu filho sequer tinha sotaque; recusara-se a falar farsi desde os 4 anos de idade, embora pudesse entender. Sua nora tinha um sotaque perceptível, tendo imigrado com toda sua família quando já estava no ensino médio, mas se adaptara tão imediata e entusiasticamente — escutando sem parar a Rock 98, zanzando pelo shopping, vestindo seu corpo miúdo, ossudo, de constituição nada americana em blue jeans e camisetas largas com letras impressas — que agora quase parecia nativa.

Ziba saía para o trabalho quando lhe convinha; era decoradora de interiores e marcava seus próprios compromissos. Muitas vezes ficava flanando pela casa toda uma hora depois que Maryam chegava. Já estava vestida para o trabalho, não que fosse fácil adivinhar (ainda usava jeans, embora já tivesse adotado blazers e saltos altos), mas parecia que não conseguia se afastar de Susan. "O que você acha?", ela perguntava a Maryam. "Tem outro dente nascendo ou não? Tem uma linha fina na gengiva dela; está vendo?" Ou pegava a agenda, tirava o celular do carregador, mas então: "Ah, Maryam! Quase me esqueci! Veja como ela aprendeu a brincar de esconde-esconde."

Maryam se irritava intimamente, ansiosa para ter a criança só para si. "Vá! Vá!" queria dizer. Mas sorria e nada dizia.

Então por fim Ziba saía, e Maryam podia levantar Susan nos braços e levá-la para o quarto de brinquedos. "Toda minha!", exultava, e Susan ria como se entendesse. Sendo a responsável, Maryam se sentia mais segura de si mesma. A criação dos filhos tinha mudado tanto desde sua época — as novas e intermináveis listas de alimentos proibidos (os amendoins tinham uma substância tóxica, quem imaginaria); as normas dos bancos dos automóveis; a proibição do talco e do óleo de bebê e dos travesseiros e almofadas protetoras de berço — que Maryam com freqüência sentia-se incompetente na presença de Ziba. Com Ziba ali, ela pisava em ovos — da maneira como sua própria mãe pisara, ela compreendeu, na única vez em que a visitou. Sua mãe tinha chegado com uma medalha santa para pendurar no pescoço de Sami, um Alá em uma pequena moeda de ouro de dez centavos que uma criança de dois anos teria engolido em um piscar de olhos, se Maryam não tivesse insistido em deixar para colocá-la mais tarde; e sua mãe teria cumulado Sami de jujubas brancas e pegajosas de água-de-rosas que arruinariam seus dentes e grudariam em sua garganta se Maryam não tivesse mantido a caixa firmemente fechada e a levado para a despensa. No final da visita, a mãe se retirara para a frente do aparelho de televisão, embora não pudesse entender uma palavra do que era dito. Agora Maryam recordava com angústia a postura estóica da mãe, as mãos dobradas no colo, os olhos fixos com firmeza em um comercial de cigarros Kent. Afastou a imagem da mente. Disse, "Coelho, coelhinho, Susie-june! Olha!" e levantou um animalzinho acolchoado que tilintava quando ela o apertava.

Susan também usava jeans. (Como é que eles faziam jeans tão minúsculos?) Usava uma camiseta de manga comprida com listras brancas e vermelhas que podia também ser de menino, e meinhas vermelhas com sola antiderrapante. As meias eram um acréscimo novo — até a temperatura esfriar, ela ficara descalça — e Susan não gostava delas. Ficava tirando-as com força dos pés com um gritinho triunfante, e então Maryam a levantava no colo e as colocava outra vez. "Garota malvada!", ralhava. Susan ria. Assim que a colocava de novo no tapete ela se arremessava para seu brinquedo favorito, um xilofone no qual batia energicamente com qualquer objeto que tivesse à mão. Ainda não engatinhava — estava um pouco atrasada em suas habilidades físicas, pelo que Maryam culpava a vida na casa de adoção — mas claramente se esforçava.

Se dependesse dela, Maryam vestiria essa criança de maneira diferente. Teria escolhido roupas mais femininas, meias curtas e brancas e macacões em A e blusinhas com babados. Essa não era uma parte da diversão de se ter uma menina? (Oh, como desejou ter uma menina depois que Sami nasceu!) Ela própria se vestia com o máximo cuidado, ainda que só para servir de babá. Usava calças compridas, sim, mas calças elegantes, de bom corte, com um suéter combinando na cor de alguma jóia e sapatos finos. Regularmente, tingia o grisalho dos cabelos, embora preferisse que ninguém soubesse, e prendia seu coque com travessinhas de concha de tartaruga ou lenços com padrões coloridos. Era importante manter a aparência. Acreditava nisso. Que os americanos perambulem por aí com seus trajes de ginástica! Ela não era americana.

— Não é americana! Dê uma olhada em seu passaporte — Sami sempre lhe dizia.

— Você sabe o que quero dizer. — Ela respondia.

Ela era uma visita, era o que queria dizer. Ainda e sempre uma visita, com seu melhor comportamento.

Talvez, se vivesse no Irã, ela fosse mais informal. Ah, não que fosse se desleixar, nada tão extremo como isso, de jeito nenhum, mas talvez usasse um roupão em casa, como sua mãe e tias usavam. Será? Agora nem conseguia imaginar como teria sido sua vida se não tivesse se mudado para Baltimore.

Susan estava no processo de desistir de sua soneca matinal. Ela às vezes caía no sono quando era colocada no berço, e às vezes não; assim, enquanto Maryam estava esperando para descobrir o que ia ser, lia o jornal ou folheava uma revista, algo em que pudesse ser interrompida. Se cerca de meia hora passasse e Susan ainda estivesse chilreando, Maryam a pegaria outra vez. Uma vez mais elas passariam pela cena do encontro das duas — o "Ah!" de Susan e o "Su-Su-Su!" de Maryam. Maryam trocava a fralda, a vestia com um suéter e saíam com o carrinho.

Não havia calçadas ali. Maryam achava isso surpreendente. Como poderiam ter construído todo um bairro — longas ruas curvas com gigantescas casas novinhas em folha com janelas em arco, dois andares de altura, portas duplas na frente e garagens para três carros — e deixarem de perceber que as pessoas podem querer andar por ali? Também não havia nenhuma árvore, a menos que você considerasse os brotos com alguns ramos enfiados em todos os jardins. (Jardins *minúsculos*. As casas tinham devorado a maior parte do espaço disponível.) Nas semanas anteriores, quando ainda estava quente, Maryam quase sempre manteve Susan dentro de casa, sabendo que não encontrariam nem uma lasca de sombra e as ruas estariam irradiando calor. Mas agora que o outono chegara, o sol estava gostoso. Ela esticava o passeio até a hora do almoço, cobrindo todas as ruas uniformes, vazias, sinistramente desertas de Foxfoot Acres e comentando ao passar, "Carro, Susan! Está vendo o carro? Caixa de correio! Está vendo a caixa de correio?"

Em seu próprio bairro havia esquilos, cachorros com correias e outras crianças em carrinhos de vários tipos. Ela teria muito mais coisas para as quais apontar.

O almoço para Susan era uma variedade de comida de bebê passada pela peneira, e uma salada para Maryam. Depois Susan passava um tempinho no cercadinho na sala de estar, que era um prolongamento da cozinha enquanto Maryam lavava a louça, e depois disso uma mamadeira e outra soneca — esta demorada o suficiente para Maryam ter tempo de fazer alguma coisa para o jantar de Sami e Ziba. Não que eles esperassem por isso, mas ela sempre gostou de cozinha e Ziba, como ficou claro, não. Se ficassem por conta própria, tendiam a comer congelados diet.

Enquanto o arroz ficava cozinhando, ela arrumava a casa. Colocava os brinquedos de Susan no baú e levava um saco cheio de fraldas molhadas para a lata de lixo. Empilhava e arrumava vários materiais de leitura, mas não jogava fora nem uma folha de papel, nem um cartão de subscrição nem um folheto de pizza, com medo de se exceder.

Outra vez teve uma lembrança da mãe, desta feita abaixando-se dolorosamente para pegar um papel de chiclete e colocá-lo em silêncio, quase reverentemente, em um cinzeiro na mesinha.

Esta casa era tão grande quanto as casas vizinhas, com um quarto para cada propósito. Não apenas tinha sala de estar como sala de ginástica e escritório para o computador, todos acarpetados com um denso branco cru. Não havia nenhum tapete persa em nenhum lugar, embora você pudesse adivinhar que os ocupantes eram iranianos pelos presentes de casamento na cristaleira — os conjuntos de café Isfahani e os copos de chá em molduras de prata. O quarto de brinquedos fora todo abarrotado de brinquedos assim que a agência enviou uma fotografia de Susan. E o quartinho do bebê estava pronto muito antes disso, o berço, o armário e a mesa de trocar comprados desde que Ziba começou a tentar engravidar. (A mãe de Maryam diria que preparar com tanta antecedência foi o que os condenou. "Eu não lhes avisei?", ela dizia, a cada mês que Ziba mais uma vez informava seu fracasso.)

Maryam tinha dito a Ziba para confiar no poder do tempo. "Você terá seu filho! Você terá uma casa cheia de bebês!", ela dissera. E contou sobre sua própria longa espera. "Tentamos durante cinco anos antes de Sami nascer. Eu estava desesperada." Isso foi uma grande concessão da parte dela. Falar abertamente de "tentar" era tão indiscreto. (Ela ficou estarrecida quando Ziba falou disso pela primeira vez. Um pensamento nada agradável, seu próprio filho tendo uma vida sexual, mesmo que, é claro, Maryam supusesse que ele tivesse.) Além disso, ela sempre dissera a seus parentes que a espera de cinco anos era deliberada. Em uma visita três anos depois do casamento, ela enfrentara suas perguntas astuciosas com bazófias sobre a própria independência. "Faço cursos na universidade; participo do grupo de esposas do hospital...", quando na realidade ela desejava um bebê imediatamente — algo que lhe desse uma âncora, havia pensado, a seu novo país.

Ela se viu agora naquela primeira viagem a sua casa: suas roupas cuidadosamente escolhidas pela ocidentalidade, tubinhos elegantes com estampas elétricas rosa-shocking, verde-limão e púrpura; o cabelo laqueado em uma colméia alta; os pés encaixotados em escarpins pontudos com saltos agulha. Ela estremeceu.

Estremeceu também ao recordar sua suposição automática de que o fracasso de Ziba em engravidar era exatamente isso — fracasso de *Ziba*. Quando descobriram que, ao contrário, era fracasso de Sami, Maryam ficou chocada. Caxumba, talvez, disse o médico. Caxumba? Sami nunca teve caxumba! Ou teve? Ela não saberia? Será que ele ficou doente quando estava na faculdade, e se sentiu muito constrangido para mencionar esse tipo de coisa para uma mulher?

Ele tinha 14 anos quando o pai morreu — apenas começava a se tornar adolescente, com o lábio superior penugento e uma voz granulosa. Ela se perguntara como daria conta de cuidar dele sozinha nessa fase. Sabia tão pouco sobre o sexo oposto; tinha perdido o pai quando era criança e nunca fora muito íntima dos irmãos, que já eram quase adultos quando ela nasceu. Se pelo menos Kiyan pudesse ter ficado vivo um pouquinho mais de tempo, só quatro ou cinco anos mais, até Sami ter se tornado um homem!

Ainda que agora ela não tivesse tanta certeza de que Kiyan tampouco soubesse muito do processo de se tornar um homem americano.

E se Kiyan pudesse compartilhar ser avô com ela! Essa era uma grande tristeza, agora que Susan estava aqui. Ela imaginava como seria se os dois estivessem cuidando juntos da menina. Eles sorririam um para o outro junto à cabeça de Susan, maravilhando-se com sua testa franzida, o fio de suas sobrancelhas e seu consciencioso exame de um fiozinho solto do carpete. Kiyan estaria aposentado a essa altura. (Ele era nove anos mais velho do que Maryam.) Teriam todo o tempo do mundo para curtir essa parte da vida.

Ela foi até a cozinha, tirou o arroz do fogo e o despejou energicamente em uma peneira.

Quando Ziba voltasse do trabalho, Susan estaria acordada de novo, tomando seu suco de maçã pós-soneca no copinho com tampa e abertura para bebê; ou teria ido tirar do baú de brinquedos tudo o que Maryam guardara. Ziba a pegava mesmo antes de tirar o blazer. "Você se divertiu com sua Mari-june, Su-Su? Sentiu saudade da mamãe?" Elas tocavam delicadamente os narizes — o perfil de Ziba de nariz adunco e pronunciado, o de Susan achatado como um biscoito. "Você achou que a mamãe não ia voltar mais?" Ela sempre falava em inglês com Susan; dizia que não queria confundi-la. Maryam tinha esperado que de tempos em tempos ela escorregasse no farsi, mas Ziba enfrentava heroicamente as palavras mais difíceis. (Para seu próprio espanto, Maryam achava o ritmo quebrado do sotaque de Ziba mais fácil de entender do que o fluxo macio e natural de Sami.)

Maryam pegou sua bolsa e vestiu o casaco de camurça.

— Não vá! — dizia Ziba. — Por que a pressa? Deixe eu fazer um chá. — Na maioria das vezes, Maryam recusava. Com comentários de despedidas — instruções para esquentar o jantar, recado do consultório do dentista — ela jogava um beijo para Susan e saía pela porta da frente. Estava tentando ser a sogra perfeita. Não queria que Ziba a considerasse um incômodo.

Muitas vezes, quando chegava em casa, ficava vegetando um tempo, jogada em sua poltrona favorita, por fim livre para relaxar e ser ela mesma.

A mãe de Jin-Ho telefonou em outubro para convidar a todos para o jantar. Aconteceu quando Maryam estava de babá, e portanto foi ela quem atendeu.

— Venha também — Bitsy lhe disse. — Seremos só nós, nossas duas famílias, porque acho que as meninas deviam se conhecer, você não concorda? Para manter a herança cultural delas. Eu queria chamar vocês desde antes, mas com uma e outra coisa... um jantar bem, bem cedo, eu pensei, na tarde de domingo. Vamos limpar as folhas antes.

Maryam disse:

— Limpar folhas...?

Ela se perguntou se essa não era uma expressão idiomática que teria a ver com socializar. Quebrar o gelo, consertar a cerca, mascar a gordura, limpar folhas... Mas Bitsy estava dizendo:

— Você pode não acreditar, mas ainda temos olmos e eles são sempre as primeiras árvores a perder as folhas. Pensamos em fazer uma grande e divertida festa para limpar as folhas e deixar as meninas brincarem nas pilhas.

— Ah. Tudo bem. É muita gentileza de vocês — disse Maryam.

Ela gostava da maneira como Bitsy chamava os bebês de "as meninas". Isso a fazia visualizar uma Susan do futuro, usando meias até os joelhos e saia xadrez, de braço dado com a melhor amiga.

Logicamente, eles deviam ter ido em carros separados para a festa de limpar folhas. Os Donaldson moravam em Mount Washington e Maryam a uma pequena distância mais ao sul, em Roland Park. (O "lado errado" de Roland Park, como se dizia, embora mesmo o lado errado fosse muito bonito, as casas só um pouco menores e mais próximas umas das outras.) Sami e Ziba, vindo do lado norte, teriam que atravessar o bairro dos Donaldson para chegar ao de Maryam; mesmo assim, eles insistiram em lhe dar uma carona. Maryam suspeitava de que isso era porque Ziba sentia necessidade de apoio moral. Ziba era sujeita a crises de insegurança de vez em quando. E com certeza, quando eles chegaram à casa de Maryam — onde Maryam já estava esperando na porta, para não atrasá-los — Ziba pulou do carro para anunciar que eles iam entrar um pouco porque ela estava achando que estavam adiantados. Maryam disse:

— Adiantados? — Ela consultou o relógio. Eram 3h55. Eles tinham sido convidados para as 4 horas, e até lá demorariam mais do que cinco minutos. — Nós não estamos adiantados! — ela disse. Mas Ziba já estava tirando Susan da cadeirinha no carro. Sami, descendo do banco do motorista, disse:

— Ziba diz que quatro horas significa dez minutos depois das quatro em Baltimore.

— Não quando só um grupo foi convidado — disse-lhe Maryam. (Ela própria havia estudado bastante esses costumes.) Mas a essa altura, Ziba já estava com Susan nos braços e vinha pela calçada. Ela vestia o tipo de roupa improvisada que se usa para limpar folhas — jeans e um volumoso suéter de gola alta — mas obviamente tinha gasto um bom tempo com seu cabelo e maquiagem. Um enorme rabo-de-cavalo projetava-se de sua nuca, tão encrespado que desafiava a gravidade, e seus lábios eram de duas cores diferentes, rosa brilhante delineado por um vermelho que era quase preto.

— Você está muito bonita — disse Maryam. Ela foi sincera, Ziba era uma jovem notavelmente bonita. E Sami estava tão elegante! Ele tinha a boca bem torneada do pai e sobrancelhas grossas. Seus óculos sem aro, de velho, de alguma forma o faziam parecer mais jovem, e o colarinho da camisa de flanela xadrez estava erguido na nuca como o de um menino.

— Dez minutos mais cedo, dez minutos mais tarde, que diferença faz? — ele perguntou à mãe. Beijou-a em ambas as faces. — Veja só as roupas de trabalho de Susan.

Susan usava macacão de brim azul, convincentemente desbotados nos joelhos, e uma blusa de cambraia. O casaco, também de brim, tinha um trator aplicado em um dos bolsos.

— Você está prontinha pra nos ajudar a limpar folhas! — Maryam lhe disse e a pegou dos braços de Ziba.

— Estamos levando uma garrafa de vinho — disse Ziba. — O que você acha? Está errado? Eu sei que ainda é dia, mas vamos ficar para o jantar, afinal.

— Vinho é perfeito — disse Maryam, apoiando Susan no quadril. — Com certeza é bom que levemos vinho. Não é mesmo, Susie-june?

Susan lhe deu um sorriso reservado.

— Vamos entrar e sentar um pouco? — perguntou Ziba.

— Pra quê? Só pra levantar de novo — Sami disse. — Ela age como se fosse grande coisa — ele disse para a mãe, e depois disse para Ziba: — Fazemos visitas o tempo todo. Por que essa é tão diferente?

— Mas essas pessoas são mais velhas do que nossos outros amigos — disse Ziba. — Bitsy tem 40 — disse para Maryam. —

Ela mencionou isso no telefonema. É tecelã, ensina ioga e escreve poesia e... oh, sobre o que nós vamos *falar*? — ela terminou com um tom de lamento.

— Bebês — disse Maryam.

— Ah — disse Ziba, se alegrando. — Bebês.

— Do que mais falamos ultimamente? — Sami perguntou para o céu.

— O bebê dos Donaldson vai manter o nome coreano, para sempre — Ziba disse a Maryam.

— Jin-Ho Donaldson — Maryam experimentou. Tinha um som peculiar. Donaldson parecia tão ultra-americano, ou seria assim por que ela se lembrava dos hambúrgueres do McDonald?

— Jin-Ho Dickinson-Donaldson, na verdade — disse Ziba.

O queixo de Maryam caiu. Sami riu. Depois ele disse:

— Tudo bem, pessoal, já são 4 horas. Hora de pegar a estrada.

Ziba se virou para segui-lo de volta ao carro, mas ela parecia ficar um pouco para trás, Maryam reparou.

Como sempre, as duas mulheres tiveram seu desacordo cerimonial sobre quem senta onde. "Por favor", disse Ziba, indicando o banco da frente, mas Maryam disse, "Eu gosto de ir atrás. Assim eu fico perto da Susan". Ela passou Susan para Ziba, que seria mais rápida para fechar as fivelas da cadeirinha, e caminhou até a traseira do carro para entrar pelo outro lado. Sami tinha ajustado seu banco tão para trás que tocava nos joelhos dela, mas não de maneira desconfortável. Ela falara a verdade quando disse que preferia sentar ali. Que constrangedor se tivesse assumido o lugar de honra, como sua própria sogra costumava fazer! Embora tivesse a estranha sensação de ser criança de novo, de ser a irmã de Susan, enquanto as duas balançavam lado a lado quando Sami virava uma esquina.

A casa dos Donaldson era em estilo colonial de madeira e de um branco encardido, em uma das ruas mais estreitas de Mount

Washington. A área arborizada que se espalhava em volta estava coberta de folhas amarelas até a altura do tornozelo que farfalharam com a passagem dos Yazdan pelo passadiço da frente, e na varanda estavam espalhadas bicicletas, botas e ferramentas de jardinagem. Foi Brad quem abriu a porta, vestindo calças de veludo e uma camisa de lã bem esticada sobre sua barriga.

— Ora, olá! — ele disse. — Bem-vindos! Maravilha ver vocês! — e deu uma pancadinha no queixo de Susan. — Essa menina engordou bastante. Ela parecia um tanto magrinha no aeroporto.

— Nove quilos e 10 gramas, em sua última ida ao pediatra — Ziba lhe disse.

— Nove? — Ele franziu a testa.

— E 10 gramas.

— Acho que ela vai ser uma daquelas criancinhas *petite* — ele disse.

Jin-Ho seria uma amazona, pensou Maryam quando a viu escarranchada na cintura de Bitsy. Estava rechonchuda e viçosamente saudável, com bochechas gordinhas e olhos brilhantes e sorridentes. Ainda usava aquele estilo de cabelo cortado quadrado com o qual chegou, parecendo uma peça só, e embora ela também estivesse de veludo, a parte de cima era multicolorida, um trabalho de retalhos com mangas listradas e uma faixa de seda preta — o tipo de coisa que fazia Maryam recordar os dias em que Sami e Ziba estavam pesquisando a Coréia.

— Ela não está crescida? — perguntou Bitsy, levantando Jin-Ho um pouquinho para dar a todos uma boa visão. — Essas calças são para dezoito meses! Tivemos que mudá-la para um berço maior na segunda semana dela aqui.

Bitsy usava uma blusa de malha com listras pretas e brancas, calças esporte pretas e tênis fluorescente. Havia alguma coisa agressiva em sua simplicidade, pensou Maryam — sua espalhafatosa falta de maquiagem, o cabelo repicado e o corpo anguloso, de ossos longos. Parecia estar quase fazendo uma declaração. Perto dela, Ziba parecia muito glamourosa, mas também um pouco vulgar.

Primeiro eles se sentaram um pouco na sala, esperando pelos avós de Jin-Ho. Ambos os casais estavam vindo, disse Bitsy, mas nenhum dos tios, tias ou primos, porque uma multidão grande demais podia perturbar as meninas. Na verdade, as meninas pareciam razoavelmente imperturbáveis. Elas se sentaram em um tapete trançado e seguiam com atividades separadas — Jin-Ho empilhando blocos do alfabeto em um caminhão basculante, Susan tentando tirar um sininho de dentro de um chocalho de madeira. Susan estava tão encantadora e decidida, e seus dedos trabalhavam tão habilmente, que Maryam se perguntou se os Donaldson não sentiriam um pouquinho de inveja.

Bitsy e Ziba discutiam a intolerância à lactose. Bitsy culpava o choque cultural. Afinal, não era da tradição asiática beber litros de leite. Não admira que Jin-Ho tivesse problemas estomacais! E Susan? Ou... Bitsy ficou inexplicavelmente confusa.

— Ou talvez vocês também não tomem muito leite — ela disse.

— Bem, Susan toma — disse Ziba —, mas até agora ela está bem.

— Você talvez queira lhe dar leite de soja. Soja é mais adequada à cultura dela.

— Ah, talvez eu faça isso — disse Ziba com cortesia.

Mas Maryam, no íntimo, perguntara-se por quê. Ziba não tinha acabado de dizer que Susan estava bem?

A sala dos Donaldson era naturalmente agradável. A luz do sol entrava pelas janelas sem cortina, e a mobília era velha mas bem-feita, talvez herdada de gerações anteriores. Brad estava curvado em uma poltrona de couro que rangia toda vez que ele se movia. Sami sentou em uma cadeira de balanço antiga, uns bons dez centímetros mais baixa. Ele estava assentindo à descrição de Brad das alegrias de ser pai.

— Nas manhãs de domingo, Jin-Ho e eu vamos comprar croissants e o *New York Times* — dizia Brad. — É o que eu mais gosto de fazer na semana. Eu adoro! Só eu e minha filha. Você faz alguma coisa assim com Susan? Sairem sozinhos para um passeio?

Até então, Sami não tinha segurança para fazer isso, Maryam sabia. Mas ele não admitiu. Levantando os olhos para Brad, de sua posição mais baixa, o que o fazia parecer tocantemente humilde, ele disse, "Bem, eu ando pensando em comprar um carrinho para acompanhar minhas corridas".

— Carrinho para acompanhar corridas! Grande invenção. Um vizinho daqui da rua tem um. Vou saber de que marca. É bom também para sua esposa; bom para Ziba. Levá-la para passear.

Ziii-ba, disse ele, quase "zebra", e lhe lançou um olhar. Os homens americanos sempre ficavam impressionados com Ziba. Maryam se divertiu ao ver que Brad — embora tivesse escolhido uma esposa tão despretensiosa para si mesmo — não era exceção.

Os dois conjuntos de avós chegaram quase ao mesmo tempo, os pais de Bitsy primeiro e os de Brad em seus calcanhares. Os pais de Bitsy eram altos, grisalhos e simpáticos, Dave de macacão como um jardineiro qualquer e Connie com calças de ginástica e o mesmo boné estampado que usava no aeroporto. Os pais de Brad, com seus cabelos louros brilhantes e conjunto de veludo combinando, pareciam um pouco mais formais. Pat e Lou, eram seus nomes. O homem era Pat e a mulher era Lou, ou era o contrário? Maryam sabia que ia ter problemas com isso.

Por alguns minutos, os quatros realizaram suas danças de avós ao redor dos bebês. Exclamaram para a blusa de retalhos de Jin-Ho, que Connie chamou com um nome estrangeiro, e fizeram um agradável reboliço em torno de Susan.

— Ela não parece uma *miniatura*! — cantarolou a mãe de Brad, e Dave imediatamente a pegou. Por sorte, Susan tomou isso na mesma moeda. Ela pegou um dos cachos de suas suíças crespas grisalhas e lhe deu um puxão, mortalmente séria, franzindo a testa quando ele riu.

— Vejam como Jin-Ho parece bronzeada perto de Susan — observou Ziba. — Nós achamos que o pai de Susan talvez seja branco.

— Sim, você é branquinha como um dentinho de nenê — disse Dave a Susan, mas Bitsy imediatamente acrescentou:

— Ah! Sim! Mas na verdade não é uma coisa que se daria para *notar*!

Houve um silêncio. Ziba virou os olhos para Maryam — *Por que não?* — e Maryam deu um levíssimo encolher de ombros. Então, Brad disse:

— Pois então. Vocês estão prontos para juntar aquelas folhas?

A julgar pelo número de ancinhos encostados na varanda, Maryam pensou que os Donaldson já tinham feito essas reuniões antes. Ela própria jamais faria isso (ela cuidava sozinha de suas próprias folhas desde o dia em que começavam a cair), mas assim eram os americanos. E acabou sendo um verdadeiro evento social. Primeiro, porque todos eles foram trabalhar na mesma parte do jardim, e assim a conversa podia fluir. E depois não havia nenhuma pressão. A mãe de Brad nem mesmo fingia estar usando o ancinho, mas se elegeu babá e ficou perto de onde Jin-Ho e Susan se sentaram entre as folhas. A mãe de Bitsy imediatamente afundou em uma cadeira de lona que o marido trouxe da varanda, virou a cabeça para o sol e fechou os olhos. O boné fez sentido, de repente. Ela estava doente, compreendeu Maryam; devia ter perdido o cabelo. E embora Dave trabalhasse com os outros, parava com freqüência para perguntar se ela estava bem. "Sim, ótima", Connie lhe dizia toda vez, e lhe sorria e dava palmadinhas na mão. Claramente era dela que Bitsy tirara sua aparência sem frescuras, embora Connie parecesse mais meiga do que Bitsy e mais retraída.

A própria Maryam trabalhou diligentemente. Ficou em um lugar entre Bitsy e Lou (era Lou o homem do casal; ela achava que agora tinha entendido isso) e passava o ancinho em movimentos longos e firmes em direção à pilha que começou a subir perto da entrada de carros. Ela e Bitsy pegaram um tipo de ritmo, como a fila de um coral. Lou estava muito ocupado conversando para conseguir acompanhá-las. Primeiro, ele conversou com Sami, do outro lado dele — conversa tediosa de homens sobre empregos, seguida pelos altos preços das casas, quando soube que Sami vendia imóveis. Depois foi a vez de Maryam: há quanto tempo ela estava nesse país? E gostava?

Maryam detestava que lhe fizessem esse tipo de pergunta, em parte porque já as respondera tantas vezes, mas também porque preferia imaginar (embora fosse irracional) que talvez nem sempre, de imediato, ela fosse considerada estrangeira. "De onde você é?", alguém lhe perguntaria justo quando ela estava se sentindo orgulhosa por ter passado por algum pedaço intrincado e ilógico do inglês. Gostaria de responder, "De Baltimore, por quê?" mas lhe faltava a coragem. Agora ela falou com tanto cortesia que Lou não poderia ter nenhuma suspeita de como ela se sentia.

— Estou aqui há 39 anos — ela disse. — Sim, claro, gosto muito.

Lou assentiu satisfeito e voltou para seu ancinho. Então Bitsy cutucou Maryam nos quadris com o cotovelo.

— Lou acha que o universo termina na fronteira leste de Ocean City — disse ela, revirando os olhos. Maryam riu. Bitsy era legal, concluiu. E o colorido pelotão de trabalhadores que se espalhava pelo jardim, criando um atarefado bramido de folhas e levantando o cheiro seco do outono, a fez se sentir feliz e aceita. Embora não tivesse a menor ilusão de que poderia viver esse tipo de vida ela mesma, curtia dar uma olhadinha de vez em quando.

Jin-Ho atirou-se para a frente para abraçar todo um monte de folhas e enterrar aí seu rosto. Uma folha esvoaçou e foi aterrissar na frente do casaco de Susan, e Susan a puxou meticulosamente e a levantou para inspecioná-la.

O jardim estava terminado em um pouco mais de uma hora, uma linda extensão verde, e os homens se dirigiram para os fundos. A essa altura, no entanto, ambos os bebês estavam começando a ficar inquietos; as mulheres, então, carregaram-nos para dentro. Na grande cozinha fora de moda dos Donaldson, Bitsy colocou Jin-Ho na cadeira alta e fatiou uma banana para ela enquanto Ziba dava uma mamadeira para Susan. Maryam adorava os sonzinhos que Susan fazia quando engolia. "Um, um", dizia ela, com os olhos fixos no rosto de Ziba e uma das mãos ritmadamente agarrando e soltando a manga do suéter de Ziba. A mãe de Brad e Maryam sentaram-se à mesa da cozinha com taças de vinho branco, mas a mãe de Bitsy foi para o andar de cima deitar um pouco. Assim que ela saiu, a mãe de Brad perguntou:

— Como ela está *de verdade*, Bitsy?

Bitsy demorou tanto para responder que a mãe de Brad disse outra vez, "Bitsy?" Mas então todas viram que os olhos de Bitsy estavam nadando em lágrimas. Ela se debruçou sobre a cadeira alta de Jin-Ho e com esmero alinhou várias fatias de banana antes de dizer, com voz tensa:

— Não muito bem, eu acho.

— Oh, que coisa. Oh, que coisa — disse Pat. — Bem, agradeça a Deus ela ter vivido para ver seu bebê. Isso significa muito para ela, eu sei.

Bitsy assentiu sem dizer nada e Maryam, esperando vir em sua ajuda, virou-se para Pat e perguntou:

— Demorou muito tempo para conseguirem o bebê?

— E como! Demorou séculos! E depois teve aquele negócio no ano passado, *você* deve se lembrar; as autoridades coreanas estavam falando em deixar menos crianças saírem do país.

— Sim, isso foi terrível! — disse Ziba. — Sami e eu ficamos tão preocupados! Quase pensamos que íamos ter que começar tudo de novo e adotar da China.

— Nós pensamos a mesma coisa — Bitsy disse em uma voz que era perfeitamente normal, e nada mais foi dito sobre sua mãe.

Uma grande panela tampada estava cozinhando no fogão, e depois que Jin-Ho foi alimentada, Bitsy pôs-se a mexer e provar, ajustando o tempero, aumentando a chama embaixo de outra panela na boca do fundo. Ela passou a Maryam dois abacates para descascar e mandou a sogra à sala de jantar com pilhas de pratos.

— Espero que ninguém se importe com uma refeição sem carne — disse ela. — Nós não somos vegetarianos totais, mas tentamos evitar carne vermelha.

— Sem carne está ótimo. Muito saudável — Ziba lhe disse. Ela havia colocado Susan no chão, onde Jin-Ho já estava sentada batendo tampas de panela, e estava tomando conta das duas.

— Certamente, nós amamos a culinária de vocês — disse Bitsy, e começou a contar a Ziba que comera uma coisa em um restaurante, um prato cujo nome ela não se lembrava exceto que era delicioso, enquanto Maryam fatiava o abacate descascado em uma tigela. Depois Pat quis saber se os Yazdan tinham passado por alguma coisa desagradável durante a crise com os reféns iraquianos, e Ziba disse, "Bom, na época eu tinha acabado de chegar aqui; não tomei muito conhecimento. Mas acho que Maryam teve alguns problemas...", e todos olharam com expectativa para Maryam. Ela disse, "Ah, um pouco, talvez", e começou a fatiar outro abacate. Pat e Bitsy, impacientes, ficaram esperando ouvir mais, porém ela continuou em silêncio. Estava morta de cansaço desse assunto, francamente.

Brad meteu a cabeça na porta dos fundos e perguntou:

— Como estão as coisas? Temos tempo de ensacar as folhas antes da comida?

— Não têm — disse Bitsy. — Já vou começar a servir.

— Tudo bem, vou chamar os outros. — E fechou a porta de novo.

O prato principal era um cozido de feijão preto servido com arroz. Maryam na verdade gostava do arroz americano se pensasse nele como uma substância completamente diferente. Ela ajudou Bitsy a servir a comida enquanto Pat enchia os copos de água. Por toda a mesa havia tigelas com cebolinhas e tomates picados, pedaços de queijo, os abacates fatiados, e vários outros itens que Bitsy disse para espalhar por cima. Ela mostrou a Ziba e Maryam onde sentar e depois chamou na escada.

— Mamãe? Você quer descer?

— Vou buscá-la — disse o pai. Ao atravessar a sala, ele exalava o cheiro de folhas secas; seu rosto grande, de pele áspera, estava corado pelo ar fresco. E Sami tinha conseguido suar. Secou a testa com a manga e se afundou na cadeira ao lado de Ziba.

— Tudo está limpo, exceto um pequeno pedaço ao lado da garagem — ele lhe disse, e se inclinou sobre Susan, que estava sentada no colo de Ziba. — Sentiu saudades de mim, Susie-june?

— Ah. Comida de hippie — disse o pai de Brad, olhando o feijão.

Sua esposa se aproximou e deu um tapinha no seu punho.

— Sente-se — ela lhe disse.

— Granola gratinada.

— Não há nenhum grão de granola à vista; portanto, sente-se.

Ele se sentou. Bitsy lançou um olhar resignado para Brad e então pegou Jin-Ho do chão e se acomodou na cadeira na cabeceira da mesa.

— Agora, todo mundo, ao trabalho — ela disse. — Não esperem mamãe e papai.

Brad estava oferecendo cerveja ou vinho tinto, o que as pessoas preferissem.

— Ultimamente, não temos tempo sequer para um coquetel — ele disse, ao abrir o vinho. — Quando o sol se põe no fundo do quintal já estamos comendo o jantar. Horário de bebê, é isso que obedecemos. Bitsy vai pra cama logo depois de Jin-Ho.

— Estou sempre exausta — disse Bitsy a Ziba. — E você? E eu costumava ser uma coruja! Agora mal posso esperar para cair no travesseiro.

— Ah, eu também — disse Ziba. — E Susan acorda tão cedo. Às sete.

— Sete! Você é abençoada. Jin-Ho acorda às cinco e meia ou seis. Mas eis o que você tem de fazer, Ziba: cochilar. Tire um cochilo quando sua filha cochila.

— Cochilar?

— Eu coloco um pouco de música clássica, deito no sofá e apago como uma lâmpada até ela acordar.

— Ah! Como eu gostaria! — disse Ziba. Ela se serviu de uma colher de arroz. — Mas dois dias por semana eu trabalho, e nos outros dias tenho que pôr as roupas em ordem e a faxina e tudo o mais.

— Você trabalha? — Bitsy lhe perguntou.

— Sou decoradora de interiores.

— Eu não agüentaria trabalhar! Como você consegue deixar seu bebê?

Ziba parou de se servir de arroz e lançou a Maryam um olhar inseguro.

Foi Lou quem quebrou o silêncio.

— Bom, a Pat aqui deixava o bebê dela desde que ele tinha seis meses, e veja como ele ficou bem!

Brad fez uma mesura antes de continuar a servir o vinho.

— Mas é a época mais importante da formação da vida delas — disse Bitsy. — Você nunca terá esses dias de volta.

— É muita sorte *minha* ela trabalhar. Tenho Susan todinha para mim às terças e quintas. Isso nos dá uma oportunidade de... — Maryam tentou pensar na palavra, a palavra mais atual e científica que exprimiria o que queria dizer. — Laços —, disse finalmente. — Isso nos permite criar laços.

— Entendo — disse Bitsy. Mas não parecia convencida. Abraçou com mais força Jin-Ho e descansou seu queixo na cabeça reluzente da criança. E Ziba ainda estava com o olhar inseguro. Agora que seu batom tinha sumido, o contorno preto perdera o sentido, como se ela tivesse comido algo sujo.

Da soleira da porta, a mãe de Bitsy disse, "Que bonito!" Ela entrou na sala, estendendo as mãos para o espaldar de sua cadeira. O marido seguia um ou dois passos atrás. — Eu estava sentindo o cheiro dessas maravilhosas especiarias lá de cima — disse ela enquanto se acomodava. Desdobrou seu guardanapo e sorriu para todos da mesa. — Esse prato tem nome?

— *Habichuelas negras* — disse Bitsy. — É cubano.

— Cubano! Que maravilha!

Bitsy se endireitou na cadeira, como se acabasse de pensar em algo.

— Você reparou que estou usando preto e branco — disse ela para Ziba.

Ziba assentiu, os olhos arregalados.

— É por que os bebês não vêem as cores. Só preto e branco. Só usei preto e branco desde o dia que Jin-Ho chegou.

— É mesmo? — disse Ziba, e olhou para sua blusa de gola alta cor-de-rosa.

— Talvez *você* queira fazer isso — Bitsy lhe disse.

— Oh, sim, talvez fosse bom.

Bitsy relaxou e colocou outra vez o queixo sobre a cabeça de Ji-Ho.

— Mas então como é que Susan é capaz de pegar os blocos dela? — Maryam perguntou a Bitsy.

— Os blocos dela?

— Os blocos rosa e azul em um cercadinho almofadado amarelo. Eu digo: "Pegue seus blocos, Susan" e ela estende a mão para eles.

— Ela faz isso? — perguntou Bitsy. Ela olhou para Susan. — Pega os blocos quando você lhe diz para fazer isso?

— De um fundo amarelo — disse Maryam. Ela se serviu de um pouco de arroz e se virou para Connie. — Posso lhe servir? — perguntou.

— Ah, não, obrigada, ainda não — disse Connie, embora seu prato estivesse vazio, exceto por um fatia de pão.

Bitsy ainda estava examinando Susan. Por um momento pareceu que ela não conseguia pensar em mais nada para dizer, mas então se virou para Ziba.

— Você põe sua filha em um cercadinho? — perguntou.

A expressão insegura de Ziba retornou. Antes que ela pudesse responder, no entanto, Maryam disse, "E os feijões e o arroz? Eles também?"

— Perdão? — disse Bitsy.

— Os feijões pretos e o arroz branco. Eles também são em consideração à visão dos bebês?

Bitsy pareceu assustada, mas quando seu sogro riu ela deu um jeito de sorrir, um pouco.

Depois disso as duas famílias se encontravam com bastante freqüência, embora Maryam educadamente recusasse sempre que era também convidada. Por que ia querer compartilhar da vida social do jovem casal? Tinha seus próprios amigos, a maioria mulheres, a maioria de sua idade e quase sempre estrangeiras, embora não iranianas, como foi o caso. Elas comiam juntas em restaurantes ou na casa uma da outra. Iam ao cinema ou a shows. E depois tinha o seu trabalho, claro. Três dias por semana ela trabalhava no escritório da antiga pré-escola de Sami. Ninguém podia dizer que o tempo pesava em suas mãos.

Ela escutava falar dos Donaldson quase diariamente, por Ziba. Ficou sabendo que Bitsy acreditava em fraldas de pano, que Brad achava que as vacinas eram perigosas, que os dois liam contos do folclore coreano para Jin-Ho. Ziba também passou para fraldas de pano (embora em mais ou menos uma semana voltasse a mudar). Telefonou para o pediatra perguntando sobre as vacinas. Passou zelosamente pelo "O Bolo de Arroz da Amargura" enquanto Susan, que ainda não compreendia os livros, esforçava-se para amarrotar suas páginas. E depois da festa de Natal dos Donaldson, Ziba comprou uma cafeteira de quarenta xícaras para que assim ela também pudesse servir cidra quente. "Você coloca canela e cravos no cestinho onde ficam os grãos de café. Não é legal?", perguntou a Maryam.

Ziba tinha uma paixonite pelos Donaldson, Maryam achava.

A própria Maryam não os viu até janeiro, quando eles foram à festa do primeiro aniversário de Susan. Trouxeram Jin-Ho vestida totalmente de coreana — uma coisa como um quimono brilhante e um chapéu pontudo com uma fita passando no queixo e sapatinhos de pano bordados — e ficaram de pé por ali parecendo interessados mas levemente perdidos no mar de parentes iranianos. Maryam tomou a iniciativa de colocá-los sob suas asas. Elogiou o chapéu de Jin-Ho, mostrou-lhes onde colocar os casacos e explicou quem era quem. — Aqueles são os pais de Ziba; eles moram em Washington. E ali está Hussan, o irmão dela de Los Angeles; o irmão Ali, também de Los Angeles... Ziba tem sete irmãos, podem imaginar? Quatro estão aqui hoje.

— E quais são os do seu lado, Maryam? — perguntou Bitsy.

— Ah, bem, nenhum. A maior parte de minha família ainda está em Teerã. Eles não vêm muito aqui.

Ela serviu a cada um deles um copo de cidra quente e depois os conduziu passando pelo pessoal, parando aqui e ali para apresentá-los. Sempre que possível, escolhia não-iranianos — o vizinho da casa ao lado e uma mulher do escritório de Sami — porque Brad estava carregando Jin-Ho em um braço e nunca se sabia o que os parentes de Ziba cismariam de falar. ("Em Los Angeles tem um cirurgião plástico que faz os olhos dos chineses ficarem tão bonitos como os ocidentais", ela escutou a esposa de Ali dizer a Ziba esta manhã. "Posso conseguir alguns nomes, se você quiser.")

Para ser franca, os Hakimi estavam apenas a uma geração longe do bazar. A família de Maryam sequer os teria conhecido se estivessem em seu país.

Foi a comida que pôs os Donaldson à vontade, finalmente. Eles suspiraram aliviados quando viram a mesa do bufê, com seus múltiplos pratos principais e sua coleção de acompanhamentos e saladas. Queriam saber o nome de tudo e, quando Bitsy soube que Maryam tinha feito tudo, perguntou quase timidamente se podia ter as receitas. "Mas é claro", disse Maryam. "Elas estão em qualquer livro de receitas iraniano." A essa altura ela sabia que os americanos pensavam que receitas eram uma questão de invenção criativa. Eles podiam servir uma refeição diferente em cada dia durante um ano sem se repetir — ítalo-americana um dia, texana no outro e *fusion* asiática no seguinte — e que outros países tivessem um cardápio tão previsível sempre os surpreendia.

— Maryam — disse Bitsy — a família de Ziba ficou muito chateada quando soube que ela e Sami iam adotar?

— De jeito nenhum; por que a pergunta? — disse Maryam decidida. (Era espantoso o que as pessoas perguntavam!) — Veja, esse é um prato que se costuma servir nos casamentos — disse ela. — Galinha com amêndoas e casca de laranja. Você tem que provar um pouco.

Bitsy estava enchendo um prato simples com porções duplas, já que Brad estava carregando Jin-Ho. Ela pegou uma colherada do prato de casamento e disse:

— Os pais de Brad demoraram um pouco para aceitar. Não os meus; os meus sempre estiveram completamente a favor. Mas Brad era filho único e seus pais eram mais... não sei; talvez estivessem preocupados com a linhagem ou algo assim. — Prosaicamente, ela enfiou uma fatia de pão ázimo no bolso. (Estava usando um tipo de guarda-pó camponês tecido a mão, em tons de azul. Não mais preto e branco, Maryam reparou.) — É claro que agora eles adoram Jin-Ho — disse ela. — Eles a tratam da maneira mais amorosa possível. — Parou para olhar Maryam. — E você é muito ligada a Susan, eu sei por Ziba.

— Sim — foi tudo que Maryam disse, mas não pôde deixar de olhar para Susan do outro lado da sala. Susan usava um vestido estampado de botões de rosa que sua outra avó tinha comprado em uma loja elegante de Georgetown, e o rosa claro deixava o cabelo e os olhos pretos ainda mais espantosamente lindos.

Todos os convidados americanos estavam levando seus pratos para a sala de estar, enquanto todos os convidados iranianos permaneciam de pé ao redor da mesa do bufê. Toda vez que via isso, Maryam tentava resolver: os americanos eram mais glutões por se apressarem em direção a cantos privados e se juntarem possessivamente sobre sua comida, ou eram os iranianos mais glutões por continuarem perto da fonte enquanto comiam ao mesmo tempo em que os outros convidados, que ainda não tinham se servido, esforçavam-se como podiam para conseguir passar por eles? De qualquer forma, ela sabia que devia conduzir os Donaldson até a sala de estar. Cuidou de fazê-los se sentar no chão ao redor da mesa de centro, já que todas as cadeiras tinham sido retiradas, e então foi à cozinha pegar um babador para Jin-Ho. Quando voltou, Brad e Bitsy tinham engatado uma conversa com a vizinha que estava sentada na poltrona dando de mamar a seu bebê.

— Nunca é cedo demais para começar — dizia Bitsy. — Estou falando do programa de exercício mãe-e-filha — ela disse para Maryam. — Não é bom apenas para os músculos deles, mas também desenvolve o cérebro. Alguma coisa sobre a coordenação mão-e-olho, acredito.

Obviamente, ela havia se achado. Maryam amarrou o babador no pescoço de Jin-Ho e foi ver quem mais precisava de sua atenção.

Foi um excesso de educação que fez Maryam convidar os Donaldson para o jantar iraniano de ano-novo naquela primavera. Na verdade, ela mais ou menos tinha parado de celebrar o ano-novo. Sami e Ziba sempre iam para Washington, onde os pais de Ziba faziam uma festa gigantesca à qual comparecia uma multidão de convidados perfumados e cobertos de jóias — pessoas que haviam chegado muito mais recentemente do que ela e que realmente não faziam o seu tipo. Esse ano não era exceção, mas Ziba disse a Maryam que em algum momento depois do próprio ano-novo, ela adoraria servir aos Donaldson alguns pratos tradicionais.

— Eles gostaram tanto do que comeram na festa de aniversário de Susan — ela disse. — Eu estava pensando que poderíamos chamar os pais de Brad e Bitsy também, e meus pais, se eles estiverem disponíveis. Poderíamos montar uma mesa *Haftseen* e fazer talvez um *morgh polo*... Bem, você faria, mas eu ajudaria tanto quanto possível. Você toparia?

Maryam em geral mais do que toparia, mas agora sentia uma certa resistência. Por que eles tinham que fazer essas demonstrações étnicas? Que os Donaldson fossem ao Smithsonian para isso!, pensou ela, irritada. Que eles lessem a *National Geographic*! No entanto, tudo que ela disse a Ziba foi: "Não seria muito para você, além de seu fim de semana em Washington?"

— Muito? De jeito nenhum — disse Ziba. — Ou... você está dizendo que é muito para *você*?

— Claro que não. Não sou eu que vou para Washington! Mas a mesa *Haftseen*, por exemplo. Ela teria que ser montada muito antes, e vocês dois estarão fora.

Não havia motivo nenhum para que a mesa fosse montada antes. E de qualquer maneira, eles poderiam programar isso para qualquer data que quisessem. Certamente Ziba deve ter percebido que Maryam estava apenas inventando desculpas, mas tirou a conclusão errada.

— Ah! Você prefere fazer o jantar em sua casa? — disse Ziba.

— Minha casa? Bom, mas...

— Claro! Eu devia ter pensado! É só que em nossa casa tem mais espaço. Mas se você prefere a sua casa...

— Bom, é verdade que minha casa é muito pequena — disse Maryam.

— Mas é você que vai cozinhar. Você deve poder escolher.

— Mas você vai fazer o resto... a decoração, a limpeza depois. Na sua casa faz mais sentido.

— Não, tudo bem — disse Ziba. — Faremos na sua casa. Será ótimo.

Assim, Maryam convidou os Donaldson para sua casa.

Dez dias antes da festa, Sami a levou para Rockville para comprar os ingredientes mais exóticos. (Era uma viagem mais longa do que o preferível para ela fazer sozinha.) O trânsito na I-95 era intenso, e Sami resmungava sozinho sempre que a série de sinais vermelhos se acendia na frente deles.

— Devemos ficar contentes por esse lugar ficar tão perto — Maryam lhe disse. — Quando cheguei neste país, sua avó tinha que mandar a maioria das minhas especiarias pelo correio.

Ela ainda podia ver os pacotes, trouxas de pano canhestramente alinhavadas, abarrotadas de sumagre e folhas secas de feno-grego e miúdas e enegrecidas folhas secas de tília, as etiquetas de papelão feitas em casa e escritas a mão por sua mãe em seu inglês vacilante.

— O que não podíamos conseguir assim, inventávamos — disse ela. — Trocávamos nossos truques secretos, as outras esposas e eu. Molho de romã feito com suco de uva concentrado Welch congelado e recheio de torta de abóbora enlatado; eu lembro desse. Coalhada feita com leite ralo e queijo de cabra batido no liquidificador.

Naqueles dias, todos os amigos deles eram iranianos, todos mais ou menos na mesma situação de Maryam e Kiyan. (Nas grandes reuniões de pôquer, uma esposa chamava, "Doutor Agha!" e todos os homens na sala responderiam, "Sim?"). Onde estavam essas pessoas agora? Bom, muitas tinham voltado para casa, claro. Outras se mudaram para outras cidades americanas. Mas algumas, ela sabia, continuavam bem aqui em Baltimore; só que ela perdera o contato com eles. A política complicava cada vez mais as coisas, por um lado. Quem apoiava o xá? Quem não apoiava? Então, depois da revolução, podia-se ter certeza de que a maioria dos que chegavam tinha indiscutivelmente apoiado o xá, talvez até tivessem altos cargos na polícia secreta, e era mais sensato evitá-los completamente. Além disso, Kiyan já estava morto àquela altura e ela já não se sentia à vontade naquele círculo social de casais.

— Se pelo menos seu pai tivesse vivido para ver a derrocada do xá! — disse ela a Sami. — Ele teria ficado tão feliz.

— Por cerca de três minutos e meio — disse Sami.

— Bem, sim.

— Ele odiaria saber o que está acontecendo lá agora.

— Sim, claro.

Um dia, ela estava escutando música de seu país no velho rádio de ondas curtas de Kiyan enquanto passava roupas. Já tinham acontecido manifestações públicas e havia boatos de agitação, mas nem os especialistas foram capazes de prever o que viria. E então a música parou no meio de uma nota e houve um longo silêncio, rompido por fim por um homem anunciando, calma e uniformemente: "Esta é a voz da Revolução." Um estremecimento passou por sua espinha e lágrimas encheram seus olhos, e ela largou o ferro e disse em voz alta: "Oh, Kiyan! Você escutou isso?"

— O que está acontecendo lá agora despedaçaria o coração dele — disse ela a Sami. — Às vezes, sabe, eu acho que os mortos têm sorte.

— Pôxa! — disse Sami. Maryam olhou o trânsito à frente, na expectativa de alguma emergência. Mas não, isso parecia uma das reações exageradas que se via tantas vezes nos jovens. — De jeito nenhum, mamãe! Não diga isso!

— Ah, não quero dizer literalmente. Mas o que ele diria, Sami? Ele *amava* seu país. Sempre pensou que um dia voltaríamos para lá.

— Graças a Deus que não voltamos — disse Sami, e deu sinal com a seta e entrou bruscamente na faixa da esquerda como se só pensar nisso o enraivecesse.

Ele mesmo nunca fora ao Irã. Na única vez, depois de seu nascimento, que Maryam voltou lá, Sami já estava crescido e casado, trabalhava na Imobiliária Peacock, e afirmou que não podia se ausentar. Não tinha interesse, era o verdadeiro motivo. Ela o olhou com tristeza, para seu grande nariz curvo, tão parecido com o de Kiyan, e seus queridos óculos tão pequenos. Agora provavelmente ele jamais iria, e certamente não com ela, porque depois da última visita ela resolvera não retornar. Não era tanto pelas restrições — o fúnebre e comprido casaco preto que teve de usar e o inconveniente lenço na cabeça — mas a ausência de tantas das pessoas que ela amava. É claro que ela foi informada da morte delas quando ocorreram (sua mãe, as tias-avós, as tias e alguns dos tios, cada perda informada uma a uma com rodeios e termos cuidadosos em aerogramas de fino papel azul ou, nos anos posteriores, por telefone). Mas por dentro, ao que parecia, ela dera um jeito de não compreender completamente até que chegasse lá, de volta ao complexo familiar, e onde estava sua mãe? Onde estava seu bando de tias cacarejando, alvoroçando-se e dando risadinhas como um bando de galinhas grisalhas? E depois, no aeroporto, quando ela estava voltando, houve um problema com seu visto de saída, uma coisa sem conseqüência que foi resolvida com muita facilidade por um primo bem-relacionado, mas ela sentiu uma espécie de pânico que quase a sufocou. Sentiu-se como um pássaro batendo as asas dentro de uma gaiola. *Deixem-me sair, deixem-me sair, deixem-me sair*! E nunca mais voltou.

No armazém, onde ela e Sami tiveram que se espremer para passar por uma multidão de outros iranianos fazendo compras para suas festas de ano-novo, ela não pôde deixar de se perguntar *quem* eram aquelas pessoas. As crianças usavam o familiar "você" quando falavam com os pais; eram barulhentas, sem modos e desrespeitosas. As adolescentes exibiam as barrigas nuas. Os clientes mais próximos do balcão estavam empurrando e pressionando.

— Isto é... um horror! — ela disse a Sami, mas ele a surpreendeu ao responder: "Ah, mamãe, desça do seu pedestal!"

— O que você falou? — ela disse, sem ter certeza de ter entendido direito.

— Por que eles deveriam se comportar melhor do que os americanos? — ele perguntou. — Eles estão apenas se comportando como todo mundo, mamãe; portanto deixe de ficar *julgando*.

Seu primeiro impulso foi o de lhe dar uma resposta. Era tão errado assim esperar que seus compatriotas dessem um bom exemplo? Mas contou até dez antes de falar (uma tática que tinha aprendido na adolescência dele) e decidiu não dizer nada. Em vez disso, continuou seu caminho em silêncio por entre as prateleiras, colocando pacotes de celofane com ervas e frutas secas no cesto que estava levando. Parou em frente a uma arca de grãos de trigo a granel, e Sami disse: "Haverá tempo para fazê-los brotar?" Havia tempo bastante, como ele sabia muito bem. Devia estar perguntando só para se desculpar. Então ela disse "Bom, eu *acho* que sim. E você?" e depois disso eles ficaram bem outra vez.

Ela julgava, sim. Sabia disso. Com o passar do tempo ela havia se tornado cada vez mais crítica, talvez porque vivesse sozinha há tanto tempo. Teria de se controlar. Fez questão de sorrir para a próxima pessoa que a empurrou, uma mulher com cabelo curto pintado da cor de frigideira de cobre, e quando a mulher retribuiu o sorriso aconteceu de ter um único sulco profundo no canto externo de cada olho, exatamente como tia Minou, e Maryam sentiu um ímpeto de afeto por ela.

Os Donaldson tinham sido convidados para o almoço do domingo que caía oito dias completos depois da festa dos pais de

Ziba; portanto havia menos motivo do que nunca para Maryam fazer a festa em sua casa. A essa altura, no entanto, ela estava resignada. Cozinhou toda a semana anterior, um prato ou dois por dia. Montou a mesa *Haftseen* na sala — os sete objetos tradicionais, incluindo um vibrante vaso verde de brotos de grãos de trigo, artisticamente arrumados sobre sua melhor toalha de mesa bordada. E no domingo de manhã, acordou antes do amanhecer para fazer os preparativos finais. As únicas outras janelas iluminadas eram as das casas onde havia bebês. Os únicos sons eram dos pássaros, um clamor de canções novas e diferentes, agora que a primavera chegara. Ela andou em volta da mesa descalça, usando calças de musselina e uma camisa comprida que antes era de Sami. Seu chá esfriava no balcão enquanto ela lavava o arroz e o deixava de molho, subia em um banco alto para pegar as bandejas, aparava os ramos de tulipas amarelas que desde a noite anterior esperavam em baldes na varanda de trás. A essa altura o sol estava nascendo e pela janela aberta ela escutou o rangido dos freios da perua do entregador de jornais e logo o barulho do seu *Baltimore Sun* batendo no degrau da frente. Trouxe o jornal para a cozinha para lê-lo enquanto tomava sua segunda xícara de chá. De onde estava sentada, via a sala de estar, onde a prata reluzia na mesa e os utensílios brilhavam e as tulipas avançavam para o centro em uma fileira de finos vasos de vidro. Ela amava esse momento antes de uma festa, quando os guardanapos ainda não tinham sido amassados nem a quietude quebrada.

Ao meio-dia e meia, recém-banhada e usando calças pretas retas e uma túnica de seda branca, ela estava de pé na porta da frente para receber Sami e Ziba. Eles vieram cedo para ajudar nos preparativos de último minuto, embora, como Sami observou, ela não deixara nada para eles fazerem. "Não, mas assim eu tenho um tempinho com Susan", ela disse. Susan a essa altura andava com muita competência, e no minuto que Sami a deixou no chão ela foi em linha reta para o cesto onde Maryam deixava seus brinquedos. Seu cabelo tinha crescido tanto que cairiam em seus olhos se não fossem amarrados em uma espécie de broto vertical no alto da cabeça. Pequenos fios caíam em volta de suas orelhinhas de caracol e roçavam sua nuca de caule de flor. "Susie-june", Ziba lhe disse: "diga, Olá, Mari-june! Diga, Olá, Mari-june!"

— Mari-June — disse Susan, obsequiosa, só que soou mais como "Madgu". Lançou a Maryam um de seus sorrisos franzidos, como se soubesse exatamente como fora esperta.

Ziba queria fingir que fazia alguma coisa.

— Não tem nada que possamos fazer? Sami pode abrir o vinho? Que toalha de mesa você usou? — mas Maryam lhe disse que tudo já estava feito.

— Sente-se — ela disse. — Diga-me o que vai querer beber.

Ziba não respondeu porque estava batendo nas almofadas, até cutucando Sami para um lado para poder pegar a que ele estava usando para se encostar. Ela estava nervosa, supôs Maryam. Tinha se arrumado um pouco exageradamente para o dia, com o mesmo minivestido turquesa brilhante que usou na festa dos pais, e dois círculos de rouge nas faces a faziam parecer febril. Provavelmente, estava comparando a casa de Maryam com a sua — as duas pequenas salas de estar de Maryam e a mobília tradicional, um tanto desalinhada, cobertas com forros de mesa com estampas da Caxemira e pequenas quinquilharias iranianas — e achando-a em falta.

— Susan, guarda isso! — ela disse quando Susan pegou um cachorrinho de pelúcia. — Os brinquedos não podem ficar espalhados por toda a casa quando temos convidados chegando!

— Ah, por que não? Jin-Ho também vai querer brincar — disse Maryam; e Sami, preguiçosamente girando um cordão de oração de contas de barro que pegara da mesa de café, disse: "Relaxe, Zee. Acomode-se."

Ela fez um sonzinho de irritação e se atirou em uma cadeira.

Não ajudou que os próximos a chegar fossem os pais de Ziba. Eles estavam um pouco adiantados, tendo calculado mal o tempo de viagem de Washington, e quando a Sra. Hakimi pediu desculpas a Maryam em farsi ("Sinto muito; peço seu perdão; eu disse a Mustafá que deveríamos dar uma volta mas ele disse..."), Ziba exclamou: "Mamãe, *por favor*; a senhora me prometeu que falaria inglês aqui!"

A Sra. Hakimi lançou a Maryam um olhar pesaroso. Era uma mulher atraente com um rosto redondo e cansado, e deixava a família pisar nela, reparou Maryam — especialmente o marido, que mantinha a postura rígida de um militar embora tivesse enriquecido com o comércio. Ele importava coisas. (Maryam não sabia bem o quê.) Tinha uma careca amarelada e uma enorme barriga que esticava a camisa de seu traje cinza de tecido brilhante.

— Susie-june! — ele bramiu, e precipitou-se sobre ela, que sorriu timidamente mas se encolheu toda até ficar praticamente como um camarãozinho, e não era de se admirar; o Sr. Hakimi era um beliscador de bochecha. *Belisca-belisca*! com seus grandes dedos amarelos enquanto Susan se contorcia e procurava Ziba com os olhos.

— Ouvi dizer que sua festa na semana passada foi um grande sucesso — disse Maryam à Sra. Hakimi.

— Ah, não, não foi nada. Foi tudo muito simples — disse a Sra. Hakimi, e então deu outra guinada repentina para o farsi. — Tenho certeza de que sua refeição hoje será muito mais elegante, já que foi você quem a preparou e ninguém mais que conheço prepara essas delícias. — As palavras dela saíam apressadas, como se ela esperasse dizer o máximo possível antes de ser interrompida; mas Ziba disse: "Mamãe!" e a Sra. Hakimi parou e olhou desolada para Maryam.

Pela experiência de Maryam, as esposas costumavam se adaptar mais rapidamente. Quase da noite para o dia, elas decodificavam os costumes nativos, dominavam os "ins" e "outs" dos supermercados e rodízios de carona, ganhavam confiança e segurança enquanto seus maridos, enterrados no trabalho, limitavam seu novo inglês a termos médicos ou ao vocabulário de salas de reuniões. Os homens dependiam das mulheres, naquela época, para lidar com o mundo prático para eles; mas no caso dos Hakimi, a situação parecia ter sido invertida. Quando os pais de Brad chegaram em seus trajes primaveris com as cores de ovos de Páscoa, proclamando vivamente seus nomes antes que Maryam pudesse apresentá-los, a Sra. Hakimi apenas sorriu para seu próprio colo e se afundou ainda mais na cadeira. Foi o Sr. Hakimi quem assumiu o comando da conversa.

— Então vocês são os avós paternos! Estou encantado em conhecê-los! E em que você trabalha, Lou?

— Ora, sou um advogado, aposentado! — disse Lou, quase à altura do tom animado do Sr. Hakimi. — Minha mulher e eu agora somos pessoas dedicadas ao lazer. Fazemos cruzeiros, excursões de golfe; com certeza você já ouviu falar do Elderhostel...

Maryam pediu licença e foi verificar o jantar. Abaixou a chama de uma boca do fogão, aumentou outra, e então se permitiu um pequeno período olhando pela janela da cozinha antes do som da campainha trazê-la de volta. Quando voltou à sala de estar, Brad e Bitsy estavam entrando, Brad carregando Jin-Ho, e os pais de Bitsy seguindo atrás. Connie teve um pouco de dificuldade com os degraus. Dave segurou o cotovelo dela com a palma da mão enquanto ela tentava levantar um pé ao encontro do outro.

— Oh, sinto muito — disse Maryam, atravessando a varanda para cumprimentá-la. — Eu deveria ter lhe dito para entrar pelos fundos.

Mas Connie disse:

— Bobagem, eu preciso de exercício — e apertou as duas mãos de Maryam entre as suas. — Nem posso lhe dizer o quanto estava esperando por esse dia — ela disse.

Com o tempo ela havia desistido do boné de beisebol. Seu couro cabeludo estava ralamente forrado com um centímetro de cabelo cinza, muito fino e suave, e ela usava um vestido de algodão azul-marinho que parecia muito grande para ela. Quando chegou à porta, parou e deu um suspiro profundo, como se estivesse se preparando. Depois, arremeteu para a sala.

— Vocês devem ser os pais de Ziba! — exclamou. — Olá! Eu sou Connie Dickinson, e este é meu marido, Dave! Olá, Pat! Olá, Lou!

Houve um agitar de cumprimentos e elogios (a nova cor do cabelo de Pat, as calças compridas de algodão cru de Bitsy), e depois Dave perguntou o que era a mesa *Haftseen*, o que deu ao Sr. Hakimi a chance de fazer uma palestra.

— *Haftseen* significa sete "s" — ele começou em um tom de discurso. — Temos aqui sete objetos que começam com a letra s. — Dave e Connie assentiram solenemente, enquanto Bitsy impedia Jin-Ho de puxar a toalha de mesa bordada.

— Agora, espera aí! — disse Lou. — Aqueles jacintos não começam com s!

Brad disse:

— Pai...

— Aquela baixela não começa com s!

— S na *nossa* língua — disse o Sr. Hakimi.

— Ah. Sim. Muito interessante.

— Sua casa é muito charmosa, Maryam — disse Bitsy. — Gosto dessa mistura de tecidos. Sou tecelã, sabe, portanto é claro que reparo nessas coisas. — Ela de novo teve que puxar Jin-

Ho, e dessa vez a levantou nos braços. — Você trouxe todos esses tapetes quando veio pela primeira vez?

— Ah, não — disse Maryam. Ela riu. — Quando vim pela primeira vez, só trouxe uma sacola de tapete.

— Mas uma sacola de tapete persa, aposto, com uma estampa maravilhosa.

— Bem, sim...

Ela se desfizera dessa sacola um mês depois de chegar, envergonhada porque não era Samsonite. Ah, naquela época ela não teria trazido tapetes de casa mesmo se tivesse espaço. Ela queria tudo liso e moderno, de cores firmes, preferencialmente bege — americano-americano, como Kiyan costumava dizer. Os dois admiravam tanto o estilo ocidental de decoração. Só mais tarde ela entendeu que eles tinham adotado o pior do estilo — as toalhas de mesa de plástico bege barato, os estéreis carpetes bege claro, as cadeiras estofadas de sintético bege pregadas com filetes metálicos.

Agora era Dave quem estava levando à frente a conversa sobre o-que-você-faz. Acabara de informar ao Sr. Hakimi que era professor de física e, enquanto Maryam dava voltas pela sala com refrigerantes e vinho e (para o Sr. Hakimi) uísque, ela ficou sabendo que Connie ensinara inglês no colégio e Brad ensinava biologia. Portanto talvez fosse apenas natural que essa família se sentisse habilitada a dizer aos outros como fazer as coisas. Será que os genes determinavam até as profissões?, perguntou-se ela ao retornar à cozinha.

O arroz estava começando a irradiar seu cheiro de pipoca e manteiga queimada. Ela levou a panela para a pia e desligou o fogo. Da sala de estar, escutou o Sr. Hakimi introduzir o tópico seguinte: política, especificamente a política iraniana — a longa e nobre história do Irã e seu amargo fim com a revolução. Ainda bem que ela estava fora da sala; ela evitava discutir esses assuntos com qualquer um dos parentes de Ziba. Deixou a água fria escorrer e esperou que o vapor da panela parasse, embora pudesse perfeitamente deixar a panela sozinha. Quando escutou passos pequenos e desiguais atrás de si, ficou feliz. "Susie-june!", exclamou, se virando, e Susan sorriu e ergueu ambos os braços e disse, "Colo?" Sua pronúncia era muito cuidadosa, como se ela soubesse que estava trabalhando para aprender uma língua. Maryam a levantou e colocou sua face contra a bochecha macia de Susan. Então Jin-Ho entrou com passos vacilantes e um caminhão de brinquedo preso a seu peito e disse, "Coto? Coto?" e Maryam tentou adivinhar e foi até o armário pegar um pacote. "Biscoito", ela disse, dando uma para cada criança. "Obrigada, Mari-june!" e pôs Susan no chão. Susan e Jin-Ho começaram a puxar o caminhão entre as duas, cada uma com o biscoito em uma das mãos e se agachando daquele jeito flexível que só as crianças pequenas podem fazer, os pés bem esparramados e o bumbum quase encostando no chão. Era um prazer tão grande olhá-las. Maryam podia ficar ali a tarde toda apenas sorvendo aquela visão.

Por acaso, esse foi o ponto alto da festa. Quando os convidados sentaram-se à mesa, as duas meninas já tinham passado da hora da soneca. Susan foi levada aos prantos para o berço que Maryam mantinha no andar de cima, enquanto Jin-Ho agarrou-se no colo da mãe, tornando-se resolutamente mais manhosa e contorcionista e desviando com vigor a cara dos pedaços de comida que Bitsy lhe oferecia.

E não foram apenas as crianças que ficaram irascíveis. Primeiro Pat resolveu sugerir que talvez fosse bom que Connie enrolasse a cabeça em um lindo lenço de seda (até os parentes por afinidade daquela família se sentiam à vontade para dar conselhos um ao outro?), e Connie enrubesceu e pareceu chateada, e Dave disse, "Obrigado, Pat, mas acho que Connie está bonita do jeito que está", e Pat disse, "Ah! Ora! Claro! Eu não quis dizer...!". Então Bitsy, aparentemente tentando serenar as coisas, disse, "Já que estamos falando de moda, Ziba, o topetinho de Susan está uma gracinha", e Ziba disse, "Sim, estou tentando tirar o cabelo dela dos olhos", e Bitsy disse, "Ah, bem, Jin-Ho não tem esse problema porque estamos mantendo o mesmo estilo com que ela veio. Acho que pensamos que não devíamos americanizá-la."

— Americanizar! — disse Ziba. — Nós não estamos americanizando! — Como se alguma coisa realmente pudesse americanizar uma pessoa, pensou Maryam, tendo observado demasiados estrangeiros tentando parecer naturais em seus jeans. Ziba deve se sentir insegura com os Donaldson por que em geral ela não teria se abespinhado assim.

E quando o Sr. Hakimi tentou sua própria punhalada na tentativa de paz, só conseguiu piorar a situação.

— Ora! Estamos negligenciando nossa anfitriã! — ele bramiu. — Esta comida está excelente, minha querida senhora, e foi muita gentileza sua revezar com Ziba o peso de receber!

— Não era um peso! — disse Ziba. Do que o senhor está falando? Nós podíamos ter feito o jantar em nossa própria casa! Eu queria muito fazer na nossa casa!

— Queria? — disse Maryam.

— Tem mais espaço em nossa casa! Eu lhe disse isso! Não teríamos que nos espremer em volta da mesa em cadeiras de escrivaninha, cadeiras de varanda e cadeiras de cozinha!

— Mas achei que você tivesse dito... — disse Maryam.

Agora ela já não conseguia se lembrar do que nenhuma das duas tinha dito. Tinha problemas para reconstruir toda a conversa. Tudo de que se lembrava era que mais uma vez as duas deviam ter sido demasiado educadas, demasiado por favor-eu-insisto e claro-o-que-você-preferir.

— Bem — ela disse finalmente. — Se eu soubesse.

Connie deixou o garfo e se inclinou sobre a mesa para tocar a mão de Maryam.

— De qualquer forma, é uma festa muito agradável — ela disse.

— Obrigada — Maryam lhe disse.

— E além disso — Bitsy repicou —, dessa maneira podemos conhecer sua casa, e todas as coisas bonitas que você tem! Diga, Maryam, estou morta de curiosidade: o que havia naquela única sacola que você trouxe? O que uma pessoa escolhe trazer com ela, quando está deixando seu país para sempre?

Agradecida, Maryam voltou seus pensamentos para a sacola. Um conjunto de *peignoir* de seda, ela recordava. E dois conjuntos de lingerie de renda costuradas a mão pela costureira de tia Eshi... Ela sorriu e sacudiu a cabeça.

— Não foi como você imagina — disse a Bitsy. — Eu era recém-casada. Estava pensando em mim, e não na minha casa.

— Uma noiva! Você veio como noiva?

— Eu estava casada há apenas um dia quando entrei no avião — disse Maryam.

— Então a viagem para a América foi sua lua-de-mel! Que romântico!

De seu lugar na cabeça da mesa, Sami disse:

— Agora, mamãe. Conta a história toda.

— Ah, conta! — disse Bitsy, e Lou bateu no seu copo d'água com a faca. Jin-Ho, que estava começando a cochilar, sobressaltou-se um pouco e depois reacomodou a cabeça no ombro da mãe.

— Não tem nenhuma história — disse Maryam.

— Sim, tem — disse Sami. Ele se virou para os outros. — Ela fez a dita viagem de lua-de-mel sozinha — ele disse. — Meu pai já estava aqui. Ela se casou sozinha por procuração e veio se juntar a ele depois.

— É verdade? — Pat lhe perguntou. — Você casou sem o noivo? Mas como isso funcionou?

— Mostre-lhes a foto — Sami disse a Maryam.

— Ah, Sami, eles não querem ver a foto — ela disse, e ignorou os protestos deles ("Sim, queremos! Mostra pra gente, Maryam!") e se levantou para pegar a baixela das folhas de uva recheadas. — Alguém quer um pouco mais? — perguntou.

— Uma foto de mamãe de vestido de noiva — disse Sami —, de pé, sozinha, ao lado de uma mesa comprida que você mal pode ver com os presentes. Parece que ela está casando com os presentes.

— Bem, eu não diria... — disse Maryam. Havia alguma coisa no tom de voz dele que feriu seus sentimentos. Um tom de diversão; era isso. E talvez o Sr. Hakimi também tenha sentido isso, porque deu um pigarro e disse, "De fato, muitas, muitas garotas se casaram desse jeito na época. Todos esses jovens que tinham partido para a América, vocês sabem, ou para a Alemanha ou França... É claro que eles precisavam de esposas, com o tempo. Foi uma solução sensata".

— Mas como vocês namoraram com toda essa distância? — perguntou Pat a Maryam.

— Namoro! — disse Sami. Ele riu. — Eles não namoraram. O casamento foi arranjado.

Maryam sentiu um novo alerta à volta da mesa, mas não levantou os olhos da baixela que continuou segurando com ambas as mãos. Ninguém tinha se servido demais. Talvez não tivessem gostado das folhas de uva. Talvez não tivessem gostado de toda a refeição.

— Portanto, como você vê — Sami disse a Bitsy —, não foi tão romântico como você pensou.

— Ah, Sami — disse Maryam. Ela falou muito suavemente, para esconder o ultraje em sua voz. — Você não entende nada sobre isso — ela disse. E então ela se virou para sair, com a maior dignidade possível, levou as folhas de uva para a cozinha e fechou a porta giratória.

Na cozinha, encheu a chaleira com água para o chá. Obviamente, ela tiraria a mesa antes de servir os doces e as frutas, mas não estava completamente pronta para voltar e encarar os outros. Acendeu a boca onde estava a chaleira e depois continuou à frente do fogão, os braços apertados contra o peito, os olhos ardendo com as lágrimas.

Quando Kiyan tinha lhe dito, por exemplo, que seu cabelo tinha o cheiro de uma igreja armênia: o que Sami poderia saber sobre isso?

A porta giratória se abriu devagar e Connie entrou, trazendo dois pratos. Maryam disse: "Por favor, não precisa", e pegou os pratos dela. "Você vai se cansar", ela disse.

— Tudo bem; eu queria esticar minhas pernas — disse Connie. Em vez de voltar para a sala de estar, ela se sentou no banquinho alto e observou Maryam raspar os pratos. — As reuniões familiares não são cansativas? — disse. — Todas essas pessoas que a conhecem tão bem, elas acham que podem lhe dizer qualquer coisa.

— É verdade — disse Maryam. Ela começou a mexer na pilha de louças sujas que atravancava sua única pequena bancada. Enquanto estava olhando para o lado oposto a Connie, ela limpou apressadamente o nariz. — E realmente elas *não* conhecem você tão bem — disse.

— Você tem razão; elas não conhecem nem a metade — concordou Connie. Ela se virou para a porta giratória, por onde o marido acabava de entrar com mais dois pratos. — Estamos nos queixando dos encontros familiares — ela lhe disse.

— Ah, sim, coisa terrível — disse Dave, e foi direto para a lata de lixo de maneira familiar e começou a raspar os pratos.

Maryam nunca pôde se acostumar com homens ajudando na cozinha. Onde estava Ziba? Não era Ziba quem devia estar fazendo isso? — As famílias em geral — Dave estava dizendo. — Elas são enormemente superestimadas.

Connie fez um muxoxo e lhe deu uma palmada amigável.

— E oferecer este jantar na minha casa — continuou Maryam (lembrada pelos pensamentos sobre Ziba). — Nunca pedi para fazer isso! Quer dizer... desculpem; é claro que estou feliz em receber vocês aqui, mas...

— Nós entendemos — Dave lhe disse. Provavelmente ele não entendia, mas foi gentil o bastante para assentir com sua lanosa cabeça grisalha de uma maneira simpática, e Connie também assentiu e disse, "É engraçado como nos deixamos levar nessas coisas".

— Nós somos cautelosas demais uma com a outra, Ziba e eu — disse Maryam. Ela se virou para o fogão e tirou a tampa da chaleira para ver se a água estava fervendo. — Nossa família não é muito boa em dizer o que quer. Suspeito que às vezes terminamos fazendo o que *nenhum* de nós quer, só porque achamos que assim satisfazemos os outros.

— Seja rude, como nós — sugeriu Dave, e ele pôs um braço em volta dos ombros de Connie e piscou para Maryam. Ela teve de rir.

Então Connie e Dave voltaram para a sala de estar para pegar mais pratos, e com uma colher Maryam colocou as folhas de chá em seu melhor bule. Sentia-se melhor agora. Havia alguma coisa consoladora naqueles dois. Despejou a água fervente dentro do bule, recolocou a tampa e depois equilibrou o bule em cima da chaleira.

Talvez o assobio da água fervendo tenha lhe trazido de volta, de repente, uma cena dos primeiros dias de seu casamento. Sempre que ela se sentia particularmente solitária, costumava colocar em sua mesinha-de-cabeceira uma jarra de vidro de água com gás. Assim, pegava no sono escutando as bolhas saltando contra o vidro e fazendo um fraco, estável e tranqüilo som sussurrante que a lembrava da fonte no quintal da família, em sua terra natal.

— 3 —

Foi Bitsy quem pensou na idéia de uma Festa da Chegada. Foi assim que ela a chamou, de imediato, e portanto Brad teve que perguntar: "Uma o quê, meu bem? Fale de novo."

— Uma festa para comemorar a data das chegadas das meninas — ela lhe disse. — Em duas semanas, completará um ano; você acredita? Sábado, 1º de agosto. Devemos marcar a ocasião.

— Você está a fim? Com sua mãe...

A mãe de Bitsy tinha piorado — um tumor totalmente novo, dessa vez envolvendo o fígado. Haviam passado por um par de meses bem difíceis. Mas Bitsy disse:

— Faria bem pra mim. Faria bem pra todos nós! Tira nossa cabeça dos problemas. E nos limitaríamos às duas famílias; só parentes. Fazemos como se fosse um tipo de festa de aniversário. Durante o dia, logo depois do cochilo das meninas, quando elas estão com o melhor humor, e eu não serviria uma refeição completa, só doces.

— Talvez doces coreanos! — disse Brad.

— Ah. Bem.

— Não seria legal?

— Pesquisei os doces coreanos na internet — Bitsy lhe disse. — Biscoitos de espinafre, arroz de glúten frito...

Brad começou a parecer preocupado.

— Eu estava pensando talvez em um bolo de uma camada com uma cobertura de bandeira americana — disse ela.

— Essa é uma grande idéia!

— Com velinhas? Ou uma vela, por um ano. Mas absolutamente nada de presentes; lembre-se de dizer isso para os Yazdan. Eles sempre trazem presentes. E nós podíamos cantar algum tipo de canção. Deve haver alguma canção adequada sobre esperar a chegada de alguém.

— Tem "She'll Be Coming Round the Mountain" — disse Brad.

— Bom... e as meninas podem usar roupas coreanas. Podemos emprestar um *sagusam* para Susan. É quase certo que ela não tem nenhum.

— Isso seria legal.

— Podíamos ter uma cerimônia, algo assim. As meninas ficariam em outro quarto; acenderíamos o bolo e começaríamos a cantar; elas entrariam pela porta de mãos dadas... como se estivessem chegando de novo. O que você acha?

— E, olha! — disse Brad — Podíamos passar o vídeo!

— Perfeito! O vídeo — disse Bitsy.

Seu irmão Mac tinha recolhido todos os diferentes vídeos do aeroporto para editar em uma única fita. Desde então a fita tinha ficado numa prateleira — nunca parecia haver tempo nem para assistir os noticiários agora — mas essa era a chance de vê-la.

— Talvez no final da festa, para recobrar o fôlego — Bitsy disse. — Será que tudo isso é muito cafona?

— Nem um pouco.

— Tem certeza? Você me diria se fosse.

— Você não seria cafona nem se tentasse — disse Brad.

O melhor era que ele era sincero. Ela sabia disso. Ele tinha essa noção de que ela não podia fazer nada errado. Era "Bitsy disse isso" e "Bitsy disse aquilo" e "Vamos perguntar pra Bitsy, tá?" Ela pegou o rosto dele entre suas mãos e se inclinou para lhe dar um beijo.

Bitsy não gostava que isso fosse comentado, mas Brad não era seu primeiro marido. Seu primeiro marido tinha sido Stephen Bartholomew, o filho único dos mais antigos amigos de seus pais. Os pais de Bitsy e os pais de Stephen sempre saíam juntos quando namoravam, em Swarthmore, e permaneceram dedicadamente em contato desde então, embora os Bartholomew vivessem do outro lado do país, em Portland, no Oregon. Bitsy tinha visto Stephen exatamente duas vezes em sua vida — ambas as vezes quando era jovem demais para se lembrar — antes que eles próprios entrassem em Swarthmore; mas a idéia era que eles estavam destinados a ser almas gêmeas instantâneas. A primeira carta que sua mãe lhe escreveu, na primeira semana do primeiro ano de Bitsy, começava com "Você já se encontrou com Stephen?", e sem dúvida a mãe de Stephen estava perguntando a mesma coisa a ele.

É claro que eles se conheceram, com o tempo, e não foi surpresa para ninguém eles logo se apaixonarem. Ele era um rapaz de uma beleza diáfana, com um rosto estreito e calmo e olhos cinzento-esverdeados. Ela era mais comum e uma líder nata, a estrela do campus, franca e apaixonada. Eles passaram pelos quatro anos da faculdade como um casal estável e reconhecido, embora tivessem interesses tão diferentes (química para ele e inglês para ela, sem falar das várias atividades políticas dela) que era um problema achar tempo para ficarem juntos. No Natal do último ano, eles ficaram noivos, casaram-se em junho do ano seguinte, um dia depois da formatura, e se mudaram para Baltimore, onde Stephen tinha uma bolsa na Hopkins e Bitsy foi trabalhar em seu estágio pedagógico no College Park.

Então ela conheceu Brad.

Ou melhor: primeiro ela começou a reparar nos defeitos de Stephen. Na verdade, o que *aconteceu* primeiro? Agora, ela não podia dizer. Mas se lembrava de compreender um dia que a emoção mais constante de Stephen era a desaprovação. Ah, aquela cara amarrada dele era mais significativa do que ela pensara! Era um homem que podia ficar todo encolerizado com a frase "simplista demais", só Deus sabe por quê; um homem que se recusava a se deixar emocionar por uma versão apaixonante de "I Wonder As I Wander" porque se sentia ofendido pela construção gramaticalmente incorreta de "people like you and like I". "Quero dizer, onde isso vai *acabar*?" era sua pergunta favorita, e cada vez mais ele parecia fazê-la sobre a própria Bitsy — sua tendência a adiar as coisas, seus métodos improvisados de cuidar da casa, sua crescente indiferença com relação aos estudos. Ele via o resto do mundo como um monte de padrões desabando e indo a pique, e isso o fazia franzir o cenho e se inquietar; fazia-o pigarrear de uma maneira irascível e agourenta que a perturbava.

Bom, certamente uma pessoa pode ter defeitos piores do que estes. Não eram suficientes para justificar o divórcio. Mas o fato era que eles tinham se casado sem muito mais do que um conhecimento superficial prévio. Ela percebeu isso tardiamente. Eles tinham se enamorado pela mera idéia um do outro — duas crianças obedientes tentando ao máximo agradar aos pais — e passaram quatro anos se mantendo em lados opostos do campus só para não ter que descobrir como eram pouco compatíveis. (O casamento deles não foi quase arranjado, na verdade? Foi assim tão diferente do de Maryam Yazdan? Maryam pode ter sido mais feliz, até. Bitsy adoraria perguntar a ela sobre isso.)

Seja como for, apareceu então o jovial, alegre e despreocupado Brad com seu corte de cabelo esfiapado, seu sorriso em curva e sua absoluta fé de que ela era a pessoa mais maravilhosa do mundo. Eles se conheceram no comício de John Anderson no campus; Bitsy era grande fã de Anderson mas Brad achava que ficaria com Carter. Só não tinha certeza. Ela argumentou com ele, e depois foram tomar café para discutir um pouco mais. Ele ficou fascinado com cada palavra dela. Eles inventaram outros pretextos para se encontrar. (Votar independente não significava jogar seu voto no lixo? Hein? Qual era sua opinião sincera?) Ela nunca conhecera ninguém tão confiante. Mesmo o que outros poderiam depreciar — o jeito ingenuamente comedido de falar, a barriga de cerveja começando a aparecer — entusiasmavam seu coração.

Toda vez que eles saíam, ela se preocupava se ele iria achar outra mulher mais atraente. Como não acharia? Ela sabia que não era uma beleza. Aquela garota atendendo no balcão do café favorito deles, por exemplo: era tão mais peituda do que Bitsy, mas não só isso, ela era muito mais *meiga*, mais dada, de alguma forma. E além disso era solteira! Então a garota disse, ao encher outra vez as xícaras, "Estou completa e totalmente acabada", e Bitsy sentiu uma excitação vingativa porque era uma frase tão redundante, tão ignorante — "completa e totalmente", meu Deus! — até perceber que Brad sequer tinha reparado. Ele não repararia; faltava-lhe essa qualidade crítica. Mas não importa: ele estava olhando só para Bitsy, de qualquer forma. Seus olhos eram do mesmo tom de azul da manta acolhedora de um bebê, exatamente daquela pureza e maciez.

Ela lhe contou que seu casamento tinha se acabado há meses, e ele não devia se preocupar com isso. Foi desavergonhada, cruel, egoísta, sem um pingo de consciência. Passou a noite no apartamento de solteiro dele cheirando a chulé e nem se importou em oferecer a Stephen algum álibi. E quando Brad aceitou um emprego de professor em Baltimore, ela abandonou os cursos de pedagogia e nunca mais pôs os pés no College Park.

É claro que tanto seus pais como os de Stephen ficaram chocados quando souberam das notícias. Não tanto o próprio Stephen; ele parecia mais aliviado do que qualquer outra coisa. Mas os pais deles não conseguiam acreditar que um casal tão perfeito não tivesse dado certo. Culparam os "problemas de adaptação" (um ano completo de casados). A mãe dela lhe perguntou, em particular, se ela havia pensado um pouco na enorme importância da compatibilidade intelectual em um casamento. E os pais de Brad, bem. Quanto menos se fale sobre eles, melhor. Você poderia dizer que eles acharam que o filho tinha perdido o juízo. Uma garota tão desengonçada, sem graça; isso sem falar que já era casada, um ano mais velha do que ele e politicamente ridícula! Os Donaldson votavam nos republicanos. Eles moravam em Guilford. Quando se encontravam com os pais de Bitsy, mesmo agora, era possível vê-los abrir a boca e tomar fôlego, sem conseguir achar um único assunto que pudessem imaginar para discutir com essas pessoas.

Bitsy tinha imaginado que assim que os pais de Brad se tornassem avós, as coisas ficariam mais fáceis. Mas então eles não se tornaram avós. (Um golpe a mais contra Bitsy.) Ela passou 15 anos tentando engravidar enquanto outras mulheres, mulheres desatentamente felizes, passavam jubilosas por ela nos supermercados com seus carrinhos cheios de crianças. Ela suportou todos os exames possíveis e procedimentos médicos extenuantes, e mais de uma vez uma pergunta esteve na ponta da sua língua para ser feita aos médicos, "Será que isso é por algo que eu *fiz*? Quero dizer, não apenas uma coisa que meu corpo fez; quero dizer, é da minha natureza? Será que não sou meiga o bastante, acolhedora o bastante — uma mulher que pôs seu primeiro marido para fora sem o menor constrangimento?"

Absurdo, é claro. E veja como tudo acabou bem! Eles tinham sua preciosa Jin-Ho, a filha mais perfeita que se podia imaginar. E uma criança carente, além disso — uma oportunidade de fazer algo bom neste mundo.

Quando Bitsy pensava na chegada de Jin-Ho, não parecia um primeiro encontro. Parecia que Jin-Ho estava viajando para eles durante todo esse tempo e a esterilidade de Bitsy tinha sido parte do plano, preestabelecida para que eles pudessem ter sua filha verdadeira. *Ah, é você! Bem-vinda ao lar!*, pensou Bitsy quando viu pela primeira vez aquele rostinho forte, e ela estendeu os braços.

Mas ela achava que ninguém ia entender se chamasse isso de Festa do Encontro.

Os dois irmãos de Bitsy eram mais novos do que ela, mas seus filhos já estavam maiores. (Isso costumava amargurá-la, um pouco.) Mac e Laura tinham um filho adolescente — um gênio com certificado, anti-social e nerd — e uma filha loura de 10 anos perturbadoramente sexy. Abe e Jeannine tinham três filhas, com idades de 8, 9 e 11, mas tão parecidas no visual e no temperamento que poderiam ser consideradas trigêmeas. O pobre Brad sempre confundia os nomes delas.

Na tarde da festa, essas duas famílias chegaram antes de todos e até uma boa meia hora ou mais antes da hora especificada, e pararam na frente da casa uma depois da outra como se tivessem viajado em dupla, embora viessem de direções opostas. No começo, Bitsy ficou chateada; ainda estava tentando fazer Jin-

Ho entrar em seu vestido, e a cafeteira ainda não fora ligada nem o bolo arrumado na mesa. Então, perguntou-se se eles tinham vindo com alguma idéia na cabeça. As esposas pareciam incomumente ansiosas para levar as crianças para a sala de TV, e depois que os adultos se acomodaram na sala de estar, Abe (o mais jovem) ficou olhando com expectativa para Mac. Por algum motivo, Bitsy não se sentiu particularmente inclinada a ajudá-los. De fato, no momento em que Mac disse: "Então! Bem, ah. Já que estamos todos aqui...", ela foi tomada pela urgência de passar à frente dele. Disse: "Vocês sabem o que fiz esta manhã?"

Todos olharam para ela.

— Escutei a fita que fizemos no aeroporto aquela noite. Puxa! Parece há tanto tempo! Estou falando no microfone; estou dizendo "Todo mundo está reunido aqui; todos trouxeram presentes. Mac e Laura estão aqui, e Abe e Jeannine." — Embora, na verdade, ela não tivesse se referido a eles pelo nome. Estava apenas tentando fazer a coisa parecer mais interessante. — Minha voz estava tão trêmula e amedrontada! Bom, vamos encarar: eu estava morrendo de medo! Eu pensei, e se acontecer que eu não consiga acolher essa criança? E se... bom, nós só tínhamos visto uma única foto e já sabíamos que ela era linda, mas e se pessoalmente ela fosse decepcionante ou desagradável? Essas coisas podem acontecer, vocês sabem! Embora ninguém goste de admitir. E vejam Susan. É claro que ela é um amor, mas sempre fiquei pensando, será que os Yazdan não sentiram talvez uma leve decepção quando viram como a menina era comum? Com aquela pele amarelada e careca na parte da frente? E então *mais tarde* começaram a amá-la; não quero dizer que não a amaríamos, mas mesmo assim... Ah, eu estava uma pilha de nervos aquele dia! E isso aparece na minha voz. Então eu disse: "Ah! Ela chegou! Ah, ela é linda!" e depois há um som de batida; deve ter sido eu deixando cair o gravador...

— Ora, quem sabe a gente escuta essa fita hoje na festa! — disse Brad.

— Bom, não sei; acho que me sentiria meio idiota se outras pessoas a escutassem.

— Ah, benzinho, não seria idiota. Seria legal.

— Bitsy — disse Laura com um tom de declaração. (Ela era diretora de uma escola elementar; estava acostumada a tomar a frente.) — Precisamos ter uma conversa sobre seus pais.

— Meus pais?

Laura olhou para Mac. Ele se endireitou e disse:

— Sim. Mamãe e papai. Acho que não precisamos lhe dizer que mamãe parece estar afundando.

— É *evidente* que você não precisa me dizer!

Os irmãos dela e suas esposas não tinham sido tão atentos como deveriam ser, na opinião de Bitsy. Ela dirigiu um olhar especial para Jeannine, que uma vez se recusou a levar Connie a uma sessão de quimio porque seu caçula tinha um jogo.

— E você pode ver que isso está exaurindo papai — continuou Mac. — Este verão já foi bastante ruim, mas com as aulas começando em setembro, bom, não tenho certeza se ele vai conseguir. Ele está falando em pedir aposentadoria antecipada. Mas você sabe como ele adora lecionar, eu detestaria vê-lo renunciar a isso justo quando... justo antes de ele precisar ter algo para fazer com seus dias, sabe? Achamos que ele tem que contratar algum tipo de enfermeira para ajudar com a mamãe.

— Ah — disse Bitsy. Ela estava aliviada. Tinha se preocupado achando que eles poderiam pedir *a ela* para ser a enfermeira, ou mesmo para levar a mãe para sua casa.

— Mas é claro que os dois vão querer discutir o assunto. Papai vai dizer que ele quer cuidar de mamãe sozinho. Mamãe vai dizer que não precisa de cuidado nenhum.

— Ela é tão *obstinada*! — Laura explodiu. — Será que não entende como está tornando as coisas difíceis? Pessoas que se recusam a aceitar as limitações: ah, é tudo muito admirável, tudo muito corajoso e heróico, mas em termos práticos é enfurecedor! Criando situações que ela não pode resolver, recusando-se a usar bengala e andador, insistindo em ir a lugares onde o banheiro está a léguas de distância e depois de três lances de escada...

Bitsy sabia exatamente o que ela queria dizer, mas ouvir isso de uma mera cunhada — alguém que nem era parente, tão eficiente e profissional com seus óculos de gatinha e pantalonas — parecia um insulto.

— Ah, Laura, quem sabe o que nós próprias faríamos na situação dela? — disse Bitsy.

— Nós nos renderíamos com elegância às circunstâncias, espero — Laura rebateu. O marido lhe enviou um olhar de advertência e Abe começou a parecer ansiosa, mas ela ignorou os dois. — Então — disse a Bitsy. — Estamos de acordo? Oferecemos para contratar um acompanhante?

— Um cuidador — Bitsy disse automaticamente.

— Perdão?

— Cuidador, é como eles são chamados hoje em dia.

— E dia e noite, não concordam? Assim seu pai não terá de acordar à noite.

— Quanto isso custaria exatamente? — perguntou Brad. — Quero dizer, é claro que estamos de acordo... não estamos, Bitsy?... mas isso não custaria os olhos da cara?

— Não se todos contribuirmos — disse Laura.

Todos olharam para Bitsy.

— Bom, é claro que vamos contribuir — disse Bitsy. — Mas acho que eles não vão aceitar. E o problema não é o dinheiro, de qualquer maneira. Tenho certeza de que papai ganha o suficiente.

— Sim, mas nos oferecermos para pagar é uma maneira de levantar o tema — Laura lhe disse. — Eis o que você fará: diga que é por vocês. Diga que você está perdendo o sono por causa disso e que você e seus irmãos se sentiriam melhor se pudessem pagar pela ajuda.

— Eu — disse Bitsy. — *Eu* é que devo dizer? E o resto de vocês?

— Bem, naturalmente, nós lhe daremos apoio...

— Darão apoio?

Mas então a campainha tocou e ela se colocou de pé num pulo, feliz pela interrupção. Isso devia ser uma festa! Uma comemoração para Jin-Ho! (Que tinha sido levada para a sala de TV com um mínimo de cumprimentos, para que os adultos pudessem conspirar juntos.)

Na varanda ela recebeu os pais de Ziba — o Sr. e a Sra. Hakimi, sorrindo, em roupas escuras engomadas. Sem dizer nada, a Sra. Hakimi lhe entregou um presente enorme, extravagantemente embrulhado, contrariando todas as instruções, enquanto o Sr. Hakimi exclamava "Felicitações, Sra. Donaldson!". Eles eram tão exóticos, tão abençoadamente distantes das picuinhas irritantes da cena da sala de estar. Bitsy disse: "Ah, que prazer ver vocês!" e então disse: "Por favor, é Bitsy", e pegou o presente da Sra. Hakimi e a beijou na face. A face da Sra. Hakimi era suave como uma velha bolsa de veludo. A cabeça de pergaminho colorido do Sr. Hakimi parecia um globo antigo. Eles entraram na casa de uma maneira hesitante, respeitosa, embora o saguão estivesse atulhado de brinquedos e a entrega de fraldas de pano do dia anterior ainda estivesse perto do porta-guarda-chuvas.

— Que ocasião! Que alegre ocasião! — exclamou o Sr. Hakimi à porta da sala de estar. Foi uma dica de entrada em cena. Imediatamente os homens se levantaram e fizeram cara de boas-vindas, e as cunhadas começaram a se agitar e alvoroçar, e as crianças vieram como uma torrente da sala de TV clamando por alguma coisa para comer. A campainha tocou outra vez, e outra vez e depois outra vez — os Yazdan com Maryam, depois os pais de Brad, e por fim os pais de Bitsy, sua mãe completamente alerta hoje e firme nos pés — e realmente começou a parecer uma ocasião alegre.

Por que era que Bitsy gostava tanto de Sami e Ziba? Os dois casais pouco tinham em comum, além de suas filhas. E os Yazdan eram muito mais jovens. Demasiado mais jovens, parecia às vezes. Sami tinha aquele hábito dos muito jovens de se levar muito a sério, embora isso talvez fosse apenas uma demonstração de sua qualidade de estrangeiro. (Embora seu sotaque fosse o indiscutivelmente original de Baltimore, alguma coisa estudada, esforçadamente casual em sua maneira o carimbava como não-americano.) E Ziba, com suas unhas vermelho-escuro, perceptivelmente tratadas por manicures, e seu cabelo com henna e o batom de dois tons: ora, a própria Bitsy não se preocupava com esse tipo de coisa há anos! Ou nunca, para falar a verdade.

Mesmo nas questões referentes às filhas, os Yazdan tinham uma abordagem muito diferente. Imagina mudar aquele nome encantador, Sooki, parte da sua herança nativa, para o antiquado e comum Susan! "Su-zun Yaz-dun": nem o som era legal. "Yaz-*dan*", Ziba a corrigiu, quando Bitsy uma vez se perguntou em voz alta se esses sons realmente combinavam bem. Tudo bem, mesmo assim...) Sem falar na roupa que Susan estava usando hoje, um vestido de festa de uma daquelas lojas de avós da Capital. O *sagusam* que Bitsy lhe emprestara estava agora jogado no sofá, descartado assim que todos tiveram a oportunidade de admirá-lo. E a filosofia deles sobre educação de criança em geral: o trabalho da mãe, a hora de ir para cama, a melopéia da voz aflautada ao falar com o bebê — "Su-su! Susie-june!", como se Susan pertencesse a uma espécie totalmente diferente, menos inteligente.

Ainda assim, eles eram os primeiros em que Bitsy pensava quando estava a fim de companhia. "Vamos chamar os Yazdan! Ver o que eles estão fazendo." E Brad parecia se sentir do mesmo jeito. Talvez isso tivesse a ver com a gentileza dos Yazdan. Eram tão dóceis e cordatos; não tinham arestas. (Bitsy não inclui Maryam nisso. Maryam às vezes agia de maneira muito superior.) E também... Bem, não era verdade que as mulheres que de fato deram à luz formam um tipo de irmandade presunçosa, com suas conversas sobre ultra-sons, dores do parto e amamentação? Nenhuma das outras amigas de Bitsy tinha adotado. Elas davam todo o apoio e tudo isso, muito diplomáticas, mas ela podia sentir que por baixo elas achavam que adotar era ficar com a segunda opção. Ah, tantos sofrimentos e mágoas secretas ficaram para trás dessa Festa da Chegada! E Sami e Ziba deviam ter passado por isso também.

Ziba uma vez lhe contou que seus pais acreditavam que as pessoas que não podiam ter filhos *não deveriam* ter filhos; não estavam destinadas a ter. "Destino!", Ziba tinha dito com uma risada, mas Bitsy não riu com ela. Em vez disso, estendeu a mão e cobriu a de Ziba, e os olhos de Ziba de repente se encheram de lágrimas.

Agora as duas meninas estavam rolando pelo tapete da sala de estar e gargalhando. Ultimamente, tinham começado a reparar uma na outra. Estavam começando a brincar juntas em vez de de costas viradas para outra. E Sami estava perguntando para Brad se ele gostava de seu novo Honda Civic, e Ziba estava ajudando Bitsy a servir os refrescos. Tinha se tornado um costume para Ziba preparar o chá quando estava de visita. Certamente os Yazdan não podiam sentir o gosto do papel no saquinho de chá, mas Ziba sustentava que eles podiam e assim Bitsy guardava uma caixa de chá solto em seu armário (uma caixa que regularmente tinha que jogar fora porque outra coisa de que os Yazdan podiam sentir o gosto era de chá *velho*, em teoria) e Ziba o preparava ela mesma em um processo complicado que envolvia uma precária torre formada pelo bule de chá por cima da chaleira e fungadas periódicas para sentir o "cheiro de infusão" adequado das folhas. Jeannine e Laura ficaram fascinadas. Elas rondavam o fogão, atrapalhando todo mundo e fazendo perguntas. "Não devia ter um método mais fácil? Isso parece um pouco... improvisado." "Por que apenas não mergulhar as folhas diretamente na chaleira? Dinamizar a operação?" Ziba apenas sorria. Bitsy sentiu-se secretamente orgulhosa, como se algo do mistério dos Yazdan tivesse se transferido para ela.

Foi pedido ao único primo menino, Linwood, que acendesse a vela no bolo. Bitsy achou que isso o faria se sentir mais incluído. Ele era uma criatura tão desajeitada, todo pomo de Adão e juntas salientes, com grossos óculos manchados e cabelo curto demais. Mas até chegar à mesa fez seu rosto ficar de um vermelho vivo, e quando ele finalmente conseguiu acender um fósforo, de alguma maneira deu um jeito de deixá-lo cair ao se inclinar cambaleante para o bolo. O pai de Bitsy, que estava mais perto, apagou-o facilmente com a palma da mão e disse: "Não foi nada", o que não era exatamente verdade porque uma mancha queimada apareceu na toalha de mesa, não que Bitsy se importasse com essas coisas; mas as três filhas de Abe berraram como se ele tivesse posto fogo na casa. "Meu Deus, Linwood, você é um pateta", disse a irmã, sacudindo a cabeleira loura que parecia de adulto, e Laura disse: "Chega, senhorita! Já é mais do que o suficiente", e Linwood girou cegamente e tentou escapar daquele círculo de parentes, tentando avançar de cabeça baixa. Levou um tempo para as pessoas o convencerem a tentar outra vez.

Enquanto isso, Brad estava esperando na cozinha com Jin-Ho e Susan, na expectativa de ouvir a deixa de entrada, mas evidentemente nenhuma das crianças entendeu a situação. Bitsy podia escutar Susan chamando, "Mamãe? Mamãe?" "*Acenda* logo essa maldita coisa, Linwood", disse Mac, e Laura disse, "Mac!" e Linwood riscou outro fósforo e acendeu a vela na primeira tentativa. Era uma sorte ter só uma vela. Bitsy já estava calculando que no ano seguinte, quando houvesse duas, as meninas talvez já fossem grandes o suficiente para fazer isso elas mesmas — com supervisão adequada, é claro.

— Muito bem, todo mundo — disse Bitsy, e começou a cantar. "They'll be coming round the mountain when they come..." Até o último momento ela procurou uma música mais adequada. Devia haver uma música na ópera sobre uma chegada muito esperada. Ou quase certamente em *O messias*, se não fosse sacrilégio. Mas nada havia lhe ocorrido, e esta pelo menos era uma canção que as crianças sabiam. Todos, menos os Hakimi (que estavam sorrindo como se estivessem por dentro), juntaram-se a ela no primeiro verso; até Linwood, em um resmungo a meia-voz, enquanto Brad escancarava a porta da cozinha e exclamava: "Ta-da! Elas estão aqui!" As duas meninas, Jin-Ho resplandecente de cetim vermelho e azul, Susan de organdi rosa, se agarraram às calças dele parecendo desnorteadas.

— "Oh, we'll go out to meet them when they come" — cantava Bitsy.

— Venha, meu bem! — ela chamou Jin-Ho. — Venha, Susan! Estão vendo o bolo para vocês?

Era um belo bolo — uma enorme bandeira americana.

— A dona da loja achou que estávamos realmente muito, muito atrasados para o 4 de Julho — disse Brad a Sami. Os dois estavam levantando as filhas nos braços agora para que elas pudessem dar uma olhada na mesa. Abe se aproximou com sua câmera.

— Você também entra nessa — ele disse a Bitsy. — Você também, Ziba, entre na foto. Muito bem, todos juntos, agora! Sorrindo!

Todos sorriram (bem, exceto as meninas, que ainda pareciam aturdidas), e o *flash* da câmera espocou.

— Vamos deixar os primos apagarem a vela — disse Bitsy. — Não tenho certeza se as meninas já conseguem fazer isso. E Jeannine, se você puder servir o chá, e Laura pode servir o café, e vou lhe pedir para cortar o bolo, Pat... — Pela primeira vez, ela se recusava a fazer tudo sozinha. Estava comemorando o aniversário mais importante de sua vida (sim, até mais importante do que o aniversário de seu casamento), e pretendia desfrutá-lo.

Como era de se esperar, Linwood não quis apagar a vela, mas as quatro primas entraram no espírito da coisa, empurrando uma à outra e lançando perdigotos com as gargalhadas até que, mais ou menos por sorte, as velas decidiram se apagar. Então a mãe de Brad cortou pequenos quadrados exatos de bolo e o pai de Bitsy passou-os para os que estavam a sua volta. Ele começou com a mãe de Bitsy, provavelmente por solicitude, mas ela não estava conseguindo comer muito ultimamente e deixou o prato de lado. Estava sentada à mesa em uma cadeira de espaldar duro. Os outros continuavam de pé, formando pequenos grupos onde se sentiam mais à vontade, mas Maryam puxou a cadeira ao lado de Connie e também se sentou.

— Acho que um chá iria muito bem agora — Bitsy a ouviu dizer, e Connie responder, "Ah sabe, acho que você tem razão".

Maryam colocou sua própria xícara na frente de Connie e se virou para Jeannine para pegar outra, e Bitsy lhe enviou um sorriso agradecido mesmo sem Maryam reparar. Maryam estava vestindo um daqueles conjuntos superelegantes que ela preferia

— calças *cigarrete* brancas e uma blusa preta de gola alta que deixavam à mostra seus braços bronzeados — mas de repente parecia muito mais simpática do que o habitual.

As primas pareciam estar competindo para puxar as pequenas daqui e dali, cambaleando com elas como se Jin-Ho e Susan fossem bonecas gigantes. Linwood estava grudado em um canto, devorando sombriamente seu bolo. Os homens discutiam beisebol, e Pat e as duas cunhadas estavam servindo mais do que parecia necessário. Só Ziba e seus pais, de pé um pouquinho afastados, pareciam por fora. Bitsy foi até eles.

— Vocês se serviram de chá? — ela perguntou para os Hakimi, embora ambos estivessem segurando suas xícaras e pires. — Não querem um pedaço de bolo?

A Sra. Hakimi deu um sorriso ainda maior, e o Sr. Hakimi disse:

— É muita gentileza, Sra. Donaldson...

— Por favor: é Bitsy — ela lhe disse pela décima segunda vez. Além disso, ela mantivera seu sobrenome de solteira, mas não tinha sentido entrar nisso agora.

— A Sra. Hakimi e eu estamos cuidando de nossas cinturas — ele disse. Deu um tapinha na barriga, que certamente estava precisando de cuidados, embora a esposa tivesse um desses talhes pequenos, que faziam a contagem de calorias parecer irrelevante.

— Parece realmente delicioso. Foi você mesma quem fez, Bitsy? — disse Ziba.

— Ah, meu Deus, não! Nunca fui boa quituteira.

— Nem eu — disse Ziba. — Minha mãe é a especialista. Ela faz um baklava delicioso.

— É mesmo?! — Bitsy virou-se para a Sra. Hakimi. Ela sabia que era ridículo pensar que um tom mais alto da voz a faria ser mais facilmente entendida, mas de alguma maneira não podia evitar. — Não é maravilhoso! Baklava! — disse ela, com uma animação maior do que mostrava desde que deixou o colégio.

— E nunca compro o... — dizia a Sra. Hakimi, e então ela deu um olhar desesperador para Ziba e se dissolveu em uma corrente de farsi.

— Ela não compra a massa de mil folhas. Faz a massa do zero — disse Ziba. — Ela mesma abre a massa, tão fina que fica transparente.

— Mas que... maravilha! — disse Bitsy outra vez.

— Minha esposa é uma pessoa muito talentosa — declarou o Sr. Hakimi.

A Sra. Hakimi fez um estalo com os lábios e olhou para dentro de sua xícara.

— Bem, depois nós vamos mostrar uma fita de vídeo — disse Bitsy. Ela imaginou que ajudaria alguma coisa se olhasse para os Hakimi ao falar, ainda que suas palavras fossem dirigidas para Ziba. — Meus irmãos e um dos tios de Brad e, ah, muitas outras pessoas, alguns de nossos amigos também, levaram câmeras de vídeo ao aeroporto quando fomos pegar Jin-Ho. Então, vamos mostrar a fita, mas quero me desculpar desde já pelo fato de ser só de Jin-Ho e não de Susan. Nós não sabíamos naquele momento que Susan estaria aqui! Caso contrário, a teríamos filmado também.

— Ah, tudo bem — disse Ziba. — Eu tenho a lembrança em minha cabeça.

— Tem? — perguntou Bitsy. — Não é engraçado, mas toda aquela noite é um borrão para mim. Eu me lembro quando vi o rosto de Jin-Ho pela primeira vez; lembro de estender os braços para ela. Mas depois o quê? Como Jin-Ho reagiu? Tudo isso parece um sonho agora.

A Sra. Hakimi cutucou o braço de Ziba.

— Conte sobre Susan — ela ordenou.

— Contar o quê, mamãe?

— Conte como foi a primeira vez que nós a vimos.

— Ah — disse Ziba. Ela se virou para Bitsy. — Meus pais não foram ao aeroporto, lembra? Eles tinham um compromisso. — Ela abaixou suas vastas pestanas uma fração de milímetro. (Compromisso. Certo.) — Eles foram nos visitar naquela semana, e quando entraram em casa, Susan estava sentada na cadeira alta e levantou suas sobrancelhas para eles e disse, "Ho?" Só fala de bebê, entende. Ela não queria dizer nada com isso. Mas soou como uma palavra farsi, *khob*. A palavra para "então". "Então?", ela estava dizendo. "Eu passei na inspeção, ou não?"

— *Khob?* — disse a Sra. Hakimi, e se dobrou de rir, cobrindo a boca com uma das mãos. O marido disse, "Rá.Rá". Ele procurou Susan pela sala.

— Uma criança de espírito — disse ele. — Nós, os Hakimi, somos conhecidos pelo nosso espírito. Nós temos... como dizer... nós temos fibra.

Bitsy sorriu e seguiu o olhar dele. Era verdade que Susan em geral mostrava uma certa audácia, embora franzina como era. No momento parecia ter decidido que já tinha sido carregada o suficiente e se plantara na pequena cadeira de balanço tamanho criança de Jin-Ho, agarrada nos braços da cadeira tão obstinadamente que quando um dos primos tentou levantá-la, a cadeira foi junto com ela.

A Sra. Hakimi ainda estava dizendo, "*Khob*?" e rindo por trás de sua mão fechada, e Ziba olhava para ela com afeto.

— Agora eles caducam com ela — ela disse a Bitsy. — Susan é a neta preferida deles.

— Não, não, não, não, não. Nada de favoritos — disse o Sr. Hakimi, e balançou um grosso indicador para sua filha, mas não parecia que estava falando a sério.

— Bom, por que não vamos ver o vídeo? — Bitsy convidou.

— Todo mundo! — chamou, batendo palmas. — Vamos para a sala de TV ver o vídeo?

Passou pela multidão, rodeando os que ainda estavam para trás, continuando suas conversas. "Brad, você vem? Laura? Jeannine? Alguém traga as meninas; elas também não viram isso."

Ela havia arrumado a sala de TV mais cedo naquela manhã, mas as crianças já tinham conseguido arruiná-la. Várias almofadas estavam jogadas pelo tapete e uma revista *Teen People* estava no assento da poltrona. (Era de Stefanie, sem dúvida — que tinha 10 anos e parecia ter 20.) Bitsy a pegou entre o polegar e o indicador e a deixou cair no peitoril da janela.

— Sente-se aqui — disse para sua mãe. — Está confortável? Alguém me passe uma almofada para mamãe.

Brad, enquanto isso, estava procurando entre as fitas de vídeo amontoadas em cima da TV.

— Crianças, vocês tiraram minha fita do aparelho — ele reclamou. — Ela estava pronta para rodar! Agora, onde...? Ah. Achei.

Alguns dos adultos tinham se amontoado em uma fileira no sofá — os Hakimi e os pais de Brad. Dave se acomodou em um dos braços da cadeira de Connie e todos os outros se sentaram no chão — até Maryam, assumindo quase uma posição de lótus com as costas bem eretas. Abe se ofereceu para lhe trazer uma cadeira da sala de estar, mas ela disse, "Prefiro assim, obrigada", puxou Susan para seu colo e a envolveu com os braços.

Um tempo atrás, Sami e Ziba tinham viajado no final de semana e deixaram Susan com Maryam. Bitsy ficou espantada quando soube. Durante suas próprias ausências breves — nunca mais demoradas do que algumas horas, e só por motivos inevitáveis, como idas ao médico — ela contratava uma pessoa da Central de Babás, uma mulher com diploma em ressuscitação infantil. De qualquer maneira, sua mãe estava frágil demais para ficar de babá e seus sogros haviam deixado claro que tinham suas próprias ocupações. Mas sob nenhuma circunstância ela teria cogitado em deixar Jin-Ho por uma noite. Ficaria louca de preocupação! As crianças eram tão frágeis. Ela entendia isso agora. Quando se pensava em tudo que podia acontecer, as tomadas elétricas, os cordões das venezianas, a salmonela do frango, o verniz tóxico dos móveis, os pedaços de comida do tamanho da traquéia, os vidros de remédio destampados e os cinco centímetros letais de água na banheira, parecia um milagre que qualquer criança conseguisse chegar à idade adulta.

Ela foi atrás de Jin-Ho e a puxou para mais perto, mesmo que isso significasse trazer sua prima Polly junto com ela.

— Lá vamos nós! — disse Brad, e deu um passo para trás. Sobre um fundo de tecido azul-claro já desbotado, letras cor de cobre diziam *A Chegada de Jin-Ho*. "Fino", alguém murmurou, e Mac exclamou:

— É uma firma que achei nas Páginas Amarelas. Muito razoável e...

— Shhh! — alguém lhe disse, porque agora uma voz se ouvia vindo da TV — a voz de Mac, porém mais séria. "Muito bem, pessoal, estamos aqui no aeroporto de Baltimore, Washington. Noite de sexta-feira, 15 de agosto de 1997. São sete e meia da noite. O clima é quente e úmido. O avião deve aterrissar às, vejamos..."

Brad fechou as cortinas, fazendo o tecido desbotado ficar mais azul, e então se acomodou no chão perto de Bitsy.

— Veja, queridinha — ele disse para Jin-Ho. Ela estava chupando o dedão e lutava para manter os olhos abertos. (Ela não tinha dormido durante sua sesta hoje, talvez sentindo a excitação.)

Uma mistura de figuras apareceu: Dickinson e Donaldson, misturados, usando roupas de verão. Podia-se dizer que devia estar quente, porque as pessoas tinham uma aparência esgotada, suada, e nem as mais bonitas estavam em seu melhor dia. Bom, exceto Pat e Lou, tão serenos e pálidos quanto duas estatuetas de biscuit. (Embora Pat tenha dito, de seu lugar no sofá, "Meu Deus! Estou tão velha!") Uma das primas passou correndo pela tela, as pontas da blusa em xadrez verde voando.

— Essa sou eu! Essa é minha blusa velha! — gritou a pequena Deirdre e Jeannine disse, "Shhh".

— Eu *amava* essa blusa!

"Ali na frente vocês podem ver os orgulhosos pais", anunciava a voz gravada de Mac. "Brad e Bitsy, ambos muito felizes. Bitsy levantou às cinco horas esta manhã. Este é um dia extremamente importante na vida deles."

Só escutá-lo dizer essas palavras fez Bitsy lacrimejar um pouco. Para si mesma, no entanto, ela não parecia nada feliz e sim aterrorizada. E tão pouco preparada! Tão experimental e tímida, como se fosse preciso que a maternidade a transformasse em adulta. Ela estava agarrando o gravador e falando de maneira inaudível, seu queixo tombado de uma maneira que não ficava bem. A seu lado, Brad segurava bem reto uma cadeirinha de carro nos dois braços, como se esperasse que a filha deles caísse dos céus.

A cena se dispersou e então, confusamente, o próprio Mac apareceu, filmado por outra pessoa. Estava apertando os olhos em sua filmadora, e bem atrás dele o tio Oswald olhava pela filmadora *dele*. Bitsy pensou nos natais de sua infância, quando ela e os dois irmãos ganharam máquinas fotográficas, e todas as fotos daquele dia não mostravam rostos, mas câmeras nas caras mirando fixamente para quem quer que fosse o fotógrafo.

A voz na tela — a voz de Abe, agora — disse: "Comecei a contar quem está aqui e perdi a conta no 34. Então Jin-Ho, querida, se você estiver olhando isso em algum momento no futuro, verá como sua nova família estava ansiosa para conhecê-la."

Todos olharam para Jin-Ho, mas ela estava num sono profundo.

Connie apareceu, mais saudável do que estava há meses, e Dave a seu lado, e depois Linwood, encostado em uma parede e concentradamente apertando um Game Boy. Abe apresentava as pessoas enquanto as filmava. "Agora, aqui está sua Tia Jeannine. Aqui está Bridget, sua prima, e aqui está sua prima Polly." A câmera inclinou-se, passando por dois estranhos, ficou um tempinho em Laura e investiu de novo sobre Linwood. Ver o filme deixaria uma pessoa tonta. Bitsy fechou os olhos por um momento, e quando os abriu viu que quem quer que tenha feito a montagem deve ter sentido a mesma coisa, porque agora já não era Abe que falava, mas Mac outra vez. "Muito bem, pessoal, já é bem mais tarde. Houve um pouco de atraso. Mas o avião já aterrissou, finalmente, e estamos observando os primeiros passageiros saírem pelo portão do desembarque. Grande momento! Grande, grande momento!"

Bitsy viu um jovem muito alto e percebeu que já o tinha visto antes. Viu dois empresários, um menino com uma mochila, uma mulher deixando cair a mala para abraçar duas crianças de pijamas. Que estranho: essas pessoas eram tão familiares, e no entanto ela não pensara nelas desde aquela noite e certamente não tinha consciência de que estavam gravadas em seu cérebro. Era um pouco como reler um livro e chegar a uma passagem da qual você se lembra de todas as palavras uma fração de segundo antes de vê-las, ainda que jamais pudesse citá-las por sua própria conta.

A mulher da agência, por exemplo. A coreana de terno azul-marinho que parecia uniforme da linha aérea, com seus pômulos largos e maneira grave, toda oficial. Bitsy mentalmente a dispensou no instante em que ela e Brad tomaram posse da filha — ela a exorcizara, podia-se quase dizer — e no entanto agora as duas rugas finas embaixo dos olhos da mulher eram tão conhecidas que Bitsy se perguntou se não havia sonhado com ela todas as noites desse ano que passou. E a bolsa de fraldas! Oh, veja. Vinil rosa, barata e malfeita, já começando a despregar nas pontas da correia. Elas imediatamente a descartaram e ficaram com uma que Bitsy tinha costurado com seus próprios tecidos artesanais, mas aí estava ela, de volta outra vez, como o caixão de um estadista reaparecendo no noticiário da noite depois de você ter passado o dia vendo-o ser enterrado.

E Jin-Ho. Ah, aí está: a câmera deu um zoom para o rosto dela e aí se fixou. Ela era tão menor! Seus traços eram tão mais juntos! "Veja você, Jin-Ho", Brad murmurou mas, para Bitsy, a criança adormecida no colo de Polly quase não tinha ligação com o bebê na tela. A dor súbita que ela sentiu era quase como um pesar, como se aquela primeira Jin-Ho tivesse de alguma forma deixado de existir.

A mulher da agência estava passando o bebê para Bitsy. Bitsy abraçava-o com força e seus parentes riam e passavam o lenço de papel nos olhos. Todos, tanto na tela como fora dela, arrulhavam suavemente, como um estábulo cheio de gansos carpindo.

Ah, adoção não era *melhor* do que parto? Mais dramático, mais significativo. Bitsy sentiu pena daquelas pobres mulheres que meramente pariram.

Evidentemente outra pessoa estava filmando agora, porque Mac era visto fazendo cara de bobo para o nenê Jin-Ho. Talvez fosse o tio Oswald quem estivesse girando sua câmera mais uma vez pelo grupo e depois se afastando, afastando até a porta de desembarque e o pingar final dos passageiros, o homem com a bengala e o casal de cabelos grisalhos e — oh!

Lá estava Susan.

— Nós a filmamos! Filmamos! — exclamou Bitsy. — Ali está ela em seu carregador!

E ali estavam Sami e Ziba também. E Maryam seguindo atrás com sua postura imaculada e seu imperioso, audível como um clarim, "Aqui estamos nós. Yazdan". Todos os três estavam notavelmente livre de acessórios. Sem filmadoras, câmeras fotográficas ou gravadores. Eles viajam leves, esse povo. ("Guardo as lembranças em minha cabeça" — não foi assim que Ziba tinha dito? De repente, Bitsy sentiu inveja.) O fotógrafo seguiu a marcha deles até a passagem e então focou de novo em Susan, ou no pouco que se podia ver dela, que era principalmente uma camiseta cor-de-rosa e um tufo de escasso cabelo preto. Bitsy se inclinou sobre Brad para procurar Ziba em meio à platéia. Encontrou-a sentada ao lado de Sami no chão perto da estante.

— Isso não traz tudo de volta? — ela gritou.

— Mas ela era tão pequenina!? — disse Ziba, sem tirar os olhos da tela. — É como se ela fosse outra pessoa totalmente diferente! — disse.

— Eu sei.

— Isso me deixa triste.

— Ah, eu *sei*! — exclamou Bitsy, e se estivesse mais próxima, teria abraçado Ziba, e também abraçado Sami com seus pequenos óculos encantadores brilhando como lágrimas à luz que vinha da TV.

Então ela voltou para o filme e viu que ele tinha terminado sem ela. Os créditos estavam deslizando pelo tecido desbotado. *Agradecimentos especiais ao Centro de Adoção Coreano-americano Corações Amorosos*. Brad apertou o controle remoto e se levantou para abrir as cortinas, e a luz inundou a sala. As pessoas piscaram e se esticaram. Jin-Ho ainda estava dormindo, a cabeça recostada no peito de Polly, mas tudo bem; ela teria muitas outras chances para ver esse filme nos anos que viriam. Bitsy deu umas palmadinhas na perna coberta de cetim de Jin-Ho e então se esforçou para se levantar e foi até Sami e Ziba. Sami estava segurando uma Susan completamente desperta se contorcendo, e ouvindo o conselho de Mac sobre a melhor marca de câmera de vídeo, mas Ziba se voltou para Bitsy e a abraçou.

— Por que eu fiquei tão *triste*? — perguntou ela a Bitsy. — Não é uma tolice? — Ela se controlou e enxugou os olhos. Tinha deixado uma mancha úmida no ombro de Bitsy. — Foi o dia mais feliz da minha vida! É um dia que jamais vou esquecer.

— Eu tampouco, mas você gostaria de voltar? — Bitsy lhe perguntou.

— Nunca!

As duas riram.

— Venha me ajudar a preparar outro bule de chá — Bitsy lhe disse.

Elas abriram caminho entre a multidão, o que não foi fácil. Outras pessoas também tinham os olhos úmidos; outras pessoas queriam abraçá-las.

— Partiu meu coração ver nossa Jin-Ho chegar tão sozinha daquele jeito — disse a mãe de Bitsy.

— Sozinha? Ela estava com aquela simpática coreana — atalhou o pai.

— Sim, mas você sabe o que quero dizer.

— Talvez seja por isso que estamos tristes — disse Bitsy a Ziba quando entraram na cozinha. — Estamos tão acostumadas a ter as meninas agora; esquecemos que elas nem sempre estiveram conosco. Nós as vimos saindo do avião e falamos: "Ah, não, elas fizeram essa longa viagem sem nós! Onde *estávamos*?"

— E elas viveram aqueles primeiros meses da vida delas sem nós — disse Ziba. — Sozinhas! Enfrentando tudo sozinhas!

Elas caíram uma nos braços da outra novamente, chorando e rindo ao mesmo tempo.

— Ah, Ziba, quem mais entende o que sentimos? — perguntou Bitsy enquanto se encostava na pia e procurava por um lenço no bolso. — Eu gostaria que vocês morassem mais perto. Detesto ter de pegar o carro para ver vocês. Gostaria de tê-los na casa ao lado. Poderíamos nos chamar pela cerca, e as meninas poderiam brincar juntas sempre que quisessem, sem todas essas combinações formais.

Ela podia ver em sua cabeça: as idas e vindas casuais, a tela das portas batendo quando as meninas corressem para se encontrar logo depois do café. Talvez os Sansom do 2410 pudessem vender a casa para os Yazdan. Eles estavam envelhecendo, afinal, e o Cape Cod deles era muito, muito melhor do que qualquer McMansão no Hunt Valley. Ela assoou o nariz e disse.

— Nós poderíamos ficar de babá uma para a outra. Logo, as meninas nem notariam quando uma de nós estivesse fora.

— Quando elas crescessem um pouco mais, poderiam dormir uma na casa da outra — disse Ziba.

Maryam tinha se juntado a elas, a essa altura. Gentilmente, estava afastando Bitsy para um lado para poder encher a chaleira.

— Ficando juntas tanto tempo — disse Bitsy — elas iam achar a adoção natural. Quer dizer, elas saberiam que era. Não teriam nenhuma dúvida sobre si mesmas e nem senso de inferioridade.

— Esse fogão precisa de fósforo para acender? — perguntou Maryam.

— Ah, perdão! Não, só essa boca: as outras estão boas — Bitsy lhe disse. — Sabe de uma coisa — disse ela, voltando outra vez para Ziba —, quando eu estava naquele grupo de poesia, li sobre duas mulheres poetas que tinham tanto a compartilhar uma com a outra que instalaram um linha separada de telefone e deixavam o aparelho fora do gancho o tempo todo para ficarem em contato constante. Não que eu gostasse de fazer isso eu mesma, mas você não compreende essa necessidade?

— Elas deixavam fora do gancho noite e dia? — perguntou Ziba. — A companhia telefônica não enviaria um daqueles sinais de bip-bip?

— Bom, eu não... Eu posso ter errado um pouco nos detalhes — disse Bitsy —, só estou falando teoricamente aqui. Eu ficava me perguntando como poderiam esperar pegar todas as palavras. E se acontecesse de uma delas falar enquanto a outra estava em um cômodo diferente? Certamente não poderiam ouvir de todos os lugares da casa.

De seu lugar perto do fogão, Maryam disse:

— Que interessante que seja isso que preocupa você.

— Como? — disse Bitsy.

— Por que você não se preocupa que elas ouvissem demais, em vez de pouco? Coisas particulares, que as famílias deveriam guardar para elas mesmas.

— Ah — disse Bitsy. — Bom, claro. — Lançou um olhar para Ziba. — Claro, isso seria... Bom, talvez elas não ficassem com o aparelho fora do gancho em todos os momentos.

— Ah — disse Maryam. — Nesse caso, então.

— Quero dizer, não é uma coisa que eu mesma gostaria de fazer. Eu *disse* isso. Eu disse que era só a necessidade geral que eu entendia.

Maryam não fez nenhum comentário. Tinha um jeito desconcertante de deixar uma conversa acabar, Bitsy tinha notado. Tudo que ela fazia era colocar colheradas de folhas de chá dentro do bule. Foi Ziba quem falou a seguir.

— Outra coisa sobre o vídeo — ela disse, — eu fiquei pensando que podia sentir os cheiros. Eu me lembro de como Susan cheirava quando a segurei pela primeira vez, como um tipo mais condimentado de baunilha, e agora ela não tem esse mesmo cheiro de jeito nenhum. É mais como a baunilha *normal*. Você também pensa nos cheiros?

— Bom, não... Mas eu sei o que você quer dizer — disse Bitsy. Mas seu coração não estava nisso. Uma espécie de embotamento caiu sobre ela, e de repente se sentiu deslocada em sua própria cozinha. Ela estava atrapalhando aqui. Não tinha nada para fazer. De certa forma, ela não tinha nada a fazer com sua *vida*, excluindo Jin-Ho. Ela nunca terminara seus cursos de pedagogia, nunca teve um emprego de tempo integral. Tinha se ocupado com uma coisa e outra, como ensinar ioga, participar de seminários de poesia e fazer cerâmica e tecelagem — pequenas atividades inventadas, sem pagamento certo nem seguro-saúde. Brad dizia que sua tecelagem era linda, mas ele diria de qualquer forma. Na verdade, ela não se sentava ao tear há meses e, na semana passada, quando estava usando uma de suas criações antigas, aconteceu de se olhar de corpo inteiro no espelho do andar de cima e de repente viu que era como se estivesse vestindo um tapete. O tecido era tão grosseiro e de listras tão ousadas, um retângulo de tábuas duras do qual seus braços e pernas nus emergiam todos magrelas e mulambentos.

— Ah — disse ela — tenho que... — e ela se virou e saiu da cozinha. Perambulou pela sala de estar, onde Laura e sua filha sexy estavam sibilando uma com a outra por cima do bule de café. Passou por Linwood, encurvado perto da porta roendo a unha do dedão, e Bridget puxando Susan para a pequena cadeira de balanço. Na cadeira do canto da sala de estar, viu sua mãe — a pessoa que estava procurando, ela se deu conta. Passou furtivamente pelo Sr. e Sra. Hakimi, que aparentemente não tinham ninguém com quem conversar nesse instante, mas o que tinha ela com isso? Acomodou-se no braço da cadeira da mãe. "Oh, que bom" — sua mãe disse instantaneamente, e Bitsy se consolou com a idéia de que havia uma pessoa nesta sala, pelo menos, que estava contente em vê-la. Mas a seguir a mãe disse: — Toma — passou para ela um pedaço de papel.

— O que é isso? — perguntou Bitsy.

— É o nome de uma mulher.

Bertha MacRae, Bitsy leu, e um número de telefone em uma caligrafia cuidadosa e redonda.

— Uma mulher que vai em casa — sua mãe disse.

— Vai em casa?

A mãe ergueu os olhos para ela, sem piscar. Ultimamente, os olhos dela tinham mudado de formato. As pálpebras inferiores tinham caído e inchado, o que de algum modo lhe dava uma expressão de reprovação, embora ela não fosse o tipo de mulher que alguma vez tenha reprovado alguém. — Não acho que ela seja enfermeira, na verdade — disse ela. Deve ser algum tipo de ajudante, mas tem licença. Foi treinada. E tem duas irmãs que podem ficar com os outros turnos. Evidentemente, as 24 horas são divididas em três turnos.

— Onde você conseguiu isso? — perguntou Bitsy.

— Maryam me passou. Essa mulher cuidou do marido de Maryam quando ele estava morrendo.

A palavra "morrendo" tinha um som agudo, chocante, mas Connie parecia não notar. Suavemente continuou.

— Maryam disse que a mulher ainda está trabalhando. Elas ainda mantêm contato. Ela não tem certeza quanto às irmãs, mas se não estiverem disponíveis, Maryam acha que a mulher deve conhecer outras pessoas que estariam.

Ela pegou a mão de Bitsy. A pele de Connie estava tão seca esses dias que a ponta dos dedos tinha um toque franzido, como se ela tivesse acabado de sair do banho.

— Você me ajuda com seu pai? — perguntou ela.

— Ajudar como, mamãe?

— Você sabe que ele não vai concordar. Vai me dizer que pode cuidar de mim sozinho. Mas ele não pode fazer tudo, Bitsy. Não de manhã, de tarde e de noite. E eu quero poder pedir as coisas. Quero pedir sem ter de me preocupar de estar pedindo muito.

— Ah, mamãe — disse Bitsy, e se inclinou para colocar sua face sobre a cabeça da mãe. O ralo cabelo de Connie estava tão fino que parecia quente. — É claro que ajudarei — ela disse.

Bitsy sabia que deveria se sentir grata a Maryam, mas em vez disso um muro de ressentimento se levantou dentro dela. Parecia que algo que pertencia a ela lhe fora tomado. Ou que algum plano dela fora frustrado; isso seria mais preciso. Mas na verdade ela não tinha nenhum plano, e deveria ser um enorme alívio alguma outra pessoa ter aparecido com um.

As crianças estavam rindo e dando cambalhotas, os homens trocavam especificações técnicas e o Sr. Hakimi aparentemente estava dizendo à Sra. Hakimi algo instrutivo, embora estivesse falando em farsi e Bitsy não entendesse suas palavras. Tinha de adivinhar seu significado apenas pelo tom de voz dele, como se ela fosse uma estrangeira em um país pouco conhecido.

— 4 —

Sami tinha uma espécie de ato performático que gostava de montar para os parentes. Era famoso por isso. Eles ficavam sentados na sala de estar para o chá da tarde — alguns dos irmãos e cunhadas de Ziba em visita de Los Angeles, ou talvez um casal de tias ou os primos que tinham se estabelecido no Texas — e um deles dizia, de maneira meio sonsa: "Esses americanos: você consegue entendê-los?" Depois essa pessoa contava um caso para que as coisas começassem a acontecer. Por exemplo: "Nossa anfitriã nos perguntou de onde éramos e eu lhe disse que do Irã. 'Ah!', ela disse. 'Pérsia.' 'Não', eu disse, 'Irã. Pérsia é só uma invenção britânica. Desde o começo, sempre foi Irã.' 'Bom, eu prefiro Pérsia', ela me disse. 'Pérsia soa muito mais bonito.'"

As pessoas riam e concordavam, tendo elas próprias passado por tais diálogos muitas vezes, e então olhavam com expectativa para Sami. Sami revirava os olhos.

— Ah, sim — ele dizia — a Paixão pela Pérsia. Conheço bem isso. — Às vezes, só isso era suficiente para fazê-los começar a gargalhar; estavam todos prontos para o que viria a seguir.

— O que você devia ter dito a ela é, "Ah, então! Nesse caso, por favor, não deixe meros 25 séculos de história atrapalhá-la, madame." (O "madame" vinha do nada. Ele tendia a introduzir um estilo de falar antiquado, bem arrumadinho, nessas ocasiões.) — Você pode ter certeza de que ela argumentará. "Não, não", insistirá; "Irã é um nome moderno. Eles anunciaram a mudança nos anos 30". "Eles anunciaram qual era o *verdadeiro* nome nos anos 30", você lhe dirá, e ela responderá, "Bem, de qualquer jeito, eu pretendo continuar falando Pérsia".

Ou ele entrava na loucura dos americanos pela lógica.

— É por causa da lógica que eles estão constantemente processando uns aos outros. Eles acreditam que para todo evento tem que haver uma causa. Com certeza alguém é culpado!, dizem. Tropeçou na rua quando não estava olhando e quebrou a perna? Processe o município. Processe a loja onde você comprou seus óculos e o médico que os prescreveu! Caiu da escada, bateu a cabeça no armário, escorregou nos azulejos do banheiro? Processe o dono de sua casa! E não processe apenas para as contas médicas; processe pela dor, o trauma emocional, a humilhação pública, a redução de sua auto-estima!

— Aahh, a baixa auto-estima — um murmúrio relativamente alto e todos gargalhariam.

— Eles se sentem pessoalmente ultrajados com a má sorte — continuava Sami. — Tiveram sorte a vida toda e não podem imaginar que algum infortúnio tenha o direito de cair sobre eles. Só pode ser um engano!, dizem. Sempre foram tão cuidadosos! Sempre prestaram a maior atenção a todas as instruções de segurança... a etiqueta PERIGO no secador de cabelo dizendo *Tire da tomada depois de usar*, e a frase impressa no saco plástico que diz *Isto não é um brinquedo*, e o folheto de reciclagem que diz *Advertência: antes de pisar nos potes de leite para achatá-los, por favor segure-se firme em um ponto confiável de apoio.*

Ou ele embarcava em pequenas variações sobre a profunda crença dos americanos de que são de empolgante interesse para todos os demais seres do mundo.

— Imaginem isso: um amigo de meu pai, um poeta famoso, foi convidado para vir aqui com um tipo de bolsa. Eles o acompanharam a todos os estados da União e mostraram como alimentam seus rebanhos. "Veja, senhor, nós usamos os métodos mais modernos de rotação de cultura para assegurar um estoque adequado de..." Um poeta lírico! Um homem da cidade, nascido e criado em Teerã!

Ou então ele examinava a chamada abertura.

— Eles são tão instantaneamente íntimos, tão "olá, eu amo você", tão "prazer em conhecê-lo, deixe-me lhe contar meus problemas conjugais", e mesmo assim, algum deles alguma vez realmente, verdadeiramente, deixou você entrar na vida deles? Pensem nisso! Pensem!

Ou a pretensão deles de serem tolerantes.

— Eles dizem que são uma cultura sem restrições. Uma cultura sem limitações, uma cultura de *laissez-faire*, um tipo de cultura faça-o-que-você-quiser. Mas tudo que isso significa é que eles mantêm suas restrições em segredo. Eles só esperam você violar uma e então ficam todos distantes, gelados e ilegíveis, e você não tem a menor idéia do motivo. Meu primo Davood? O sobrinho da minha mãe? Ele morou seis meses aqui e depois se mudou para o Japão. Disse que no Japão, pelo menos eles falam quais são as regras. Pelo menos admitem que *têm* regras. Sente-se muito mais à vontade lá, ele disse.

Então os outros faziam coro com histórias próprias — as amizades inúmeras vezes terminadas, o silêncio espantado depois de perguntas inocentes. "Você não pode perguntar quanto custou o vestido de alguém. Você não pode perguntar o preço da casa deles. Você não sabe *o que* perguntar!"

Essas conversas se davam em inglês, porque Sami não falava farsi. Ele categoricamente se recusou a falar farsi desde o dia, ainda na pré-escola, em que descobriu que nenhum de seus colegas o falava. E aí estava a ironia, segundo sua mãe.

— Você com seu sotaque de Baltimore — ela dizia —, nascido na América, criado na América, nunca esteve em outro lugar: como pode dizer essas coisas? Você também é americano! Você está ridicularizando seu próprio povo!

— Ai, mãe, é só pela graça — ele dizia.

— Não parece tão engraçado *para mim*. E onde você estaria sem este país? Eu lhe pergunto! Você dá como garantido, esse é o problema. Você não tem idéia de como é ter que vigiar cada palavra, e guardar toda opinião para você mesmo, e olhar por sobre o ombro o tempo todo se perguntando se alguém está escutando. Oh, nunca pensei que você falaria desse jeito! Quando você estava crescendo, você era mais americano do que os americanos.

— Bom, aí está — respondeu ele. — Você escutou o que acabou de dizer? "Mais americano do que os americanos." Você nunca quis saber por quê?

— Na faculdade, você só namorava louras. Eu tinha me resignado a ser sogra de Sissy Parker.

— Eu não cheguei nem perto de me casar com Sissy!

— Bom, eu com certeza nunca esperei que você escolhesse uma garota iraniana.

— Não sei por que não — ele disse.

Isso não era inteiramente verdade, porque bem no fundo de seu coração ele também sempre tinha pensado que sua esposa seria americana. Quando criança, tinha desejado uma família de seriado de TV — um pai que fosse tranqüilo, de camisa xadrez e um companheirão, uma mãe que fosse esportiva em vez de exótica. Ele supunha que seus colegas de turma desfrutavam de rodadas intermináveis de cachorro-quente e jogos de futebol no quintal e festas para aparar macieiras, e sua fantasia era que sua esposa o levaria ao mesmo tipo de vida. Mas então, no último ano na faculdade, ele conheceu Ziba.

Ao contrário das filhas dos velhos amigos de seus pais, Ziba tinha um certo estilo autoconfiante displicente. Era segura e franca. Ela veio direto até ele depois da primeira aula que tiveram juntos ("A Revolução Industrial", semestre de primavera) e disse, "Iraniano, né?" "É", ele disse. Ele se preparou para a habitual conversa fiada sobre de que-parte, que-ano, quem-você-conhece, tudo dito naquela mistura de flerte e irritante deferência que as mulheres iranianas assumem com o sexo oposto. Em vez disso, ela disse, "Eu também, Ziba Hakimi", e jovialmente despachou-o com os dedos e foi se juntar a seus amigos — amigos americanos, homens e mulheres. Ela usava jeans e uma camiseta dos Tears for Fears. E seus cabelos, naquela época, eram curtos o suficiente para que ela pudesse passar gel e espetá-los de um jeito meio punk.

À medida que ele veio a conhecê-la, no entanto (enquanto suas conversas ficavam ligeiramente mais longas a cada dia, e eles adquiriam o hábito de caminhar juntos depois das aulas), ele reparou o quanto eles se entendiam sem discussão. Uma capa de conhecimentos compartilhados os cercava, invisível. Ela lhe perguntou em meados de março se ele pretendia ir para casa no fim de semana seguinte, e não teve que explicar que queria dizer para o ano-novo. Ele passava por ela nos degraus da biblioteca, onde ela estava comendo um lanche com um amigo, e seu lanche não era batatinha frita, nem cookies nem alfajor, mas uma pêra, que ela fatiava em cunhas com uma minúscula faca de prata igual às que sua mãe guardava com a bandeja de fruta depois de cada refeição.

Naquele verão, depois da formatura, ele foi de carro para Washington várias vezes para levá-la para jantar ou a um cinema, e ficou conhecendo todos os parentes dela. Para ele, os Hakimi pareciam tanto familiares quanto estrangeiros. Reconhecia a língua que eles falavam, as comidas que serviam, a música que escutavam, mas ficava pouco à vontade com suas festas suntuosas e o zelo de colecionadores pelas marcas mais caras, mais ostensivas — Rolex, Prada e Ferragamo. Ele se sentiria até mais desconfortável com o que eles pensavam da política, sem dúvida, se não tivesse o bom senso de evitar discutir o assunto. (Os pais de Ziba nada faziam além da genuflexão sempre que o xá era mencionado.)

O que sua mãe pensaria dessas pessoas? Ele sabia o que ela pensaria. Ele levou Ziba a sua casa para conhecê-la, mas não os pais dela. E sua mãe, embora tenha dado afavelmente as boas-vindas a Ziba, nunca propôs que as duas famílias se encontrassem. Mas talvez não propusesse mesmo, de qualquer jeito. Ela sabia se fazer de muito pouco disponível.

No outono, Sami e Ziba voltaram para a universidade — Sami para seguir sua pós-graduação em história da Europa e Ziba para começar seu último ano. Estavam profundamente apaixonados a essa altura. Sami tinha um apartamento mal conservado fora do campus e Ziba passava todas as noites com ele, embora continuasse a manter todas as suas roupas e seu quarto no alojamento para que a família não suspeitasse. A família dela visitava constantemente. Eles apareciam todo fim de semana com travessas de berinjela envolvidas em folhas de alumínio e potes de iogurte caseiro. Abraçavam Sami com força e o beijavam em ambas as faces, perguntando sobre seus estudos. Na opinião do Sr. Hakimi, a história da Europa não era a melhor escolha de área. "Você propõe fazer o quê com isso? Ensinar", ele dizia. "Você se tornará um professor, ensinando alunos que se tornarão professores sucessivamente e ensinarão outros alunos que também se tornarão professores. Isso me lembra aqueles insetos que vivem apenas poucos dias, só para o propósito de reprodução da sua espécie. Este é um plano prático? Eu não penso assim!"

Sami não se importava de discutir. Dava uma risadinha e dizia: "Ah, bem, cada macaco no seu galho." De alguma maneira, no entanto — como isso aconteceu? — quando ele e Ziba já estavam casados, no final do mês de junho seguinte, ele concordara em trabalhar na empresa imobiliária do tio dela. Peacock Homes construía e vendia casas em áreas mais valorizadas — North Virginia e no condado de Montgomery — e estava expandindo para o condado de Baltimore. A princípio o emprego de Sami era temporário. Experimente, todos disseram, e volte para a universidade no outono, se não gostar. Ele gostou, no entanto. Começou a gostar de seu papel de realizador-de-desejos — os casais confidenciando seus acalentados e comoventes sonhos. ("Tem que ter um forno à altura dos olhos. Tem que ter um canto para a escrivaninha perto da geladeira, onde minha esposa possa preparar o cardápio da semana.") Ele estudou para seu exame de corretor e passou. Ele e Ziba se mudaram para o projeto mais novo da empresa, e Ziba achou trabalho com sua prima Siroos no Siroos Design ("Sério Design", os clientes tendiam a dizer), decorando as casas que Peacock Homes vendia.

Se Maryam ficou decepcionada por Sami ter desistido de seus estudos, ela nunca disse. Bom, é claro que ficou decepcionada. Mas disse que a decisão era dele. Ela era cordial com os Hakimi e afetuosa com Ziba; ele sabia que ela gostava de Ziba, e não achava que era só porque Ziba era iraniana. No noivado deles, ela lhe deu um anel que ele nunca tinha visto antes, um anel antigo com um diamante que deixou até os Hakimi satisfeitos. Ou talvez não. Não era tão grande assim. Mas pelo menos eles tinham demonstrado que estavam satisfeitos. Ah, todo mundo de ambos os lados tinha se comportado extremamente bem.

Sami não eximia os Donaldson de suas tiradas sobre os americanos. Era até mais duro com eles. Eles eram alvos tão fáceis, afinal — especialmente Bitsy, com seus vestidos de estopa e seus ares de mais-orgânica-que-vocês e seu jeito por dentro de falar as coisas. "Ela chamou o funeral da mãe de 'celebração'", ele contou a seus parentes. "Ela disse: 'Espero que vocês dois venham à celebração de minha mãe.'"

— Será que ela se confundiu, talvez, por causa do luto? — perguntou o pai de Ziba.

— Não, porque ela repetiu. Ela disse: "E por favor, falem também para Maryam da celebração."

Neste caso, foi Ziba quem fez objeção.

— Qual é o problema disso? — perguntou a Sami. — As pessoas dizem o tempo todo que estão se reunindo para "celebrar uma vida". É uma expressão muito comum.

— Exatamente o que quero dizer — ele disse. — É uma expressão automática, da moda, *chique*.

— Mas que vergonha, Sami. Os Donaldson são nossos melhores amigos! Eles têm sido maravilhosos conosco!

Era verdade. Eram tão bondosos, tão calorosos, tão hospitaleiros. Mas, melhores amigos? Nisso Sami tinha suas reservas. Não que ele pudesse aparecer com qualquer outro melhor amigo, mas Bitsy às vezes lhe dava nos nervos. E ele não conseguia resistir a ridicularizá-la. Era como se ela o convidasse!

— Escutem essa — ele disse para as cunhadas de Ziba. — Algumas semanas atrás, Bitsy decidiu que era hora de treinar a filha para usar o vaso. Foi fazer isso com "reforço positivo". Bitsy adora reforço positivo. Então o que ela fez? Fez uma Festa do Penico. Ela vestiu Jin-Ho com a calcinha da Mulher Maravilha e mandou convites para quatro crianças da mesma idade, incluindo Susan. Eu acho que ela sugeriu que o traje exigido fosse calcinha para as convidadas também, mas não insistiu, o que foi uma sorte para nós, já que Susan ainda não tinha a menor noção. Levamos Susan com suas fraldas. Mas Jin-Ho estava de calcinha... ela ficava levantando o vestido para nos mostrar... e também estavam duas das outras crianças. E alguém... não vou citar nomes, aqui... deve ter tido um pequeno contratempo, porque aos poucos todos os pais começaram a ficar com uma cara engraçada, cheirando o ar e olhando de banda uns para os outros, e finalmente um deles disse, "Hum, você não está sentindo...?" Mas a essa altura era tarde demais. Tarde demais mesmo, pois evidentemente esse contratempo tinha ocorrido no quintal, onde todas as crianças estavam brincando, e elas devem ter corrido sobre ele uma dúzia de vezes antes de entrar para os comes-e-bebes e zanzado pelos tapetes, trepado nas cadeiras da sala de estar... — Ele ria tanto que teve que parar para respirar, e os parentes estavam sacudindo a cabeça e tentando não rir também. — Francamente! — ele disse. — Isto é o que se pode chamar de festa temática!

— Ah, Sami, tenha um pouco de compaixão — disse Ziba.

— E enquanto estamos no assunto das festas — ele disse —, não ocorre a todos vocês como é quintessencialmente americano que os Donaldson pensem que o dia que a filha chegou a esse país é mais importante do que o dia em que ela nasceu? Para o aniversário de nascimento, eles lhe deram alguns presentes, mas para o dia em que ela chegou à América foi uma Festa da Chegada completa, uma festança, com as duas famílias ampliadas, uma cerimônia de música e uma apresentação de vídeo. Atenção! Você chegou à Terra Prometida! O pináculo de todas as glórias!

— Não façam caso dele — Ziba disse aos parentes.

Seus parentes, afinal, estavam encantados por terem eles também chegado à América; mesmo assim, não puderam evitar o sorriso. — *Vocês* entenderam — disse Sami. — E imaginem só: dessa segunda vez, somos nós que vamos ter que dar a festa.

— Não *temos* que dar; eu ofereci — disse Ziba. — É a nossa vez. — Ela falou para os parentes. — Eles fizeram a festa do ano passado. Só que serviram bolo e bebidas, e sempre achei que é mais legal oferecer uma refeição completa.

— Sim! Uma refeição iraniana — disse uma das cunhadas.

— Com kebabs — disse outra —, *morgh polo* e *sabzi polo* e talvez um delicioso *shirin polo.*

— Quem — disse Sami, mas foi abafado pela tia Azra, de Ziba.

— Acabaram de me dar uma receita secreta para fazer o verdadeiro sorvete de água-de-rosas — ela disse, e então se inclinou um pouco e cobriu a boca com uma das mãos, como se estivesse preocupada com espiões, e sussurrou: — Vocês pegam um quarto de creme azedo...

— Vocês não entenderam nada! — Sami lhes disse.

Mas podia ver que tinha perdido sua platéia.

Aconteceu de ter sete parentes em visita no momento da Festa da Chegada: dois dos irmãos de Ziba e suas esposas, duas jovens sobrinhas, e tia Azra. E naturalmente os pais de Ziba tiveram que vir de carro de Washington para compartilhar da festa; portanto isso significou nove pessoas extras zanzando pela casa nos preparativos para a festa. Levou uma semana. Ou melhor, uma semana para as mulheres. Os homens ficaram fora de tudo. Sentavam-se na sala interna ligada à cozinha, para não atrapalhar, separados só por um balcão e, portanto, perto o suficiente para escutar a conversa das mulheres; e tomavam seus copinhos de chá, manuseavam as gordas contas de âmbar de oração e davam pequenos grunhidos de diversão quando ouviam alguma coisa especial.

A tia Azra, por exemplo, estava largando o marido. Ela viera sozinha de Teerã para visitar os filhos no Texas, e agora decidira que ficaria para sempre. Tinha decidido que não gostava de sexo. (Os homens ergueram as sobrancelhas um para o outro.) Era muita confusão e esforço, ela disse, e bateu com a tampa em uma panela de arroz. As mulheres queriam saber como o marido reagira quando ela lhe contou.

— Bom — ela disse —, eu telefonei em uma sexta-feira de manhã cedo. Sexta-feira de manhã era melhor porque em casa seria de tarde, e eu sabia que ele iria para a casa de seu irmão mais tarde para o pôquer. Teria pessoas lá para consolá-lo. Principalmente a esposa de seu irmão... Ashraf. Vocês se lembram de Ashraf? Uma pele lamentavelmente muito esverdeada, mas muito gentil, muito consoladora. Quando tive o aborto, ela veio para minha casa e disse: "Vou fazer um pouco de *halvah* para você recuperar as forças, Azi-june." Eu disse: "Ah, não estou com apetite", mas ela disse: "Confie em mim". E então foi para a cozinha, mandou Akbar sair... era uma época em que as pessoas ainda tinham empregados; você se lembram de Akbar? Ele e o irmão gêmeo chegaram a nossa casa de alguma aldeia, sequer crescidos o suficiente para falar e vestidos em farrapos, os dois. O irmão andava mancando mas era muito forte, e começou a cuidar de nosso jardim e cultivava as mais lindas rosas. Nunca antes nem depois nossas rosas cresceram tão bem. De fato, minha vizinha, a Sra. Massoud, uma vez disse... essa é a Sra. Massoud cujo filho se apaixonou pela moça Bahaí...

— Mas e seu marido? — o pai de Ziba berrou pelo balcão. — O que aconteceu com seu marido?

As mulheres trocaram olhares, e Azra se aproximou mais delas e abaixou o tom de voz.

— Ela ia ficar muito mal se depois de nos entediar com todas essas trivialidades, ficássemos sabendo que o marido se matou — o Sr. Hakimi disse aos outros homens.

Ele estava falando em farsi. Todos eles falavam farsi, a menos que estivessem se dirigindo a Sami ou Susan. Cada vez que Sami aparecia em um desses grupos (pelo menos ele tinha que sair para trabalhar todo dia), todos o cumprimentavam em inglês, e seu sogro perguntava em inglês: "Quantas casas você vendeu hoje? Hein?" Mas antes que Sami pudesse responder, o Sr. Hakimi voltava ao farsi para falar com os filhos, "Mamal diz que o mercado imobiliário tem estado excelente esses meses". E assim, sem mais nem menos, o inglês era abandonado. O que estava bem para Sami. Deixava-o fora da conversa. Dispensava-o do peso de ter que manter a sua ponta das coisas. Ele pegava Susan no colo e se acomodava confortavelmente para escutar.

Como esses homens seguindo as fofocas das mulheres — *dependendo* de suas fofocas, contando com isso para fazer suas conexões — Sami flutuava pela corrente suave do farsi dos parentes, compreendendo uns noventa por cento e deixando que os outros dez por cento o arrastassem. Os homens discutiam uma proposta de investimento de um primo; as mulheres debatiam a adição de uma pitada extra de açafrão; as sobrinhas brigavam por um Walkman. Se Sami permanecesse em silêncio por tempo suficiente, as pessoas poderiam se esquecer dele tão completamente que diriam coisas que ele não deveria ouvir — mencionar o novo esquema de evasão fiscal do tio Ahmad, ou deixar passar alguma referência ferina a Maryam. ("Bom, Khanom diria que é uma fraude colocar batatas no fundo da panela de arroz" — o "Khanom" enfatizado com um tom ácido e satírico.) A atitude delas em relação à mãe dele não o ofendia tanto, porque ele imaginava que ela o merecia. Depois de todo esse tempo, por exemplo, ela ainda chamava a mãe de Ziba de "Sra. Hakimi" e não "Gita-june". Ele sabia que isso não era mero descuido.

— Onde está a canela? Quem a pegou? — perguntou Ziba.

Seu farsi era mais estridente do que o da mãe dele, familiar apenas o suficiente para lhe dar um lustre de encanto adicional.

— Eu lhe perguntei quando ele ia embora — dizia uma das cunhadas para a outra — e ele disse que não tinha certeza; ou antes do casamento ou depois. "Bom, qual é a data do casamento?" eu perguntei, e ele disse que não sabia porque ainda não tinha encontrado ninguém com quem se casar. — A mãe de Ziba, enrolada em um avental com um sinal de trânsito amarelo onde se lia CUIDADO! HOMEM NA CHURRASQUEIRA, levantou uma caçarola até o balcão com um pequeno sopro de respiração. As mulheres iranianas eram muito trabalhadoras, Sami sempre reparou. Preparam uns pratos que dão tanto trabalho — centenas de folhas de uva recheadas e enroladas à mão, dezenas de folhas de massa folhada untadas com manteiga — e demasiados deles para cada refeição. A tia Azra estava moldando vários quilos de carneiro moído em uma enorme e única bola, dando palmadinhas eficientes por toda ela. Os homens se levantaram das cadeiras e foram para o quintal para fumar. O Sr. Hakimi gostava de grossos charutos escuros que tinham o cheiro de pneus queimados, e os dois irmãos de Ziba (de meia-idade, e tão carecas quanto o pai) tinham dedos manchados de nicotina pelo hábito de fumar dois maços de cigarros por dia. Achavam que era irracional não poder fumar dentro de casa. "Fumantes passivos!", zombou um deles, cuspindo a frase em inglês antes de voltar ao farsi. "A vida inteira fumei perto de minhas filhas, e olhe só para elas! São muito mais saudáveis do que Susan."

Todos eles achavam que Susan era pequena demais para a idade e demasiado pálida. Eles também achavam que ela parecia muito chinesa, mas alguns confrontos com Ziba lhes ensinaram a não mencionar isso.

— Como sua família se sentiria com uma criança da Ásia? — perguntou Sami a Ziba quando ela tocou no assunto da adoção pela primeira vez. A resposta instantânea de Ziba tinha sido "Eu não me importo com o que minha família sente; eu me importo em ter um bebê". E como era por causa de Sami que ela não podia ter um dela mesma, ele se sentiu obrigado a levar adiante seu plano. Ele escondera suas dúvidas de todos, exceto da mãe; com ela ele as tinha extravasado, passando por sua casa várias vezes por semana tão furtivamente como se ela fosse a Outra, e sentando em sua cozinha, deixando a xícara de chá esfriar, prendendo as mãos entre os joelhos e falando e falando enquanto Maryam escutava neutra. "Eu sei que Ziba acredita que estaremos salvando alguém", ele disse. "Alguma criança que nunca terá uma oportunidade, um órfão destituído. Mas não é tão simples quanto ela pensa, mudar uma vida para melhor! É tão fácil fazer o mal neste mundo, mas tão difícil fazer o bem, é o que eu acho. É fácil bombardear um edifício e fazê-lo em pedaços, mas é difícil construir um; é mais fácil causar um dano a uma criança do que ajudar uma que tem problemas. Eu não acho que Ziba saiba disso. Acho que ela só imagina que vamos arrebatar um bebê sortudo e dar a ele uma vida perfeita."

Ele esperava que a mãe o contradissesse (ele *queria* que ela o contradissesse), mas ela não fazia isso. Tomava um gole de chá e punha a chávena na mesa.

— E não é que as crianças venham com garantia de devolução — dizia ele. — Você não pode simplesmente devolvê-las se não funcionar.

— Você também não pode devolver uma criança a quem deu à luz — sua mãe dizia.

— Mas é menos provável que você quisesse. Uma criança a quem se deu à luz tem uma relação de sangue; você reconhece alguns traços e assim os tolera melhor.

— Ou pior — disse sua mãe. — Traços seus de que você não gosta. Isso acontece também, às vezes.

Acontece? Ele resolveu não continuar por aí. Levantou-se e deu voltas na cozinha, as mãos enfiadas nos bolsos, e quando suas costas estavam viradas para ela, ele disse:

— Também, hmm, eu me preocupo que essa criança se sinta deslocada. Ela sempre parecerá tão inconfundivelmente estrangeira para as outras pessoas, tão coreana ou chinesa. Você entende?

Ele se virou para ver a mãe olhar para ele com o que parecia ser diversão, mas ela não disse nada.

— Eu compreendo que isso parece muito superficial — ele lhe disse.

Ela sacudiu a mão num gesto de rejeição e tomou outro gole de chá.

— E então — ele disse. — Por falar nisso. Seria tão óbvio que nós não somos os verdadeiros pais. Não haveria sequer uma possibilidade de qualquer semelhança física.

— Ah, bom — disse a mãe. — Quando seus filhos se parecem com você, você tende a se esquecer de que eles *não* são você. Muito melhor ser lembrado de que eles não são toda vez que puser os olhos neles.

— Eu não acho que precise de ser lembrado — ele disse.

— Eu me lembro de uma vez, quando você estava no colégio, que escutei você telefonando para uma garota e você disse "Aqui é Sami Yazdan". Foi um tal choque para mim: meu filho oh-tão-americano. Em parte fiquei feliz, em parte fiquei triste.

— Bem, eu queria me ajustar! — ele disse. — Eu não era tão americano! Não para eles, pelo menos. Não para os meninos da minha escola.

Ela fez de novo um gesto com a mão.

— De qualquer maneira, você está pensando que talvez não ame essa criança. Mas amará. Prometo.

Ele não estava certo de qual afirmação era mais pretensiosa: que ela sabia o que ele estava pensando ou que ela podia prever como ele se sentiria.

Mas ela estava certa, claro, em ambas as coisas. Nas últimas semanas antes da chegada de Susan, ele sonhou quase toda noite que o bebê deles era uma espécie de monstro. Certa vez uma criatura como um lagarto e em outra um ser humano normal, mas com as pupilas dos olhos verticais como as de um bode; e que Ziba não estava vendo nada e que raivosamente deu-lhe as costas quando ele tentou alertá-la. Então, tão logo ele viu o cabelo frágil de Susan e seu rosto encovado e ansioso, de nenhuma maneira bonito, apesar do que Ziba achasse, ele desabou e sucumbiu a uma vontade feroz de protegê-la e, se isso não era amor, logo seria. Susan foi a maior alegria de sua vida. Ela era infinitamente encantadora e engraçada e fascinante e, sim, no final, bonita, o que de certa maneira ele lamentava, porque a falta de beleza dela também tocara seu coração. Suas bochechas ficaram redondas, mas sua boca conservou a forma franzida, como se ela estivesse para sempre levando adiante alguma deliberação íntima, e o cabelo cresceu o bastante para ser levantado em duas maria-chiquinhas que lhe caíam sobre as orelhas. Quando ele se sentou entre os parentes com ela, ela se aninhou confiante nele e de tempos em tempos afagava seu punho ou se virava para olhar para ele, o hálito dela com o cheiro doce do refrigerante de uva barato de que ela gostava.

As mulheres tinham começado a discutir as perspectivas da imigração de tia Azra — ela poderia ter esperanças de conseguir um visto de permanência? — e Sami tinha de adivinhar o palavreado oficial. "Ali me disse que eu iria precisar de..." isso, isso e isso. Então os homens voltaram do quintal, envolvidos em um véu quase visível de tabaco e cinza, e as mulheres se interromperam para anunciar a falta de massa de tomate. Isso deixou os homens felizes. "Eu vou! Eu vou!" os três disseram. Eles adoravam os supermercados americanos. "Sami, você vem?", isso em inglês. Ele sentiu que devia dizer sim, embora lamentasse deixar a conversa das mulheres que, quando as chaves do carro foram encontradas, estava passando para a convicção de Ziba de que Bitsy gostava mais da casa de Maryam do que dessa. Atusa, sua cunhada mais velha, lhe disse que ela devia estar imaginando coisas.

— Gostar mais da casinha sem estilo da Khanom do que dessa grande, elegante, bonita e moderna? Você só está nervosa, Ziba-june. Você só está nervosa por causa da festa.

Relutante, Sami pôs Susan no chão perto de suas primas e saiu para se juntar aos homens.

⸸

— Feliz Dia da Chegada para todos! — entoou Bitsy. — O clima não está perfeito? Trouxemos a fita de vídeo. Trouxemos um isqueiro de propanol para as velas; é muito mais seguro para as meninas do que os fósforos. Trouxemos as fotos do ano passado, assim podemos fazer uma apresentação.

Ela beijou Sami no rosto e foi em frente abraçar Ziba, seguida a alguma distância por Brad com uma sacola de compras estufada. Atrás de todos vinha Jin-Ho, caminhando devagar pelo passadiço da frente e admirando suas próprias sandálias, que tinham aquela aparência grande-demais e dura-demais de sapatos recém-comprados. (Portanto: nada de traje coreano este ano.) Sempre preocupava um pouco Sami que Jin-Ho fosse mais alta do que Susan, e mais pesada. Ele sentia um constrangimento competitivo toda vez que a via.

— Agora, estive pensando um pouco na música — Bitsy estava dizendo para Ziba. — Nunca fiquei inteiramente feliz com "She'll Be Coming Round The Mountain".

Enquanto isso, a porta traseira do carro dos Donaldson, do lado do meio-fio, se abriu toda e o pai de Bitsy apareceu, arrastando-se como um homem cansado até os ossos. Deve ter sido obrigado a vir. Desde a morte de Connie, Bitsy o arrastava a todo evento social possível, mas ele já não tinha muito a dizer e sua grande cabeça grisalha tombara um pouco.

— Olá, Dave! — exclamou Sami. Dave levantou um braço, deixou-o cair e prosseguiu teimosamente pela calçada.

— Você conhece "Waiting for a Girl Like You?" — estava perguntando Bitsy. — É uma possibilidade. A menos que seja muito difícil de cantar; o que você acha? Ou então tem os Beatles, "I Saw Her Standing There"; você se lembra dessa? Acho que se ensaiarmos as crianças com antecedência — ah, olá, Sra. Hakimi! Feliz Dia da Chegada!

A Sra. Hakimi estava usando uma seda preta com estampas florais e o marido estava de terno, mas os parentes que saíam de casa com eles estavam vestidos mais informalmente — em especial a tia Azra, que poderia estar a caminho da aula de aeróbica, com sua blusa justa sem mangas e calças capri apertadas de tricô que revelavam cada protuberância e ondulação. "Como vão vocês? Como vão vocês?", todos murmuraram, só que soavam mais como "Como... cês..." Agruparam-se em dois ou três bem em frente aos degraus, e assim, quando chegou a hora de voltar para dentro, houve alguma dificuldade para ver quem passava primeiro pela porta. Enquanto todos ainda estavam tentando, outro carro se aproximou — Abe e Jeannine com as três meninas. Logo atrás chegou Maryam, e enquanto ela descarregava uma caixa gigante de bolo do banco traseiro, outro carro estacionou atrás do dela com um incômodo raspar da lateral no meio-fio. "Jesus Cristo!", todos escutaram Mac dizer. Ele estava no banco do carona e Linwood, ao volante. Aparentemente Linwood tinha conseguido sua licença de aprendiz desde que Sami o vira pela última vez. Laura estava sentada no banco de trás, e ela saiu e começou a vir pela calçada sem olhar para trás enquanto Mac iniciou uma longa arenga sobre o custo de novos pneus hoje em dia.

— Onde está Stefanie? — perguntou Bitsy.

Laura fez uma careta e disse: "Escola de Baliza".

Sami esperou pela reação de Bitsy. Na semana anterior, ela tivera um ataque ao telefone porque os pais de Brad partiram em um cruzeiro, embora soubessem perfeitamente que perderiam o Dia da Chegada. "Falo sério! Um cruzeiro!", disse ela a Ziba. "Quando a única neta deles está comemorando seu segundo ano nesse país!" Mas tudo que ela disse agora foi "Ah, que pena!", de uma maneira precipitada, a voz sumindo. Talvez estivesse aliviada. Da última vez que estiveram todos juntos, Stefanie tinha pintado as unhas dos dedos dos pés dos pequenos com um azul elétrico vampiresco.

As três meninas de Abe foram em linha reta até Jin-Ho e Susan, e isso liberou as sobrinhas de Ziba para sair de perto dos adultos e se juntarem a elas. Dirigiram-se para o quintal, onde Sami tinha montado um parquinho infantil. A essa altura os irmãos de Bitsy tinham visto o novo carro de Sami na garagem.

— Pôxa! — disse Abe. — Um Honda Civic!

Todos os homens seguiram na direção do carro para inspecioná-lo, incluindo os homens Hakimi, embora evidentemente já o tivessem visto antes. Até Dave mostrou algum interesse. Não demorou e ele estava discutindo a afirmação de Linwood de que air bags faziam mais mal do que bem. Enquanto isso as mulheres entraram na casa, e quando os homens retornaram Maryam estava oferecendo pistaches para Bitsy e suas duas cunhadas. Elas eram as únicas na sala de estar. Todas as mulheres Hakimi estavam amontoadas na cozinha, onde permaneceram, batendo em tampas de panela e fazendo as travessas retinirem, até chegar a hora de chamar as pessoas para a mesa.

Uma exaustiva discussão tinha acontecido sobre a maneira de servir. Sami defendera um bufê.

— Não vejo outra opção — disse a Ziba. — Serão mais de vinte pessoas! Nossa mesa não tem lugar para tantas pessoas.

— Mas um bufê não é tão íntimo — disse Ziba. — Eu quero que seja uma festa íntima.

— Bom, como você vai fazer com essas mais de vinte pessoas, Zee?

— Vou sentar as crianças separadas, com os mais velhos cuidando dos mais novos. Isso dá, vamos ver... dois, quatro, sete... E então, se eu colocar algumas mesas de jogo em uma ponta da mesa dos adultos...

Ela ganhou, no final. As crianças se acomodaram na mesinha de café na cozinha, enquanto na sala de jantar os adultos se acotovelaram em torno da única e imensa extensão coberta com estampa de Caxemira que ia quase de uma parede à outra. Era preciso olhar bem de perto para ver onde as mesas de jogo começavam. Os pratos principais foram enfileirados no aparador — grandes potes, travessas e tigelas — e pratos secundários enchiam um quarteto de mesinhas de TV a um canto. Os parentes de Bitsy não conseguiram se conter.

— Nunca vi tanta comida em toda minha vida!! — disse Jeannine. — Isto é um banquete!

Mas Ziba dizia "Ah, não é nada".

— Estão vindo mais kebabs — anunciou Sami. — Acabem com o que está aqui, vamos. — Ele se dirigiu à cozinha, passando ao lado de Bitsy, que tentava ensaiar a canção. Ele não saberia dizer *qual* canção, no entanto, por que um motim parecia estar a caminho. Várias crianças estavam abafando-a com "She'll Be Coming Round the Mountain".

— Elas estarão de pijamas vermelhos quando chegarem — Bitsy cantou, e os outros, até as duas sobrinhas de Ziba, gritaram, "Pam! Pam!" e bateram os talheres na mesa. — Crianças! Por favor! — disse Bitsy. Sami sorriu e levantou um prato de espetinhos de carne do balcão. Quando saiu pela porta dos fundos, o silêncio veio como um choque. Seus ouvidos zumbiam um pouco e ele foi colocando a carne na grelha com calma para ter um pouco de descanso.

Foi quando eles estavam passando os acompanhamentos que Ziba mencionou a pré-escola.

— Já lhe contei? — Sami escutou-a dizer a Bitsy. — Susan vai para a Julia Jessup no outono.

Bitsy estava se servindo de outro tomate grelhado. Ela parou e olhou para Ziba.

— O que é Julia Jessup? — perguntou.

— É a pré-escola que Sami freqüentou. Aquela onde Maryam trabalha agora.

— Ela vai começar *neste* outono? — perguntou Bitsy.

Ziba assentiu, sorrindo.

— Mas ela só tem dois anos! — disse Bitsy.

— Dois anos e meio — Ziba recordou-a. — A Julia Jessup aceita crianças a partir de dois.

— Pode ser — disse Bitsy. Ela estava sentada indignadamente ereta, o dorso excessivamente inclinado, o tomate grelhado suspenso na colher. — Mas só porque eles a aceitam com essa idade, não significa que deva ir.

— Não? — perguntou Ziba.

— Dois anos é *muito* pouco! Ela ainda é um bebê!

Os lábios de Ziba se abriram e ela olhou para a cozinha, embora não pudesse ver Susan de onde estava sentada.

— Olha — disse Bitsy enérgica. Ela deixou o tomate cair no prato com um baque. — Tentei entender você trabalhar fora de casa...

— Só dois dias por semana! — interrompeu Ziba. (Esse era um ponto sensível entre elas, Sami sabia de discussões passadas.) — E na verdade é mais metade de um dia.

— Mas às vezes você trabalha aos sábados — assinalou Bitsy.

— Mas Sami fica com ela nos sábados! E Maryam fica com ela nos dias de semana, ou minha família, quando está aqui.

— Sim, e portanto isso eu posso entender — continuou Bitsy com seu tom controlado. — Mas mandar uma bebezinha pequenininha que mal sabe andar para a pré-escola, uma criança ainda com fraldas... — ela vacilou. — Estou certa? Ela ainda *está* usando fraldas? Não está treinada, está?

Ziba balançou a cabeça. Bitsy pareceu se animar.

— E ainda por cima uma criança que teve um começo muito difícil — disse. — Quando você considera as adaptações que ela teve que fazer até agora...

— Ora, que interessante! — o irmão de Ziba, Ali, disse de repente. Ele se inclinou para Maryam, que estava sentada a sua frente na mesa. — Eu não sabia que você trabalhava em uma pré-escola, Khanom. Ninguém nunca me informou isso. Você dá aulas para crianças pequenas?

Sami teve que admirar o homem. Evidentemente, a vida em uma família grande tinha afiado suas habilidades pacificadoras. E Maryam demonstrou ser igualmente perita. Dirigiu-lhe um sorriso brilhante, intencional, de quem está sendo entrevistada.

— Ah, não, eu só ajudo parcialmente no escritório — lhe disse. — Quando Sami era aluno, de lá eu costumava trabalhar como voluntária, sabe. Eu arquivava, datilografava, fazia chamadas telefônicas... — Ela lançou um breve olhar para os outros. — E então meu marido morreu e eu passei, você poderia dizer, por uma pequena crise de pânico financeiro. Acredito que isso acontece com muitas viúvas. Elas podem ter uma pensão perfeitamente adequada ou seguro de vida ou sei lá o quê mais, mas pela primeira vez estão sozinhas e portanto entram em pânico.

— É mesmo — disse o pai de Bitsy. — E os viúvos sofrem um pânico semelhante?

Sami não sabia se Dave queria realmente saber ou só estava contribuindo para o esforço de resgate. A própria Maryam deve ter ficado em dúvida, pelo olhar de avaliação que dirigiu a ele.

— Ah — disse por fim. — Bom, os viúvos, agora: acho que o pânico deles se relaciona mais com as questões domésticas. Eles se preocupam porque agora não terão nenhuma mulher para cuidar deles. Às vezes ficam muito desesperados. Cometem tristes equívocos.

Dave deu uma pequena risada.

— Vou ter isso em mente — ele lhe disse.

Sami esperou que ela protestasse — para assegurar de que não quis dizer nada pessoal — mas ela apenas assentiu. E então Linwood apareceu na porta da cozinha, vários grãos de arroz grudados em uma das lentes dos óculos, e deu um pigarro e anunciou que Jin-Ho estava com dor de barriga.

— Ah, puxa — disse Bitsy. — Deve ser toda essa excitação. — Ela se levantou, deixou o guardanapo de lado e foi para a cozinha.

Ziba já não estava se divertindo. Embora ninguém mais pudesse perceber isso, Sami podia. Ela estava olhando para o prato, sem comer, brincando com o garfo. Ele estava distante demais para se inclinar e afagar a mão dela. Tentou captar seu olhar, mas ela não olhou para cima. Em vez disso, por acidente, ele percebeu os olhos da Sra. Hakimi. A Sra. Hakimi parecia ter ficado à espera dele, porque no instante em que ele olhou em sua direção, deu um sorriso cheio de dentes. Ele não sabia o quanto da conversa ela havia entendido. Ele lhe retribuiu o sorriso e desviou os olhos.

Por que Ziba não conseguia apenas dar de ombros para Bitsy? Por que ela era tão suscetível às suas críticas? Talvez eles devessem procurar amigos iranianos. Basta de tanto esforço para se adaptar, para acompanhar!

Ele escutou Brad, no outro canto da mesa, dizer a tia Azra que a invejava.

— Inveja — tia Azra disse lentamente. Sami sabia que ela estava repetindo a palavra porque não estava segura do significado, mas Brad deve ter pensado que ela o estava contestando.

— Não, falo sério! — disse ele. — Totalmente! Num futuro não muito distante, os imigrantes vão ser a nova elite deste país. Isso porque eles não carregam nenhum peso de culpa. Seus antepassados não roubaram nenhuma terra dos nativos americanos e eles nunca foram proprietários de escravos. Têm a consciência perfeitamente limpa.

Tia Azra o fitava com um olhar de absoluto espanto. Sami estava razoavelmente certo de que foi a palavra "consciência" que a deixara perplexa.

Se Ziba não estivesse tão abatida, estaria pedindo a Sami a rodada final de kebabs. Ele deslizou para fora de sua cadeira e se levantou.

— Reservem algum espaço, pessoal! Há uma última leva chegando — disse ele. Foi para a cozinha, onde encontrou seu caminho bloqueado por Bitsy. Ela estava ajoelhada ao lado de Jin-Ho à mesa das crianças.

— Meu bem? — ela estava perguntando. — Você quer deitar um pouco? — Jin-Ho balançou a cabeça. Susan, sentada perto dela, inclinou-se para a frente para olhar de perto o rosto de Jin Ho com uma expressão cômica de solicitude.

Então Bitsy disse "Oh".

Ela estava olhando para o copo de Jin-Ho, que estava vazio, exceto pelos cubos de gelo.

— Você *bebeu* refrigerante — disse ela para Jin-Ho.

Jin-Ho esticou seu lábio inferior e evitou os olhos dela.

— Bom, não admira! — disse Bitsy. — É claro que sua barriga está doendo! Meu Deus!

— Ah, deixe-a em paz, Bitsy — disse Sami.

Bitsy girou para olhar para ele.

Ele sentiu um tipo de ímpeto na cabeça, uma onda de raiva jubilosa. Disse:

— Você nunca dá uma trégua?

— Como é?

— Você e suas indiretazinhas sobre refrigerantes, açúcar refinado, mães que trabalham, pré-escolas...

— Não estou entendendo — Bitsy lhe disse. Ela se levantou, segurando nas costas da cadeira de Jin-Ho. — Eu disse alguma coisa errada?

— Você disse tudo errado, e deve desculpas a minha esposa.

— Eu devo a... Ziba? Não entendo.

— Faça um esforço — disse ele, e depois passou rápido por ela, dirigindo-se para a porta dos fundos.

Por trás dele, com uma voz muito fraquinha, Susan disse: "Papai, Bitsy é *má*?"

— Hum? — disse ele. Parou e olhou de novo para ela. Ela estava com as sobrancelhas levantadas em duas inclinações preocupadas, como os dois lados de um telhado. — Não, Susie-june, deixa pra lá — disse ele. — Eu acho que estou um pouco irritável.

Foi só quando ele estava procurando pela palavra "irritável" — literalmente, de "humor variável" — que ele percebeu que os dois, ele e Susan, estavam falando em farsi. Isso foi um choque mas também uma satisfação, por algum motivo. Ele lançou um olhar triunfante para Bitsy, que ainda estava segurando na cadeira de Jin-Ho e olhando-o pasma, depois saiu para o quintal.

A essa altura, os kebabs estavam passados. Os pedaços de carneiro ainda podiam ser salvos, mas o frango parecia couro. Ele usou uma luva térmica para pegar os espetos um por um e colocá-los na travessa, e depois levantou a grelha para separar os carvões com as tenazes. As batidas de seu coração foram gradualmente diminuindo. A raiva tinha se turvado e ele se achou um tanto tolo.

Quando ouviu o barulho da porta de tela, ele se virou e viu Brad se aproximando. Com sua camiseta dos Orioles e bermudas abanando, parecia desarrumado e pouco à vontade. Ele parou a alguns centímetros de distância e, com uma palmada, matou um inseto que zumbia a sua volta. Então disse:

— Como você está se saindo aí?

— Estou bem — disse Sami. Virou-se outra vez para a grelha. Cutucou um carvão com as tenazes.

— Imagino que tivemos algum tipo de mal-entendido — disse Brad.

Sami cutucou outro carvão.

— *Nós* não tivemos um mal-entendido — disse Sami.

— Tudo bem — disse Brad. — Por que não me conta o que aconteceu?

— Estávamos todos bem — disse Sami. — Então sua esposa chega e fere os sentimentos de minha mulher.

— Bom, como, exatamente?

Sami olhou para ele.

— É preciso perguntar?

— Estou perguntando, amigo.

— Você estava lá sentado à mesa; você a escutou criticar toda a nossa maneira de educar crianças; você viu como Bitsy estragou nossa festa...

— Ela estragou...? Ora, puxa, Sami — disse Brad. — Eu sei que Bitsy às vezes fala sem rodeios, mas...

— Abusada é uma palavra melhor — disse Sami.

— Agora, peraí, aqui...

— Abusada e hipócrita e arrogante, e... abusada — disse Sami.

Para demonstrar, ele deu um passo à frente e com uma palma empurrou o peito da camiseta de Brad. O peito de Brad parecia esponjoso, quase como um busto. Isso fez com que Sami tivesse vontade de empurrá-lo outra vez, mais forte, e assim fez.

— Ei, peraí — disse Brad, e o empurrou de volta, mas sem muita vontade. Sami deixou cair as tenazes e agarrou-o com ambas as mãos e tentou lhe acertar uma cabeçada na barriga, e Brad agarrou dois punhados do cabelo de Sami, investiu contra ele e o derrubou no chão, por sorte longe da grelha, e caiu ofegando em cima dele. Por um momento os dois ficaram deitados ali, como se imaginassem o que fazer depois. Sami sentia-se tonto e não conseguia respirar. Ele escutou sons altos e agudos vindos da direção da porta dos fundos — os gritos aflitivos das mulheres, indistintos entre o inglês e o farsi, enquanto todos se atropelavam pelos degraus.

Brad rolou para sair de cima de Sami e com esforço se pôs de pé, limpando o rosto com a manga. Sami sentou-se e depois se levantou. Ele se curvou, respirando com dificuldade, e balançou a cabeça para clareá-la.

Devia estar horrorizado consigo mesmo. Devia estar mortificado por alguém ter testemunhado isso. Mas em vez disso, sentia-se exultante. Não conseguia manter a cara séria ao erguer os olhos para seus convidados, que estavam congelados em poses de horror. As crianças estavam abobalhadas, os homens de boca aberta e as mulheres apertavam as mãos nas faces. Ele se virou para Brad e o viu sorrindo envergonhado, e eles caíram um sobre o outro e se abraçaram. Apertando as costas largas e úmidas de Brad, cambaleando pelo quintal em uma dança desengonçada, Sami imaginou que para os parentes os dois deviam parecer dois personagens de uma comédia, dois americanos selvagens e loucos, dois caras americanos normais.

— 5 —

Brad e Bitsy estavam falando em adotar uma segunda criança. Para Dave, isso era insano. Mas não disse isso, claro. Ele perguntou: “Isso já está decidido?” Mas Bitsy deve ter captado alguma coisa no tom da voz dele, porque disse: “Está bem, papai, pode falar. O que o senhor tem contra isso?”

— Nada! — ele lhe disse. — Por que você pergunta?

— O senhor acha que sou velha demais, não é?

— De jeito nenhum — ele lhe assegurou.

Essa parte era verdade. Ele não tinha muita certeza da idade dela, francamente. Trinta e cinco? Quarenta? Connie saberia. Ele fez algumas continhas rápidas. Tudo bem, 43. Mas não era esse o motivo de sua objeção. Só achava que as pessoas não deviam abusar demais da sorte. Tinha ficado tão apreensivo com a primeira adoção, e tão aliviado quando deu certo. Jin-Ho era sua neta mais interessante. E provavelmente a mais inteligente, ou a segunda mais inteligente depois de Linwood. Por que não parar enquanto estavam ganhando? De qualquer maneira, as crianças davam muito trabalho. Era de se esperar que Brad e Bitsy se contentassem com apenas um.

Ele tinha sentido o mesmo com relação aos próprios filhos. Embarcara na paternidade de maneira relutante, enviando olhares nostálgicos para seus dias despreocupados de jovem casado, e embora o primeiro bebê tenha sido uma delícia, não havia almejado outros. Se não fosse a pressão feita por Connie, Bitsy teria sido sua única filha. Depois, é claro, os dois meninos foram também um prazer, e ele não os teria trocado por nada, mas ainda podia se lembrar, com toda clareza, de estar sentado na confusão dos ataques de choro, fraldas molhadas e bloquinhos pontudos de construção pensando "Filhos demais e Connie de menos". Quase se sentira ele mesmo infantil ao procurar obter a atenção de Connie, agarrando os menores pedaços de atenção dela, competindo por seu ouvido e por seu olhar solícito e concentrado.

O que Connie teria dito sobre o novo plano de Bitsy?

Ah, provavelmente, "Vá em frente, querida. Tenho certeza de que tudo vai dar maravilhosamente certo".

Ele sentia mais a falta de Connie do que conseguia dizer. Tentava *não* dizer, na verdade. Ela havia morrido em março de 1999, mais de um ano atrás. Quase um ano e meio. Ele podia ver as pessoas pensando que já devia ter passado a pior parte. Hora de se animar! Hora de ir em frente! Mas a verdade era que agora era mais difícil do que imediatamente depois de sua morte. Naquele momento ele tinha se sentido tão agradecido por ela não ter mais que sofrer. Além disso, estava simples e completamente exausto. Queria apenas dormir um pouco.

Mas agora ele estava só como Deus. Estava torturante e dolorosamente só, e se agitava pela casa com tempo demais nas mãos e quase nada para fazer. Era verão. A escola acabara não apenas no ano mas para sempre, no caso dele, porque em junho ele tinha se aposentado. Será que isso tinha sido um erro? Ele sempre teve outros interesses — seus hobbies, o trabalho voluntário e preocupações comunitárias — mas agora não conseguia ter energia. Suspirava demais e falava alto com Connie. Dizia: "Finalmente vou consertar aquela fechadura da porta", e "Bem, bolas. Tenho que comprar ovos". Uma ou duas vezes, teve um vislumbre dela, mas em situações tão improváveis que não poderia pretender que fossem reais. (Em uma tarde quente de julho, por exemplo, ela estava perto do comedouro dos pássaros no quintal, puxando com os dentes as luvas manchadas de neve.) Mais satisfatórias eram as lembranças de acontecimentos passados que pulavam de lugar nenhum, tão vívidas como filmes domésticos. A ocasião, logo depois do casamento em que ela entrou com o fusquinha deles pela garagem com fumaça extravasando do banco traseiro (alguma coisa a ver com o radiador) e abrindo de supetão a porta, pulando para fora e se jogando nos braços dele; ou quanto ela enviou o nome dele para o prêmio de Herói do Dia de uma emissora de TV local e ele foi tão ríspido e descortês quando ela lhe contou (seu heroísmo consistira em fazer rodízio de carro para três crianças a qualquer hora do dia e da noite, e não algum resgate de prédios em chamas), embora agora seus olhos se enchessem de lágrimas pelo gesto dela.

Ele pensava, Puxa, isso é insuportável.

Ele pensava, Eu tinha de ter podido praticar com alguém menos importante antes. Eu não sei como fazer isso.

Ele se esqueceu de que *tinha* praticado, com quatro avós e dois pais. Mas não havia comparação.

Ele tinha cuidado da enfermidade dela por tanto tempo que isso se tornara sua segunda natureza, e agora não conseguia acreditar que ela conseguia passar sem ele. Será que ela estava confortável lá onde estava? Será que tinha tudo de que precisava? Ele não suportava pensar que ela podia estar se sentindo abandonada.

No entanto, ele não tinha religião nenhuma e nunca concebera uma vida após a morte.

Ele manteve a voz dela na secretária eletrônica porque apagá-la parecia um ato de violência. Ele sabia que algumas pessoas ficavam perturbadas quando escutavam sua saudação alegre. "É da casa dos Dickinson! Deixe sua mensagem!" Podia dizer pela maneira como começavam, "Hum..." quando tocava a fita para ouvir os recados. Bitsy, no entanto, disse que achava isso reconfortante. Uma vez ela telefonou para ele e disse, com uma voz trêmula: "Papai? Posso lhe pedir um favor? Será que posso discar esse número algumas vezes sem o senhor atender? Estou tendo um dia meio triste hoje e queria escutar a voz de mamãe."

Era Bitsy que o acompanhava no luto, muito mais do que os irmãos. "Lembra da torta macia de sua mãe?", ele lhe perguntava, ou "Lembra daquela música que ela costumava cantar sobre a viúva com o bebê?" e não tinha que dar nenhuma desculpa por tocar no assunto. Bitsy o acompanhava sem questionar. "Seu aspic de tomates também", ela dizia, e "Sim, claro, e qual era aquela outra música? A que falava do lenhador?"

Mesmo com Bitsy, no entanto, ele racionava essas conversas. Não queria preocupá-la. Não queria que ela o encarasse com um de seus olhares inquiridores. "O senhor está bem, papai? O senhor *realmente* está bem? Não quer vir jantar aqui esta noite? Nós convidamos os vizinhos, mas o senhor é mais do que bem-vindo, com certeza. Fará bem para o senhor dar uma saída."

Não faria bem para ele sair. Quanto a isso, tinha certeza. Em situações sociais, agora, tudo que ele podia pensar era, Qual é o *sentido*? A tagarelice sobre o tempo, política, impostos, crianças — inúteis, tudo isso. E os vizinhos passando por sua casa com travessas e biscoitos. "Adivinhe!", Tillie Brown lhe disse por trás de um prato envolvido em papel celofane. "Sou vovó de novo!"

— Perdão?

— Minha filha acabou de dar à luz seu quarto menino!

— Meu Deus — ele disse, e olhou para o prato. Torta de salmão, pelo jeito. Ele ficava tocado com essas ofertas, mas confuso. O que elas pensavam que ele poderia fazer com tudo isso? Ele era um só! E de qualquer maneira, a comida para ele andava com gosto de serragem.

Algumas solteiras lhe diziam que adorariam sair uma noite para jantar — embora nem de longe tantas mulheres quanto o folclore o faria acreditar. Sempre lhes dava o fora. Mesmo se tivesse algum interesse, o que não tinha, o esforço de se adaptar a uma nova pessoa estava além dele. Tinha sido bem difícil da primeira vez. Ele dizia, "Bem, puxa, que gentileza a sua", mas nunca dava seguimento. Elas não insistiam. Ele suspeitava de que elas também ficavam contentes por não terem que se incomodar. Parecia-lhe cada vez mais que o mundo mal se agüentava nas pernas, pelo que podia observar.

Bitsy disse que eles esperavam adotar essa segunda filha da China. Havia uma necessidade maior na China, ela disse. No entanto, o processo era mais complicado do que tinha sido com a Coréia, e pegar fisicamente a criança também seria mais complicado. Eles teriam que viajar até lá para buscá-la. E definitivamente seria uma "ela", disse. Bitsy tirou os olhos de Jin-Ho, que estava brincando na caixa de areia a alguma distância do pátio onde eles estavam sentados.

— Duas menininhas — disse ela a Dave. — Isso não seria legal? Por sorte, Brad nunca foi do tipo que pensa que tem de ter um filho homem.

— Você levará Jin-Ho com você para a China? — perguntou Dave.

— Ah, meu Deus, não! Com todos aqueles germes desconhecidos? Além disso, a viagem será muito difícil. Não é só o vôo; nós teremos que ficar várias semanas até os documentos ficarem prontos. — Ela abaixou seu copo de chá gelado com um movimento repentino e decidido e olhou diretamente para ele. — Na verdade, eu estava pensando em lhe pedir — ela disse. — O senhor acha que poderíamos deixá-la com o senhor?

— Comigo?

— Agora que está aposentado.

— Mas...

— O senhor sabe como ela o adora.

— Mas, meu bem, já faz muito tempo que não tomo conta de uma criança de 3 anos.

— Infelizmente, ela vai ter 4 ou 5. Talvez já esteja no jardim de infância. Todo esse processo pode levar alguns anos, pelo que soubemos.

— Ah — disse Dave. — Bem, então.

Passou por sua cabeça que ele poderia muito bem estar morto em um par de anos. Ficou surpreso por se alegrar com esse pensamento.

Era a vez dos Donaldson de oferecer a festa do Dia da Chegada das meninas. Bitsy já estava discutindo qual seria o melhor dia para isso.

— O dia 15 cai numa terça-feira este ano — disse ela a Dave — e assim Ziba perguntou por que não fazemos a festa no domingo anterior. Mas... eu não sei. Transferir para o domingo é mais conveniente, mas eu preferiria comemorar na data verdadeira, não acha?

— Bom, tanto faz — disse Dave.

— Quero dizer a data verdadeira, a data real da chegada das meninas em nossa vida!

— Tudo bem — disse ele impaciente. — Claro. O dia 15 mesmo.

Ele se sentiu encurralado em um canto. Muitas vezes se sentia, com Bitsy. Ah, essa filha dele sempre dava um jeito de tornar a vida mais difícil do que precisava ser, para ela mesma e para todos ao seu redor. Desde a primeira infância, ela mantinha feroz e inflexivelmente suas opiniões e, embora em geral tivesse razão, ele percebia que havia momentos em que as pessoas queriam discordar dela. Talvez o aquecimento global não fosse tão ruim assim, afinal!, ele podia escutá-los pensando. Talvez a paz mundial fosse menos desejável do que eles tinham imaginado!

Connie costumava dizer que o problema de Bitsy era que ela duvidava de sua própria bondade. No fundo, ela era insegura; achava que talvez não fosse merecedora. Dave achava útil se lembrar disso, em certas ocasiões. (E o que ele faria sem o ponto de vista generoso de Connie para guiá-lo no futuro?)

Então, depois que a data foi decidida — terça-feira, que surpresa — houve a questão do cardápio. Aparentemente, Bitsy achava que os Yazdan tinham "mudado as regras", como ela colocava, quando serviram uma refeição completa no ano anterior.

— Quer dizer, veja o que fizemos no primeiro ano — disse ela a Dave ao telefone. — Servimos apenas refrescos, chá, café e bolo. Mas no ano passado! No ano passado tivemos comida suficiente para encher um abrigo de sem-tetos por um mês. Jin-Ho teve dor de barriga e dormiu o tempo todo durante o filme; não viu nada dele.

— E daí? — disse Dave. — Este ano você faz do seu jeito outra vez.

— Mas os Yazdan podem achar que isso não seria hospitaleiro. O senhor sabe como eles têm um foco na comida. Mas, se eu também servir uma refeição, jamais poderei fazer tantos pratos. Não tenho panelas nem travessas suficientes! Não tenho panelas e travessas *grandes* o suficiente.

— Faça sua deliciosa torta de limão com pedacinhos de casca — disse Dave com a voz mais persuasiva — e compre uma travessa de bolo na pastelaria....

Mas Bitsy não estava escutando.

— Minha lasanha de vegetais, o que acha? — disse ela. — Ou meu prato paquistanês? Não, espere; nada com arroz. Por falar em panela grande! Lembra-se da vez que servi *habichuelas negras*? O primeiro Yazdan a se servir de arroz tirou quase toda a travessa!

Dave deu uma gargalhada. Ele gostava dos Yazdan. Superficialmente, todos eles pareciam de cores básicas, tão inocentes e impressionáveis, mas de tempos em tempos ele tinha tido vislumbres de interiores mais complicados. O Sr. Hakimi, por exemplo. Ora, *havia* alguns matizes mais escuros, com certeza.

— Os Hakimi virão? — perguntou ele a Bitsy com esperança.

— Sim, e um dos irmãos de Ziba, mas não me lembro qual. Ela sempre tem tantos parentes se hospedando lá; não acha que eles devem estar faltando ao trabalho? Enquanto nossa própria família, por outro lado... Estou muito chateada com Mac e Laura. Eles sabiam que seria o Dia da Chegada; podiam ter levado Linwood para conhecer a universidade em qualquer momento nesse verão ou no ano todo, na verdade. Mas ah, não. Ah, não. E depois os pais de Brad; bom, é típico, eu acho. Eles e seus cruzeiros intermináveis: é como se não se importassem! Me pergunto se eles agiriam de maneira diferente se Jin-Ho fosse neta biológica deles.

Se Jin-Ho fosse neta biológica deles, essa maldita idiotice de Festa da Chegada não teria sido inventada, pensou Dave. Mas o que ele disse foi:

— Ah, ora. É só que eles morrem de medo de ter tempo vago; é por isso que acabam enchendo tanto a agenda.

Meu Deus, ele falou como Connie. Talvez Bitsy também tenha achado isso porque, em vez de discutir, ela mudou o assunto.

— O senhor se lembra de Guys and Dolls?

— O quê? *Guys and Dolls*?

— Lembra da música que eles cantavam "I'll Know When my Love Comes Along"?

— Ah. A música.

— Sempre achei que, de alguma forma, falta dignidade em "She'll be coming round the mountain" — disse Bitsy.

Se Dave esticasse o fio do telefone até o seu limite, podia alcançar o controle remoto do aparelho de televisão. Ligou no noticiário da tarde e depois apertou o botão "mudo" para que Bitsy não suspeitasse.

O Dia da Chegada amanheceu pesado e úmido, com nuvens suficientes se acumulando a oeste para dar esperanças de uma refrescante tempestade. Mas nada aconteceu, e no começo da noite Dave estava temendo a idéia de colocar roupas decentes e se aventurar no calor. Em casa, tinha se habituado a ficar apenas de calção de banho. Subiu pesadamente as escadas até seu armário, onde ficou preguiçosamente mexendo nos pêlos grisalhos do peito enquanto contemplava suas opções. No final, decidiu por uma camisa de algodão listrada e calças cáqui. Devia tomar outra chuveirada, mas não estava com vontade. Foi até o banheiro molhar o rosto com água fria, em vez disso.

Uma coisa que ele tinha aprendido sobre as festas de Bitsy era que não compensava chegar cedo. Cada vez mais, ela parecia uma executiva atarefada antes de seus convidados chegarem. Ele ia ser colocado dobrando guardanapos ou rearrumando as cadeiras ou outra coisa igualmente desnecessária. Assim, demorou para sair de casa, e quando chegou à casa dos Donaldson encontrou vários carros já estacionados em frente. As meninas estavam na calçada — Susan pedalando diligentemente o triciclo de Jin-Ho enquanto Jin-Ho ficava olhando. (De alguma forma, Susan sempre era a primeira, Dave tinha reparado. Ela podia ser menor e mais frágil, mas era divertidamente determinada.)

— Olá, vocês — ele chamou. — Vocês duas estão prontas para a festa?

Jin-Ho disse, "Vovô!" e veio até ele lhe dar um abraço. Susan levantou os olhos para ele com sua expressão dúbia de sempre. Ele colocou uma das mãos abertas sobre sua cabeça ao passar por ela. Ela estava com os cabelos amarrados em duas tranças, nada parecido com o cabelo curto e volumoso de Jin-Ho, em forma de tigela, e havia algo comovente na redondeza perfeita de seu pequeno crânio dentro da palma da mão dele.

— Estamos esperando Polly e eles — Jin-Ho lhe disse. Polly era a mais velha das três filhas de Abe — com 13 anos, agora; justamente a idade certa para fascinar as meninas menores. — Mamãe disse que poderíamos, se não chegássemos perto da rua. Mamãe não sabe do capete.

— Capete? — perguntou Dave.

— Susan não está usando o capete do triciclo.

— Ah — disse Dave. Sim, agora ele podia ver o capacete no degrau da varanda — um objeto preto e liso na forma de um besouro, com faixas de corrida nos lados. — Bom, imagino que a vida continuará assim mesmo — disse ele.

— Hã?

Ele acenou para ela e continuou em direção à casa. Ao chegar à varanda, a porta de tela se abriu e Bitsy disse, "Finalmente!" Ela saiu e lhe deu dois beijos no rosto. Estava usando um vestido curto feito com uma de suas peças de tecelagem mais atraentes — tiras púrpuras costuradas com fios azuis — embora se alargasse a partir do corpete de uma forma que achou infeliz. Ele preferia que as cinturas das mulheres ficassem evidentes. (Connie costumava dizer que essa preferência revelava o medo masculino da gravidez.)

— Todos já chegaram, menos Abe — Bitsy lhe disse. — Todos os iranianos... — e então se inclinou para cochichar no ouvido dele. — Eles trouxeram um extra.

— Como?

— Os Yazdan trouxeram um convidado a mais.

— Ah.

— Eles não me perguntaram nada.

— Bom, imagino que talvez, na cultura deles...

Então ele quase esbarrou em Ziba, que estava de pé logo depois da porta.

— Olá, Ziba — disse ele, e aceitou o beijo dela também. Como sempre, ela vestia uma camiseta justa e jeans ainda mais justos, e seus saltos eram tão altos que ela oscilou levemente quando se afastou dele.

— Feliz Dia da Chegada — ela lhe disse. Ela apontou para um adolescente cavernosamente magro que estava de pé próximo a ela, com as mãos presas debaixo das axilas. — Este é o filho de Siroos, Kurosh — disse ela.

Dave não tinha idéia de quem era Siroos, mas disse, “Bom, olá. Feliz Dia da Chegada para você”, e o menino soltou uma das mãos para apertar a dele.

— Obrigada, senhor — disse ele sem sotaque. — E o mesmo para o senhor — o que não se adequava perfeitamente à situação, se você pensasse bem sobre o assunto.

Brad entrou devagar, suando e sorrindo com os dentes à mostra.

— Mais ou menos a mesma temperatura do primeiro Dia da Chegada, não é? — disse. Ele conduziu Dave até a sala de estar, onde o Sr. e a Sra. Hakimi estavam sentados perto de um dos irmãos de Ziba (o mais velho, que quase podia ser o pai dela, com aquela cabeça careca e o rosto enrugado) e sua esposa de ar maternal. Os quatro formavam uma fila toda digna na extensão completa do sofá, os homens de ternos e as mulheres com elegantes vestidos pretos, e provavelmente era a rigidez geral deles que deixava Brad tão ansioso para acrescentar Dave à mistura. — Vocês se lembram do pai de Bitsy — ele lhes disse. Todos os Hakimi sorriram animados e fizeram um movimento como se fossem levantar, até as mulheres, mas continuaram sentados, um gesto que Dave tinha aprendido a esperar desde as primeiras ocasiões.

Sami, que parecia ser o responsável pelos drinques, estava perto do carregado peitoril da janela que servia de bar.

— Olá, Dave! — exclamou ele. — Aceita um scotch? Eu estava justo servindo um para o Ali.

— Bem... por que não? — disse Dave. Ele estava contente de ter se lembrado do nome do irmão, embora ainda não pudesse pensar no da esposa dele.

— Você já viu as fotos? — perguntou o Sr. Hakimi com sua voz estrondosa. — Dê uma olhada nas fotos! Muito bonitas!

As fotos estavam alinhadas no consolo da lareira e sobre a estante embutida atrás — fotos das Festas de Chegada Um e Dois, a maioria sem molduras e curvando-se no meio. Dave virou o rosto para elas de maneira superficial, mas o Sr. Hakimi disse, "Está vendo aquela da direita? Você está de pé com Jin-Ho!" e assim Dave teve de ir até lá e tirar seus óculos do bolso da camisa para demonstrar interesse. A foto no canto à direita mostrava-o levantando Jin-Ho pela cintura para acender uma vela com uma daquelas varetas de propano feitas para acender fogão. Deve ter sido o esforço de levantá-la que lhe deixou o rosto tão amarrado e tenso, mas tudo que ele podia pensar era, eu estou péssimo! Pareço em ruínas! A vida toda ele teve alguns quilos a mais, a constituição larga, solta e desajeitada, mas na foto estava com uma aparência abatida e os tendões apareciam na nuca. Connie tinha morrido havia apenas cinco meses quando a foto foi tirada. Ele via agora que, sem que se desse conta, de alguma forma, devia ter melhorado desde essa época, porque se sentia muito grato por não estar mais lá. E tinha quase certeza de que recuperara os quilos perdidos.

— Veja avô-e-netinha! — o Sr. Hakimi estava dizendo. — Um brinde para avô-e-netinha! A sua saúde, senhor! — e Sami empurrou um copo gelado para a mão de Dave.

O fato de Bitsy estar se preocupando com coquetéis sugeria que ela ia levar em frente seu plano de servir uma refeição completa. Ele supunha que ela teve pouca escolha, já que programara a festa para uma noite de meio de semana. Assim, resignou-se a uma noite demorada, e a ver muito pouco de Bitsy, já que ela estaria ocupada com a comida. Acomodou-se em uma cadeira de balanço e escutou, com o que esperava que fosse uma expressão atenta, a discussão de Sami e Brad sobre os Orioles. Ele já não acompanhava os Orioles. Depois que você perde o contato com um time de beisebol — suas histórias e mexericos de interesse humano, seus pequenos dramas com decadência pessoais de grande sofrimento e reabilitações milagrosas — era difícil manter tanto entusiasmo. E os Hakimi sentiam-se ainda menos ligados, a julgar pelos sorrisos vidrados. Só quando Maryam saiu da cozinha, onde devia estar ajudando, eles voltaram à vida. Ela trazia uma bandeja de alguma coisa e, quando se curvou para a fila de convidados no sofá, eles ansiosamente se inclinaram para frente e houve um murmúrio de frases estrangeiras, um rápido vaivém e um ruído de risos suaves que fez Dave perceber o quanto se passava na cabeça dessas pessoas que, a partir do inglês tolhido e primitivo deles, ele nunca poderia imaginar.

Não seria como um luto permanente, renunciar a sua língua nativa?

Maryam vestia uma blusa com decote em V profundo que revelava suas clavículas bem-feitas. Quando ela se aproximou dele com a bandeja, disse, "É um prazer ver você, Dave. Aceita um canapé?"

— Obrigado — disse ele, tirando um. Parecia um tipo de massa de peixe.

— Você está contente em ter uma nova neta?

— Uma nova...? Ah. Sim, sim — disse ele. — Muito contente — porque ele supôs que era isso que ela esperava dele.

— Imagino se isso vá significar que teremos *duas* Festas da Chegada — disse ela.

— Deus do céu! — ele disse sem pensar. Maryam riu.

Quando Abe e Jeannine chegaram com as filhas, todos já tinha comido *hors d'ouvres* demais. A visão do enorme banquete que os esperava quando eles entraram na sala de jantar fez várias pessoas murmurarem.

— Bitsy, o que você *fez*? — perguntou Jeannine. Havia travessas de frango frio, salmão frio e camarão, ao lado de uma dezena de pratos de vegetais e quase o mesmo tanto de saladas. Se isso era uma competição, Dave nem queria pensar no que o próximo ano traria.

O bolo no final da refeição foi o bolo baixo habitual com a bandeira americana, e a canção foi a canção habitual apesar de todos os esforços de Bitsy. "I'll know", ela começou esperançosa com uma voz doce, alta, mas as três impetuosas filhas de Abe a abafaram. "They'll be coming round the mountain when they come", Bridget foi em frente, e Brad abriu com força a porta da cozinha para revelar Jin-Ho e Susan, que ficaram olhando estupefatas, como sempre, em vez de entrarem caminhando como haviam sido instruídas. “Pam! Pam!”, as filhas de Abe guinchavam. Elas claramente desfrutavam os efeitos sonoros ainda mais do que da própria música.

— Tap! Tap! Hurra, hurra, vire! Vem, meu bem! — Primeiro Abe e Jeannine as seguiram e então Sami, depois Ziba, e finalmente Dave, embora ele detestasse parecer desleal. Até os Hakimi habitual murmuraram em conjunto da melhor maneira que podiam, rindo tímidos a cada vez que chegavam nos tap! tap! e lançavam-se olhadelas tímidas.

Depois do bolo, era a hora do vídeo. *A chegada de Jin-Ho e Susan*, começava — um título todo novo, agora em itálico em vez de em placas de cobre. As pessoas prestaram graus variados de atenção. Os Hakimi, por exemplo, sentaram-se eretos e mantiveram os olhos respeitosamente fixados na tela durante todo o tempo. No outro extremo, Jin-Ho se ocupava com uma boneca Elmo Me Faça Cócegas. Dave, que estava de pé no fundo da sala, observava com mais atenção do que deixava transparecer porque sabia que veria Connie. Não queria que os outros notassem o quanto isso significava para ele. Eles se preocupariam; tentariam distraí-lo. Diriam que ele estava sendo mórbido.

Sim, ali estava ela, sorrindo lindamente e apertando as mãos na frente do peito como se estivesse rezando. VOVÓ, o broche em sua lapela dizia. Era verdade que ela estava com um boné de beisebol — já estava doente — mas como seu rosto parecia cheio e rosado! Como ficou firme de pé, ao lado dele, mas sem se apoiar! Ele se esquecia de que era assim que ela costumava ser. Quando a imaginava esses dias, Connie tinha a pele branca e fina como papel e os ossos salientes de uma moribunda.

Então ela desapareceu. Ah, droga. Ele se perguntou, como tinha se perguntado no ano anterior, se podia de alguma forma raptar essa fita e levá-la para casa para vê-la a sós. Passaria só as imagens que tivessem Connie, várias e várias vezes. Demoraria no querido declive de sua pele abaixo do queixo e na familiar visão da aliança de casamento encaixada em seu dedo.

O bebê Jin-Ho chegou nos braços de sua portadora e foi cercada e engolida. Vários Dickinson e Donaldson se comportaram como completos idiotas. Depois Susan apareceu rapidamente — agora você a vê, depois não vê mais — mas Dave mal notou essa parte. Ele sabia que não haveria mais imagens de Connie.

— É difícil ver Connie, não? — perguntou Maryam.

Ela estava de pé ao lado, a sua esquerda. A entonação estrangeira de seu "não?" lhe pareceu irritante. Sentia-se tão longe dessa multidão ao acaso; ressentia-se de ser puxado de volta. Manteve seus olhos teimosamente na tela da TV (os créditos passando na fonte original de placas de cobre) ao dizer "Não é difícil de jeito nenhum. Gostei de vê-la tão saudável".

— Ah — disse Maryam. — Sim, eu entendo isso. — Depois disse: — Eu costumava pensar que se alguém viesse a mim de repente e me dissesse, "Seu marido acabou de morrer", quando ele estava perfeitamente saudável, eu teria achado mais fácil. Foi vê-lo ir se acabando devagar, devagar, devagar que tornou tudo muito mais difícil.

Ele olhou para ela. Ele sempre se espantava com a pequenez de Maryam — alguém tão elegante deveria ser escultural, lhe parecia — e agora tinha de abaixar os olhos alguns centímetros para abranger seu perfil, seus olhos experientes sobre os outros convidados e os dedos curvados delicadamente ao redor da asa de uma xícara de chá.

— Eu pensava, se pelo menos pudesse ficar de luto pelo homem que conheci antes! — disse ela. — Mas, em vez disso, havia as versões mais recentes, o doente e depois o mais doente e depois o que estava tão mal-humorado e me odiava por perturbá-lo com comprimidos comida e fluidos, e finalmente o que estava longe, sonolento, que na verdade não estava mais lá. Eu pensava, eu gostaria de ter percebido o dia em que ele *realmente* morreu... o dia que seu eu real morreu. Esse foi o dia que eu devia ter lamentado mais profundamente.

— Eu tinha me esquecido de que ele também teve câncer — disse Dave.

Ela ficou em silêncio. Olhava os outros saindo como uma corrente, as crianças em direção ao quintal e os adultos para a sala de estar.

— Connie em sua versão final era... muito exigente — disse Dave. Ele ia começar a dizer algo mais, porém mudou de idéia. Então, continuou e acabou dizendo, apesar de tudo. — De certa maneira, ela ficou quase *má* — disse ele.

Maryam assentiu sem surpresa e tomou um gole de chá.

— Acho que era inevitável — disse ele. — As pessoas que estão doentes começam a sentir que alguma coisa lhes é devida. Ficam um pouco imperiosas. Na vida real, Connie não era desse jeito em nada. Eu sabia disso! Eu devia ter feito concessões, mas não fiz. Eu lhe respondia asperamente, às vezes. Com freqüência perdi minha paciência.

— Bem, é claro — disse Maryam, e colocou sua xícara de volta no pires sem um som. — Era medo — ela lhe disse.

— Medo?

— Eu me lembro de que, quando era criança, se minha mãe mostrasse qualquer sinal de fraqueza... até se ficasse de cama com dor de cabeça... eu sempre ficava tão zangada com ela! Eu ficava amedrontada, era esse o motivo.

Ele pensou no assunto. Supôs que ela tivesse razão. Certamente o declínio de Connie deixara-o fora de si de tão assustado. Mas de alguma forma, sentiu-se descontente com essa conversa, como se houvesse alguma coisa a mais que precisasse ser esclarecida. Ele se virou para um lado para deixar o filho de Siroos passar por ele, e depois disse:

— Não são só seus últimos dias que eu lamento.

Maryam arqueou de leve as sobrancelhas.

— É toda a sua vida. Toda a nossa vida juntos. Cada palavra impensada que eu disse, cada instante de negligência. Você alguma vez faz isso? Pensa outra vez nessas coisas? Eu sempre fui tão concentrado; quer dizer, impelido a me concentrar em algum projeto e deixar que o resto fosse pro inferno. Eu me lembro de uma vez que estava passando, passando um fio por toda a nossa casa para um sistema de som que eu inventara. Eu não parava para o almoço, não parava para ir com Connie a um filme que ela queria ver... Agora fico doente com isso. Eu penso, o que não daria para almoçar com ela agora, ou estar sentado com ela em um cinema!

— Vocês vêm? — perguntou Brad. — Reforço com bolo na sala de jantar.

— Obrigado — Dave lhe disse, mas Maryam não respondeu. Ela tomou outro gole de chá e depois olhou para o fundo da xícara. — Ah, bom — disse ela. — Se tivéssemos sido diferentes, eles teriam nos amado?

— Como?

— Se você não fosse um homem com muitos interesses, entusiasmado com seus projetos... se não tivesse outros interesses além de Connie e a seguisse por toda parte... ela teria escolhido se casar com você?

Mas não pareceu esperar por uma resposta, porque enquanto ele ainda estava refletindo sobre suas palavras ela disse: "Jeannine! Como Polly cresceu nesse verão!"

— Ah, meu Deus, agora ela é uma adolescente — disse Jeannine. — Que os céus nos ajudem a todos.

Maryam riu levemente e se virou para acompanhá-la saindo da sala, e Dave as seguiu. Ele pensou que talvez quisesse mais bolo. De repente sentia-se positivamente faminto.

Setembro trouxe seu cheiro de folhas secas que tão facilmente podia ser confundido com cheiro de lápis recém-apontado, as crianças da vizinhança retornaram para a escola com suas mochilas gigantes, os universitários partiram com seus carros cheio de acessórios e a realidade da aposentadoria de Dave acertou-o em cheio, tudo outra vez. Não importavam mais as despedidas carinhosas de junho. Esqueça a dedicatória do livro do ano (*Para nosso querido Sr. Dickinson, que fez a física se tornar viva por três gerações de meninas do* Woodbury) e a pletora de festas de despedida produzindo seus presentes de relógios, o que parecia irônico quando se pensava que ele já não precisava tanto saber que horas eram. Esta era a hora da verdade: outono, quando o resto do mundo estava recomeçando, mas o próprio Dave ia continuar, continuar o mesmo como no verão. Ele pensara que não podia esperar que tudo aquilo terminasse. Elas o tinham exaurido, aquelas meninas do Woodbury! Mas agora se via sentindo falta de suas vozes sem profundidade, sussurradas, que terminavam toda afirmação com um ponto de interrogação, e suas crises emocionais cataclísmicas que irrompiam quase a toda hora, e até seus misteriosos acessos de riso, embora com freqüência suspeitasse de que era dele que estavam rindo. Elas já o teriam esquecido. Ele não se iludia. Elas já estariam deslumbradas com o sucessor dele, um jovem afável recém-saído de Princeton. Era como caminhar por um tapete vermelho e então se virar para ver que os subordinados estavam enrolando-o atrás de você.

Ele tinha ido *embora*. Era um choque para toda a sua concepção de si mesmo descobrir o quanto se importava.

Ele sempre fora um bom faz-tudo — um consertador competente, marceneiro, inventor instintivo — e foi por isso que supôs que a aposentadoria seria fácil para ele. Mas, um dia, estava no porão substituindo um soquete triplo, e de repente percebeu que não suportaria nem mais um minuto daquele ar soturno, úmido, com cheiro de terra. A vil janelinha acima de sua cabeça o fazia se lembrar das vidraças repintadas de fábricas abandonadas, e sua bancada de reparos com as ferramentas perfeitamente penduradas em cima, cada uma contornada com tinta branca e arrumadas conforme a função e o tamanho, povoavam o cubo friorento de iluminação fluorescente, a escuridão pressionando a seu redor mesmo nessa tarde ensolarada. Achou que não conseguia respirar. Perguntou-se quanto tempo ficaria jogado aqui se acontecesse de ter um ataque.

Em cima, na cozinha (ventilada e quase iluminada demais), ele tomou um copo d'água enquanto examinava o bocal substituto que sem pensar trouxera com ele. Foi quando lhe ocorreu que poderia trazer sua bancada para cima. Bom, talvez não a própria bancada, ou as ferramentas maiores, mas certamente os itens menores. Poderia ocupar o pequeno quarto que chamava de estúdio, que saía diretamente da cozinha e servia como uma espécie de depósito de tudo, os acessórios de costura de Connie, contas não pagas e revistas velhas. Afinal, não havia ninguém para objetar. Ele sentiu um palpitar de seu antigo entusiasmo se animando. Uma coisa para fazer! Colocou seus óculos na bancada e foi para o estúdio investigar.

A casa em Mount Washington, para onde tinham se mudado havia quase quarenta anos, quando as crianças eram pequenas e, por simples inércia, eles tinham deixado a desordem se acumular. Além disso, Connie era desorganizada por natureza.

Quantas vezes Dave tinha resmungado por causa de uma tesoura deixada em uma cadeira ou seu melhor alicate sumido? Todo um armário em um canto estava entulhado de retalhos de tecido, e ele sabia, sem ter que olhar, que alguns haviam sido cortados mas não costurados, os moldes ainda alfinetados no lugar; e outros tinham sido comprados por impulso dez ou 15 anos atrás, mas nunca colocados em uso, as beiradas dobradas manchadas pelo pó e pela luz do sol. Ele se sentiu perversamente contente por afinal poder botar em ordem esse lugar.

Naquela tarde e em todo o dia seguinte, ele entupiu sacos plásticos de lixo com objetos para o Exército da Salvação. Os tecidos e os acessórios de costura, um molho de modelos de vestidos Butterick, uma cesta de costura de vime, um casaquinho inacabado de bebê que podia muito bem ter sido começado na chegada do neto mais velho deles. Uma lata achatada de aquarelas secas em tabletes. Um caderno de moldes, absolutamente vazio, amarelado nas bordas. Um furador de couro que ele estava procurando desde o último Natal. Um manual de tapetes em ponto-cruz para casinhas de bonecas, com data de devolução da Biblioteca Roland Park vencida em 16 de maio de 1989. Um manual de uma máquina de datilografia elétrica que eles já não possuíam mais. Uma caixa de cartões de agradecimentos sem uso. Vinte anos de declaração de renda, alguns anos faltando.

Pensando bem, ele ia guardar as declarações de renda. Enquanto as pegava, reparou na cesta de costura e a pegou também, porque afinal ele poderia precisar pregar um botão de vez em quando. Então pensou em outras coisas, como na caixa verde de vinil com agulhas de crochê que ele tinha jogado fora no comecinho. Agulhas de crochê são ferramentas muito úteis para pequenos consertos. Em qual saco de lixo ele as colocara?

No final do segundo dia, o quarto estava parecendo muito, muito pior do que quando ele começara. Mal havia algum espaço para andar. As declarações de renda enchiam a única poltrona e o sofá estava entulhado de álbuns de fotos e grossos envelopes de papel pardo com outras fotos que ele pretendia examinar mais tarde. Nem podia se sentar. Sentiu-se derrotado.

Ele abriu a gaveta de baixo da escrivaninha, onde estava esperando poder guardar as declarações de renda, e encontrou um esconderijo de suprimentos médicos. Eram dos primeiros dias da doença de Connie, ele supôs. Nos últimos dias o equipamento dela — como sua doença — tinha se espalhado por todo canto e preenchido a vida deles. Havia uma cama de hospital na sala de estar e uma cadeira de rodas no hall de entrada. Mas os itens na gaveta eram mínimos e não atrapalhavam: uma caixa de mechas de algodão, um termômetro digital e a fotocópia de um folheto de informações sobre os efeitos da quimio.

O próprio Dave nunca dizia "quimio". Recusava-se a falar tão familiarmente de algo tão horrível. Usava a palavra completa: quimioterapia.

Connie tinha prometido que não se deixaria afetar. Ela pretendia passar leve e fagueira por isso. Então, uma manhã, Dave se perguntou por que a água do chuveiro estava chegando a seu tornozelo e se abaixou, descobrindo punhados do cabelo dela entupindo o ralo. Ela ainda não tinha percebido; só nessa noite foi que reparou em seu pente emaranhado. E ele não lhe disse nada. Foi quando a distância entre eles começou a aumentar. A contragosto, ele permaneceu no mundo dos negligentemente saudáveis e Connie passou para o círculo íntimo dos companheiros sofredores que se buscam um ao outro nas salas de espera, comparando sintomas, discutindo tratamentos alternativos e trocando valiosos conselhos sobre várias técnicas de apoio. (Pêssegos em lata, um homem jurava.) Os acompanhantes, de olhos fundos e exaustos, trocavam olhares solidários mas nada diziam.

Ela foi cada vez mais se distanciando dele. Ela se lançou em uma batalha contra cada novo mal que de repente aparecia aqui e ali, justo quando ela não estava olhando, justo quando algum resultado de exame ou consulta tinha aumentado as esperanças deles, enquanto Dave cuidava sozinho do seguro, das contas médicas e das receitas.

Às vezes ele pensava que os efeitos colaterais da quimioterapia eram contagiosos. Ele perdeu o apetite e constantemente se sentia um tanto nauseado, e lhe parecia que quando se cortava, ao se barbear, seu sangue demorava mais para coagular. Ele disse isso para Connie e ela disse, "Você tem idéia de como isso é banal para uma pessoa na minha condição?" O choque de ultraje de sua pergunta foi quase divertido. Por um momento, libertou-o da culpa. Mas só por um momento.

— Toda a minha vida — ele diz para Bitsy ao telefone agora — eu ficava tão impaciente para passar para o próximo estágio. Não suportava esperar para crescer, para terminar a faculdade, para me casar: não podia esperar que vocês, crianças, aprendessem a andar e a falar. Mas isso é o pior: quando penso na doença de sua mãe, vejo que cheguei ao ponto de não suportar esperar que *aquilo* terminasse, também. Fiquei horrorizado comigo mesmo.

— Bem, é claro que o senhor não podia suportar a espera — disse Bitsy com uma voz consoladora. — O senhor estava imaginando que ela ficaria boa outra vez.

— Não, meu bem, não é isso que quero dizer — disse ele, embora por um momento tenha pensado em fingir que fosse. — Quero dizer que eu estava querendo que sua mãe fosse em frente e morresse.

O silêncio se estendeu o suficiente para que ele lamentasse ter contado a ela. Havia coisas que era melhor guardar para si mesmo. Finalmente, ela disse:

— Papai, o senhor gostaria que eu e Jin-Ho fôssemos lhe fazer uma visitinha?

— Não! — disse ele, porque não queria que ela visse o que tinha acontecido com o estúdio.

— Quer vir aqui? Poderíamos lanchar juntos. Só pão com pasta de amendoim e geléia, mas o senhor sabe que sempre ficamos felizes com sua companhia.

— Obrigado, mas tenho algumas coisas para terminar aqui em casa — disse ele, e se despediu.

Era um erro sobrecarregá-la. Ele teria que suportar isso sozinho.

Foi até a cozinha e se serviu de uma tigela de cereais fria, mas achou difícil demais engolir e desistiu depois de três colheradas. Sentou-se entediado à mesa da cozinha e ficou olhando o quintal do vizinho, onde três homens cortavam um velho e nodoso bordo. No dia anterior eles tinham podado as pontas folhosas e passado os galhos pela cortadeira, e ele imaginava que naquela noite o bordo deve ter ficado ereto ali com uma espécie de choque botânico. Mas só os menores galhos tinham sido cortados, afinal. Uma árvore tão grande podia se adaptar a isso. Nesta manhã, no entanto, os homens tinham chegado aos ramos maiores, e talvez até isso pudesse ser suportado, embora a árvore tivesse se tornado um tronco sem braços como um cactus. Mas agora eles estavam arrumando as motosserras no próprio tronco, e todos aqueles ajustes anteriores acabaram sendo feitos para nada.

Ele se levantou pesadamente e levou a tigela para a pia.

À noite, ele acolhia com alegria o sono porque seus sonhos tinham se tornado muito vívidos. Era como uma vida totalmente separada; quando mais desbotada ficava sua vida desperta, mais colorida era a vida em sonhos. Ele sonhava, por exemplo, que possuía um tigre gigante com uma manta peluda e amarelada de longos pêlos brancos debaixo do queixo. O tigre caminhava pesadamente pelo quarto e silenciosamente levantava-se para apoiar as patas dianteiras nos pés da cama e observar a forma de Dave dormindo. Depois, parecia tomar uma decisão e pulava na cama, causando uma reentrância profunda no colchão, e marchava pela cama para colocar o focinho a alguns centímetros do rosto de Dave. Dave podia sentir o cheiro de seu hálito quente e carnívoro e sentia o roçar de seu pêlo, embora não tivesse encostado nele. Era uma experiência agradável, amiga, nem um pouco alarmante. Mas quando ele acordava o tigre tinha ido embora, e ele estava sozinho em sua cama.

Talvez seus sonhos tivessem sido influenciados pelos barulhos dos animais no sótão, apenas a poucos metros sobre sua cabeça — esquilos, quatis ou ratos. Deveria tomar providências para se livrar deles, mas havia uma intimidade companheira nesses sons noturnos, e assim ele continuava postergando isso.

Se um tigre que não existia podia visitá-lo, por que não Connie? Por que ela não poderia estar cuidando dele, tão próxima como essas criaturas do sótão?

Ela costumava acreditar que seus ancestrais estavam tomando conta dela. Era mais espiritualizada do que ele, embora não convencionalmente religiosa, e costumava citar um ditado pagão: "A gratidão é a raiz de todas as virtudes" que, segundo Connie, queria dizer que as pessoas deveriam ser atenciosas com as que vieram antes. Ela imaginava que seus avós a estavam encorajando e guiando-a nos momentos difíceis, assim como os bisavós que ela nunca conhecera e os trisavós e assim por diante, até o final. Então por que a própria Connie não poderia estar tomando conta de Dave? Que isso era um *no sequitur* só lhe ocorreu tardiamente. Connie não era ancestral dele. Eles sequer eram aparentados. Mas ele se esquecia disso. Lembrava-se de uma consulta médica onde, breve e hipoteticamente, um médico mencionara um transplante de medula. "Ela pode receber a *minha* medula!", Dave tinha dito, e só depois do olhar zombeteiro do médico compreendeu seu erro.

Ele fechou outra vez os olhos e a quis, como a quis. Convocou seus detalhes mais concretos: os lóbulos das orelhas compridos e esponjosos, as pintas como ovos de pardal no dorso das mãos, o leve coaxar de sua voz que sempre a fazia parecer tão atraentemente desinibida e sem vaidade. "Você se lembra de como era ter um encontro numa tarde de primavera?", ela perguntava. Não era com Dave que estava falando; era com alguém ao telefone. Ela estava sentada à mesa da cozinha com uma colher de pedreiro no colo; evidentemente o telefonema tinha interrompido seu trabalho no jardim. "Todo ano quando a primavera chega, eu me pego pensando nisso. Os garotos apareciam na entrada da varanda com camisas de manga curta ainda com cheiro do ferro de passar das mães, e nós garotas estaríamos usando vestidos estampados de flores e sapatilhas de balé sem meias, e havia alguma coisa tão fresca e tão... livre naquelas primeiras pernas nuas da estação..."

Dave estava na sala de estar com os dois filhos e alguém mais. Quem? Alguma vizinha, uma amiga de Connie que tinha parado para uma visita. "Connie está ao telefone", Dave lhe disse, "mas deve acabar a qualquer momento." Ele virou a cabeça para ouvir um sinal de conclusão na voz de Connie, mas ela não estava falando naquele momento e ele compreendeu agora que há vários minutos ela estava em silêncio. Então ele entendeu que o silêncio era real — o silêncio no quarto real — e que Connie jamais falaria outra vez.

A foto mais antiga do álbum mostrava mulheres com vestidos duros e penteados complicados, homens de colarinhos tão altos que seus queixos estavam enterrados, e bebês de rostos sérios abafados com rendas brancas. Essas pessoas podiam interessar se soubesse quem elas eram, mas não sabia. As legendas à tinta no verso eram frustantemente evasivas. *Domingo, 10 de setembro de 1893, antes de uma deliciosa refeição,* dizia uma. Ou: *Com a linda amarílis que mamãe nos deu de Natal.* Parecia que ninguém tinha imaginado que chegaria o dia em que essas pessoas seriam estranhas.

Os últimos álbuns eram etiquetados com mais clareza e, mesmo que não fossem, ele teria reconhecido seus avós paternos, sentados em uma amplo gramado com a primogênita que crescera para ser sua tia Louise. Pobre tia Louise: perdeu o único amor para a tuberculose e morreu inconsciente em um asilo com 88 anos, mas na foto ela estava dando seus primeiros passos triunfantemente em direção à câmera, os bracinhos estendidos, e os pais observavam seu progresso com o sorriso mais orgulhoso e feliz.

Nos anos 40, as pessoas pareciam surpreendentemente glamourosas, mesmo a mãe dele com seu vestido caseiro de listras inclinadas. Nos anos 50, elas adotaram as cores, sobretudo rosa e azuis chocantes, mas agora pareciam malvestidos e amarrotados e os cortes de cabelo masculinos eram curtos demais. Será que Connie realmente tinha consentido em ser vista naquele estojo colorido de rosa brilhante que se estreitava na altura da barriga da perna de tal maneira que era de estranhar que ela conseguisse andar?

Depois disso, a vida deve ter ficado mais apressada, porque os álbuns posteriores não estavam montados. Dave abriu cada envelope para examinar dentro: Bitsy na fase de dentes salientes, antes do aparelho; Abe com um filhote de *terrier* que fugiu logo depois que eles o trouxeram; Abe outra vez, na formatura da faculdade. No fundo de tudo, no envelope mais fino, Jin-Ho e Susan sopravam bolhas de sabão uma para a outra, mas mesmo as meninas pareciam vir de muito tempo atrás, seus rostos mais redondos do que estavam agora e menos definitivos, menos específicos.

Oh, qual era o *sentido*, qual era o *sentido*, qual era o *sentido*?

Ele limpou o armário do canto (foi preciso usar três trapos para tirar a poeira) e colocou os álbuns e os envelopes na prateleira mais baixa. Colocou as declarações de renda na gaveta da escrivaninha, onde os remédios estavam guardados. Do porão, trouxe seu kit de ferramentas pequenas, o baú compartimentado para parafusos e pregos, os manuais de conserto e a lata de adesivos, e arrumou-os nas prateleiras de cima do armário junto com as agulhas de crochê e a cesta de costura de Connie. Arrastou o lixo até o beco, as sacolas para o Exército da Salvação até o porta-mala de seu carro. Tirou o pó da escrivaninha e do abajur de mesa. Enfiou os trapos de limpeza num cesto grande com tampa. Passou o aspirador no chão e no sofá, que estava salpicado de pedaços de papel.

Sentiu-se demasiado cansado para fazer o jantar. Em vez disso, bebeu dois copos de scotch e foi para cama. Seu sono foi um sono narcótico, algodoado, como um pano colocado sobre seu rosto. Sonhou que estava no campo, caminhando por uma vasta área que ele entendeu ser um cemitério de móveis. Peças abandonadas de mobília estavam agrupadas por categoria — um hectare de camas, um hectare de escrivaninhas, um hectare de mesas de jantar. Dezenas de cadeiras assentavam-se debaixo de uma amoreira, os assentos vazios exceto pela relva crescendo em suas almofadas, e o fato de estarem de frente uma para a outra fazia com que parecessem ainda mais solitárias. "Como podem suportar isso?," ele perguntou e alguém à distância, um homem com roupas desbotadas, entoou, "Oooh, como elas podem suportar isso?" com uma voz zombeteira e cruel. Ele parou imediatamente, chocado. Depois sentiu uma mão deslizando sobre a dele virou-se e viu Maryam Yazdan calmamente examinando as cadeiras. "Elas estão pensando em tudo que já viveram", ela lhe disse. "Elas gostam de se lembrar." Ele achou isso consolador, por alguma razão, e quando ela disse, "Vamos?", ele apertou sua mão e a seguiu, saindo do campo.

Ele despertou e ficou deitado um longo tempo olhando para o escuro.

— 6 —

Quando Maryam ouviu falar da nova casa de Sami e Ziba, eles já tinham pago a entrada e combinado a data da mudança.

— Uma nova casa? — disse ela. — Não sabia que vocês estavam procurando!

— Ah, nós mesmos mal sabíamos — disse Sami, e Ziba disse, "Não tínhamos certeza de que íamos conseguir o que queríamos; então, por que contar a alguém?"

Maryam não era apenas alguém, no entanto, e ficou perplexa por eles terem sido tão reservados. Eles deviam ter estudado cuidadosamente as relações de imóveis, feito inúmeras visitas, discutido os méritos de um lugar comparado com outro. E no entanto nunca lhe disseram uma palavra!

Mas ela disse:

— Bem, isso é maravilhoso. Parabéns. — E deu umas palmadinhas no joelho de Susan. Eles estavam sentados na sala de estar de Maryam, Susan no sofá ao lado dela com um livro infantil no colo. — Você está feliz? — Maryam lhe perguntou. — Já viu seu quarto novo?

— Tem um banco embutido na janela — Susan lhe disse.

— Um banco embutido! É mesmo?

— Você levanta a parte com a almofada e tem um espaço embaixo para meus brinquedos. Eu e Jin-Ho até trepamos e depois entramos lá dentro.

Jin-Ho tinha estado na casa?

Eles já tinham contado para os Donaldson?

Sami deu um pigarro.

— Falamos desse lugar para Brad e Bitsy porque fica no bairro deles.

— Ah. Em Mount Washington — disse ela.

— Espero que não fique decepcionada porque não estamos mudando para mais perto de você, mamãe. Nós *pensamos* em Roland Park, mas a atmosfera geral da Mount Washington pareceu mais, não sei...

A atmosfera geral de Mount Washington pareceu mais donaldsoniana, pensou Maryam. Mas é melhor não dizer.

— Bem, mesmo assim vocês ficarão muito perto — ela disse. — Cinco ou dez minutos de distância! Estou encantada!

Então Sami e Ziba se curvaram para a frente no mesmo momento para pegar as xícaras, como se de repente se sentissem aliviados. E Maryam pegou sua própria xícara e sorriu para eles.

Ela achava que sabia por que eles não tinham lhe contado. Estavam constrangidos de serem vistos imitando os Donaldson, mais uma vez. Oh, esses Donaldson, com sua jubilosa suposição de que o caminho deles era o único caminho! Alimente sua filha assim e não assado; deixe-a assistir a esses programas e não àqueles; morem aqui e não ali. Tão americanos, eles eram.

Mas Sami e Ziba achavam que os Donaldson eram únicos, e Maryam não se julgava no direito de corrigi-los.

A nova casa ficava na rua Pettijohn, a apenas três quadras de Brad e Bitsy. Tinha uma grande varanda na frente, soberbas árvores antigas e um quintal espaçoso. Mas só tinha um quarto de hóspedes; assim Ziba disse que teriam de comprar um sofá-cama para seus parentes. Ela convidou Maryam para ir junto quando foi comprá-lo. É claro que ela conhecia todas as lojas de móveis devido a seu trabalho, e falou com conhecimento de causa sobre estilos, tecidos e prazos de entrega previstos.

— Ah, por favor! Nada da Murfree-Mainsburgh — disse ela a um vendedor. — Eles levam uma eternidade para entregar os pedidos.

Maryam ficou impressionada, embora privadamente questionasse o gosto de Ziba. Ziba disse que seu objetivo a longo prazo era decorar a casa inteiramente no estilo colonial americano, e mostrou camas com quatro colunas e dossel de renda, "baús da vida" forrados de veludo para lembranças, bancos giratórios sobre pedestais trançados cor de cevada, e centros de mesa aparados como conchas, tudo em madeira de alto-brilho, cor de cacau que não parecia completamente real. Mas o que sabia Maryam?

Eles se mudaram em uma sexta-feira no final de abril — um dia sem trabalho para Ziba e um dia de trabalho para Maryam, portanto tudo o que Maryam tinha a fazer era passar pelo saguão da pré-escola para buscar Susan quando fosse a hora. Ela havia se oferecido para ficar com Susan até a noite.

Susan estava na classe três, tendo completado quatro só em janeiro. Geralmente, Maryam resistia à urgência de ir atrás dela, e quando a três passava a tropel pelo escritório cercado de vidro a caminho do parque, tentava não desviar os olhos de sua escrivaninha. Foi um prazer, portanto, ter essa justificativa para ir direto para a sala de aula. As crianças estavam guardando seus apetrechos de arte, lavando as mãos nas pias à altura dos joelhos, pendurando os aventais nos cubículos etiquetados com seus nomes. Maryam levou um minuto para achar Susan porque ela estava sentada à Mesa de Leitura com um livro. Será que terminara seu projeto de arte mais cedo, ou não havia se juntado ao grupo? Maryam sempre se preocupava porque Susan parecia tão reservada junto com suas colegas de classe mais bagunceiras. As professoras afirmavam, no entanto, que ela estava indo bem. "Ela é assim tão... *adultazinha*", uma tinha dito recentemente. Exatamente o sentimento de Maryam, e então ela relaxara, por enquanto.

— Hora de ir para casa — ela agora diz a Susan. — Você vai para casa comigo hoje, lembra?

Susan fechou o livro e o arrumou direitinho na estante, tudo sem dizer uma palavra, mas ao passar por uma das professoras disse, "Vou dormir no meu novo quarto esta noite".

— Ah, eu *sei* que você vai! — disse a professora. Greta, era essa, uma do tipo animado.

— Mas primeiro vou pra casa de Mari-june porque mamãe está ocupada arrumando minha cama.

— Puxa, como você tem sorte! — disse Greta, e deu um sorriso para Maryam. — Divirtam-se, vocês duas!

Maryam sorriu e agradeceu, mas Susan saiu da sala sem responder. E no carro, recusou-se a falar de seu dia. Era de se pensar que a essa altura Maryam já estaria acostumada, mas ela se viu perguntando, "Como foi a escola? O que você fez?", enquanto Susan olhava pela janela lateral em um silêncio que não parecia rude, mas diplomático, como se ela estivesse graciosamente desconsiderando o deslize de Maryam. Ela ainda usava a cadeirinha para bebê porque pesava tão pouco. A essa altura, Jin-Ho já estava usando uma almofada, mas Susan ainda não se qualificava, embora ficasse pedindo.

Justo na semana anterior, Maryam tinha adotado um pequeno gato perdido ao qual dera o nome de Moosh — farsi para rato — devido a seu pêlo cinzento. Susan estava apaixonada por ele, e no minuto em que chegaram à casa ela passou correndo por todos os quartos chamando: "Moosh? Moosh? Mooshi-jon! Cadê você, Mooshi-jon?"

— Deixe que *ele* a descubra — Maryam lhe disse. — Venha para a cozinha e sente-se para comer seu lanche. Ele logo vai aparecer.

E foi o que aconteceu. Susan mal tinha começado seu leite e biscoitos quando Moosh surgiu do nada para se enroscar nas pernas da cadeira dela.

— Moosh! — gritou ela. — Posso dar comida pra ele? Posso dar um pouco do meu leite?

— Dê essa comida de gato — disse Maryam, e lhe passou uma caixa.

Susan deslizou de sua cadeira e se agachou perto de Moosh, seus joelhos pontudos e nus projetando-se para fora. Na parede sobre ela, o telefone começou a tocar e Maryam estendeu a mão para pegá-lo.

— Alô? — disse ela.

— É Dave Dickinson, Maryam. Como vai você?

— Olá, Dave. Estou bem; e você, como está?

— Ouvi dizer que você está cuidando da Susan esta tarde.

— Sim, até terminarem a mudança.

— Eu estava pensando se você gostaria que eu levasse Jin-Ho para fazer companhia a ela.

— Ah, você está com Jin-Ho hoje? — perguntou Maryam.

— Bem, não, mas posso ir pegá-la.

— Isso seria ótimo. Susan — disse ela — você quer que Jin-Ho venha pra cá?

Susan disse: "Sim!" sem tirar os olhos do gato, que estava cuidadosamente cheirando a ração que ela segurava. Então Maryam disse a Dave: "Adoraríamos vê-la. Obrigado por ter pensado nisso."

— Estaremos aí em meia hora — ele disse.

Atualmente, ele fazia esse tipo de oferta. Devia estar sentindo falta de Connie. E Maryam suspeitava também de que ele estivesse tendo problemas para se adaptar à aposentadoria. Podia perceber isso pela maneira como ele prolongava todas as conversas, levava uma eternidade para dizer até logo e invariavelmente estava junto quando os Donaldson e os Yazdan se encontravam para qualquer evento social.

Esta tarde ele ficou depois de trazer Jin-Ho, embora Maryam lhe dissesse que ficaria feliz cuidando sozinha das duas meninas.

— Eu não tenho nada melhor para fazer — ele disse, e então deu um sorriso estranho. — Quero dizer — ele disse. — Eu *gosto* de ficar sentado aqui. Se não estiver atrapalhando.

— De jeito nenhum — disse Maryam. Na verdade, ela pretendia aproveitar esse tempo para fazer comida para levar para Sami e Ziba, mas perguntou: — Posso lhe servir uma xícara de chá? Ou de café?

— Café seria ótimo. Ah, mas, sinto muito; você tem coisas para fazer, não tem? Na verdade, eu não *preciso* de café.

Ela sorriu com sua frase, embora "precisar" fosse, caso se pensasse nisso, uma palavra que resumia Dave naqueles dias. Ele olhava para as pessoas com tanta expectativa; ficava com os olhos fixos nela tão firmemente enquanto ela se movia pela cozinha. E quando ela pôs o café a sua frente, ele ficou tão desproporcionalmente grato.

— É muita gentileza sua — disse. — Eu realmente agradeço por você ter se dado a todo esse trabalho.

— Não foi nada — ela lhe disse.

Enquanto ele ficasse apenas sentado ali, ela podia prosseguir com seu plano de cozinhar. Ela pegou uma panela do armário quase sem fazer ruído, como se isso fosse evitar que ele notasse o que ela ia fazer. Enquanto estava enchendo a panela com água, ele disse algo que ela não entendeu, e ela esperou até fechar a torneira para dizer: "O que você disse?"

— Eu estava dizendo que este café está mais delicioso do que o de costume. Você o compra em algum lugar especial?

— No supermercado mesmo — disse ela com uma risada.

— Bom, talvez seja porque não tenha sido feito por mim. Fico tremendamente cansado de comer minha própria comida.

Uma risca cinzenta passou por eles: Moosh escapando das meninas, que seguiram logo atrás. Ele não estava exatamente correndo, mas andando muito rápido, tentando manter sua dignidade, e as meninas conseguiram encurrá-lo entre a mesa e a porta. "Mooshi-Moosh", elas estavam dizendo. 'Mooshi-june!" — mesmo Jin-Ho, acocorada perto de Susan e estendendo um pedaço de ração. Como Susan, ela usava short e camiseta, e nos seus pés estavam aquelas sandálias de plásticos que todas as crianças apreciavam este ano.

— Mooshi? É este o nome dele? — perguntou Dave.

— Moosh — Susan lhe disse.

— Bem, olá, Moosh! — disse Dave animado. — De onde foi que você veio?

Susan virou-se para Maryam e franziu a testa.

— Eu não sabia que Moosh podia falar — disse Susan.

— Ele não pode — disse Maryam, pegando colheradas de arroz. — Você vai ter de responder por ele.

— Ah. — Susan virou-se de novo para Dave e disse: — Marijune o encontrou debaixo da varanda.

— Moosh sortudo! — disse ele.

— Adivinhe só? — Susan lhe disse. — Eu tenho de dormir no meu quarto novo esta noite.

— Fiquei sabendo. Você tem uma casa inteira nova.

— O caminhão de mudança está mudando minha cama hoje.

— É uma casa normal, ou é uma casa mágica? — perguntou Dave.

— O quê?

— Bem, por exemplo, algumas manhãs, quando vou dar minha corrida, eu vejo uma casa duas ruas acima que realmente gosto de olhar. Tem um balanço na varanda, uma rede e uma cúpula no telhado. Mas em outras manhãs, eu *não vejo* a casa.

Susan sentou-se nos calcanhares e o examinou em silêncio.

— Quero dizer — ele lhe disse —, a casa não está lá.

— Pra onde ela foi?

— Bom, não sei — disse ele. — Às vezes ela está lá e às vezes não está. Muitas coisas fazem isso, muito mais do que percebemos.

— É mesmo? — Ela olhou para Maryam. — É mesmo? — Ela perguntou a Maryam.

— "Havia um, e não havia nenhum" — citou Maryam, surpreendendo até a si mesma. — "Exceto Deus, não havia nada."

— O que é isso? — disse Dave.

— É assim que as pessoas na minha terra costumavam começar a contar as velhas histórias. É como o "Era uma vez", eu acho.

— É mesmo? — disse Dave. Ele apoiou sua xícara de café. — Isso é fascinante! Como é mesmo, diga outra vez? "Havia um..."

— Ah, bem. É só uma tradução livre — disse ela.

— Não, é sério. Como continua?

Ela não sabia por que se sentia tão exausta de repente. Deixou a colher cair de volta na lata de arroz. A seus pés, Susan estava perguntando:

— O que é uma cúpula, Mari-june? Minha casa nova tem uma cúpula?

Em vez de responder, Maryam disse a Dave, "Sabe de uma coisa, é ridículo você ter de ficar aqui a tarde toda só vendo o tempo passar. Por que não deixa que eu levo Jin-Ho depois que levar Susan para casa?

— Ah — disse ele.

Ela sentiu uma pontada de remorso.

— Não que você não seja bem-vindo — ela disse. — Mas não tem motivo para ficar amarrado com seu dia.

— Eu não *tenho* um dia, Maryam.

Ela fingiu não escutar isso.

— Tudo que você tem de fazer é colocar a cadeirinha de carro de Jin-Ho no meu — ela disse —, se você não se importar de me fazer esse favor.

Assim ele foi forçado a dizer "Bom, claro, não me importo de jeito nenhum".

Então ele se levantou, com as mãos soltas nos lados de uma maneira vazia, desconsolada. Ainda assim, ela não se apiedou.

Susan e Jin-Ho passaram a tarde construindo uma casa para Moosh com uma caixa de papelão. Elas imploraram um capacho de banho a Maryam para forrar o chão, e garatujaram janelas nas paredes com uma caneta hidrográfica. Como cama, forraram uma caixa de sapato com um dos lenços de Maryam, embora ela as avisasse de que o mais provável era que Moosh a recusasse.

— Os gatos são muito caprichosos para dormir onde você manda — ela disse.

— Está bem — disse Jin-Ho —, então a caixa de sapato pode ser o escritório dele — mas Susan, que também era bastante caprichosa, disse: "Não! É a cama dele. Quero que seja a cama dele!"

— Bom, acho que não custa tentar — Maryam lhe disse.

— E nós vamos ter uma cúpula também.

Maryam riu e voltou para a cozinha.

Por volta das seis horas, Ziba telefonou para avisar que eles já tinham terminado mais ou menos a mudança.

— Pelo menos, os móveis estão no lugar — disse ela. Então, Maryam embrulhou a panela de arroz em uma toalha, juntou as meninas e as levou para o carro. Quando deixou Jin-Ho nos Donaldson, Bitsy saiu com uma caixa de isopor com comida para Sami e Ziba.

— Isso pode ficar pra amanhã — disse ela, e então pensei que depois de amanhã vou convidá-los para jantar em nossa casa. Você gostaria de vir, Maryam? Posso também chamar o papai.

— Ah, obrigada, mas eu tenho compromisso — disse Maryam. Não queria que Sami e Ziba pensassem que ela estava excessivamente envolvida na vida deles.

A caminho da nova casa, ela tentou orientar Susan.

— Veja, quando você tiver idade suficiente para ir a pé de sua casa até a de Jin-Ho sozinha, você vai passar por essa casa grande com o caramanchão, e depois você vai atravessar a rua... olhando para os dois lados primeiro, lembre-se... e na próxima rua você vai virar à direita, no pátio com o comedouro de pássaros...

Susan escutava em silêncio, examinando cada lugar assinalado como se o estivesse gravando na memória. Tinha uma postura das mais bonitas. Sentava-se em sua cadeirinha como uma pequena rainha, perfeitamente composta.

Ziba recebeu-as na porta com uma das velhas camisas de Sami. Seu rosto estava brilhando de suor e havia uma mancha na bochecha.

— Entrem! — disse ela. — Bem-vinda a sua nova casa, Susie-june! — Ela arrebatou Susan, levantou-a em seus braços e lhe mostrou a sala de estar. — Está vendo como é bonita? Você gosta? Está vendo onde colocamos seu cavalo de balanço? — Maryam, segurando a panela de arroz, entrou à direita em vez da esquerda e se dirigiu para a cozinha. Havia pensado em mandar Sami pegar o isopor de Bitsy no carro, mas ele não estava em nenhum lugar e Ziba carregava Susan pelas escadas agora, tagarelando de maneira um tanto ansiosa sobre como o quarto de Susan era lindo; portanto a própria Maryam voltou para buscar o isopor. Quando o descarregou, viu que Bitsy tinha colocado não apenas um prato principal e uma salada, mas também uma sobremesa — uma torta caseira. Colocou a torta na mesa perto da sua panela. A panela continha o prato favorito de Sami: arroz com peixe e legumes verdes, uma refeição completa por si só; mas agora ela desejou ter providenciado algo para acompanhar.

Ziba entrou na cozinha, segurando Susan pela mão, e disse, "Você ficará para comer conosco?"

Maryam tinha pensado o tempo todo que ficaria, mas o fato de a pergunta ter sido feita deixou-lhe numa dúvida repentina.

— Ah, bom, eu sei que você deve ter trabalho para fazer.

— Você é mais do que bem-vinda — disse Ziba, sem negar que tinha trabalho.

Então Maryam recusou outra vez e foi embora.

Voltando para seu carro, acenando para Ziba e Susan, que ficaram de pé na varanda, ela se perguntou se tinha feito a coisa errada. Deveria ter se oferecido para ajudar, para colocar a refeição na mesa e comer com eles e depois limpar as coisas? Ou Ziba estava contente por ela ter ido embora? Era tão difícil saber. Ela podia entender, às vezes, por que Sami perdia a paciência com essas elaboradas cortesias do antigo país, que escondiam os verdadeiros sentimentos de todo mundo.

Lançou um último olhar para as duas na varanda e depois deu marcha à ré, sentindo-se inquieta e descontente.

A nova casa mudou a vida deles, e só para melhor. Susan podia participar das brincadeiras ao ar livre das crianças da vizinhança — sem as combinações complicadas de horário para brincar. Para ir até a escola de Susan era dez minutos de carro, e menos do que isso até o mercadinho, e só uma pequena caminhada até os Donaldson. Quando a escola fechou para o verão e Maryam retomou seu horário de babá nas terças e quintas, ela ficava sentada na varanda da frente de Sami e Ziba limpando satisfeita os canteiros de morango enquanto Susan andava de triciclo, ou trabalhava com Susan e Jin-Ho na pequena horta dos fundos que elas tinham plantado. As primeiras cenouras finas ficaram prontas no final de junho, e as duas meninas ficaram fora de si. Elas as comeram cruas no almoço, com molho de iogurte e endro. Até Susan, que geralmente recusava todos os vegetais, liquidou com três.

Maryam trabalhava no Julia Jussup só um dia por semana no verão. Pagava algumas contas, via a correspondência, dava alguns telefonemas para encomendar suprimentos ou combinar a manutenção de rotina. Com freqüência, a única outra pessoa no prédio era o zelador, passando sua grande vassoura pelos corredores que já estavam brilhando. A diretora da escola, a Sra. Barber, passava os verões no Maine, mas telefonava de vez em quando e perguntava como as coisas estavam indo. "Ah, muito bem", Maryam lhe dizia. "Os homens estão aqui para repavimentar aquele pedaço debaixo do trepa-trepa, lembra? E o pai dos gêmeos Windham foi transferido para Atlanta, portanto escrevi para as duas primeiras famílias da lista de espera." Tinha ciência de que dava a impressão de estar mais ocupada do que realmente estava, como se tentasse demonstrar que merecia seu salário.

Mesmo durante o ano letivo esse era um trabalho pouco exigente, levado a um ritmo tranqüilo entre pessoas que ela conhecia há muito tempo. Ela trabalhava numa espécie de transe, sentada à frente de uma escrivaninha imaculada no meio do chamado "aquário" que dividia com a Sra. Barber e a Sra. Simms, assistente da diretora. Tranqüilizava-a, de alguma maneira, desempenhar as tarefas mais banais com perfeição. No final de todo dia ela esvaziava sua cesta de papéis de computador para reciclagem e desfragmentava o disco rígido exatamente uma vez por mês.

Em julho ela foi a Vermont para visitar uma prima em primeiro grau, filha de um tio paterno e uma tia por parte de mãe. Farah era muitos anos mais nova do que Maryam e diferente dela de quase todas as maneiras. Vivendo em uma região em que todos os demais eram nativos, casada com um ex-hippie que conhecera quando estudou em Paris, ela optara por se tornar exageradamente iraniana. Foi se encontrar com Maryam no aeroporto com um traje tão exótico que mesmo em Teerã as pessoas teriam ficado pasmas: uma túnica de cetim marrom sobre meias justas brancas, sandálias com lantejoulas e ponta curva saída diretamente de uma miniatura persa, e um peitilho de correntes de ouro que cobriam todo o seu peito roliço.

— Maryam-jon! Maryam-jon! — gritou ela, dando pulinhos. Todos que estavam esperando no portão — pálidos e maltrapilhos por comparação — viraram-se para encará-la. — *Salaam*, Mari-june! — ela exclamou. Por um momento, Maryam quis fingir que nada tinha a ver com essa mulher, mas então, quando estavam cara a cara, ela viu os olhos Karimzadeh de Farah, compridos e estreitos com os cantos em pontas, e o nariz Karimzadeh fino como um alfinete. Ao contrário de Maryam, Farah estava deixando o cabelo grisalho, e os fios grisalhos se encrespavam e saíam dos pretos como saca-rolhas, exatamente como os da avó das duas.

No trajeto do aeroporto (num Chevrolet bege empoeirado com o banco de trás cheio de peças mecânicas), Farah falou farsi com tanta pressa que parecia ter estado engarrafado dentro dela. Retransmitiu todas as notícias de casa, citando conversas ao telefone não apenas palavra por palavra, mas nos tons apropriados — o ganido fino da prima Sholeh, o bramido macho do primo Kaveh. Farah mantinha um contato muito mais próximo com a família do que Maryam.

— Ah, umas dez vezes por semana — disse ela — uma ou outra pessoa vem me esgotar com suas queixas, e à minha custa também. — O que implicava que era ela quem telefonava, mas por que, se os achava tão tediosos? Alguma forma de culpa de sobrevivente, talvez. "Eles falam e falam sobre as dificuldades das condições atuais... a diversão tão limitada, quase nenhum filme é permitido, quase nenhuma música, nada de álcool exceto o que os contrabandistas entregam em jarras descoloridas quando é noite. Eles imaginam que a minha própria vida é puro prazer. Não têm idéia de como aqui é difícil!"

Olhando para ela, coberta de cetim e brilhando com o ouro, seus parentes poderiam rir, mas Maryam sabia o que ela queria dizer. Era *difícil*, mais difícil do que as pessoas da nossa terra poderiam imaginar, e às vezes ela se perguntava por que as duas tinham durado tanto em um país onde tudo acontecia tão rápido e todas as outras pessoas sabiam todas as regras sem perguntar.

— Minha irmã lê para mim listas de artigos que ela quer que lhe envie — disse Farah. — Tênis esportivos e cosméticos e frascos de vitaminas. Tem vitaminas no Irã! Perfeitamente boas, mas ela acredita que as vitaminas na América são mais poderosas. Eu lhe enviei um vidro de Vigor-Vytes e, no primeiro comprimido que tomou, ela me disse: "Já me fez me sentir muito mais jovem! Meu deu muito mais energia!"

Pronunciar a frase "Vigor-Vytes" fez Farah passar para o inglês, provavelmente sem querer. Era um fenômeno que Maryam tinha observado muitas vezes entre os iranianos. Ficavam tagarelando em farsi e então uma palavra emprestada da América, geralmente alguma coisa técnica como "televisão" ou "computador", mudava um circuito em seus cérebros e eles continuavam em inglês até que uma palavra em farsi ligasse o circuito de volta outra vez.

— Imagino que você tenha menos dessas coisas porque seus irmãos podem pedir aos filhos para mandar — Farah estava dizendo. — Ou Parviz pode, pelo menos, com os dois lá em Vancouver, onde todas as lojas são excelentes. — (Esta última frase mudou para uma língua e outra imediatamente, incitada por "Parvitz" e depois por "Vancouver".) — E além disso, você é muito mais forte. Você diria não. Eu devia ser mais forte. Eu sou, como você diz, um tapete de chão.

— Capacho.

— Capacho. Tenho o coração frouxo.

Maryam segurou a língua.

Elas estavam passando pelo campo da Nova Inglaterra a uma velocidade que com certeza era ilegal, ultrapassando pequenas fazendas bem-arrumadas que pareciam enfileiradas ao longo do trilho de um trem de brinquedo. Mudaram para uma estrada de cascalho, com um tinido de metal no banco de trás. Poucos minutos depois estacionaram no pátio da casa de madeira cinza dos Jeffrey.

— Ah, que bom — disse Farah, — William está em casa.

Ele estava sentado nos degraus da varanda — um homem rijo com jeans desbotados. Quando viu o carro, levantou-se e deu uns passos, sorrindo.

— *Salaam aleikum* — ele disse enquanto Maryam caminhava em sua direção, e depois, em inglês: — Que bom ver você.

— É bom ver *você* — ela lhe disse, pressionando a face na dele.

William era um desses homens que davam um jeito de jamais deixar a adolescência para trás, na opinião dela. Seus jeans estavam emendados com pedaços da bandeira americana, e ele usava um tipo de cavanhaque e uma única trança comprida que, agora que estava careca no alto, dava a impressão de que seu cabelo tinha de alguma forma escorregado alguns centímetros para trás. Seu entusiasmo por tudo que era iraniano lhe parecia também adolescente.

— Adivinhe! — ele lhe diz agora. — Fiz *fesenjan* para o jantar desta noite em sua homenagem.

— Exatamente o que eu gostaria — disse ela.

William era totalmente responsável pela comida e pela casa. Era também o arrimo da família; ensinava redação criativa na faculdade local. Maryam não podia imaginar o que Farah fazia com seu tempo. Eles não tinham filhos — não quiseram, evidentemente — e ela nunca teve um emprego. Quando conduziu Maryam para o quarto de hóspedes no andar de cima, ela disse, "Bom, eu *acho* que a cama está feita... ah, sim, ótimo". As flores silvestres na escrivaninha, apertadas de maneira desajeitada em um galheteiro, provavelmente também eram obra de William.

Depois que Maryam desfez as malas, eles se encontraram para tomar coquetéis na sala de visitas, que passava uma sensação vazia, como o estábulo de uma casa de fazenda deserta da Nova Inglaterra, mas estava decorada com tapetes persas, louças esmaltadas de Isfahani e tecidos coloridos de estampas como jóias. William falou de sua mais nova invenção: ele estava trabalhando em um "brinquedo executivo" que tinha certeza que o deixaria rico.

— É mais ou menos como aquela luminária que parece ter lava — disse ele. — Você se lembra. Só que este é muito mais classudo de olhar. — Ele o pegou para mostrar para ela: em formato de ampulheta, de plástico claro, cheio de um líquido viscoso. — Está vendo — disse, invertendo-o. — como o líquido vai fazendo tipo umas curvinhas para baixo, espirala um pouco à maneira de um relógio e depois muda para o movimento contrário, constrói na superfície uma forma de pirâmide e depois de repente decide se achatar... Isso não fascina você?

Maryam assentiu. Ela realmente o achou estranhamente hipnótico.

— O que me deu a idéia foi que estávamos chegando no final de um vidro de xampu McGleam e então eu o virei de cabeça para baixo em um novo vidro; você sabe como é. Escorá-lo assim até conseguir tirar a última gota. E fiquei observando o gotejar e de repente pensei, Cara! Isso podia ser uma coisa tipo zen para dar um centro às pessoas e focá-las. Poderíamos vendê-la como um dispositivo para abaixar a pressão sanguínea das pessoas! Daí inventei esse desenho; imaginei a forma mais atraente... só que ainda não consegui o líquido certo. Quero dizer, ele tem de ter uma consistência adequada. Grosso como McGleam mas não muito, é claro, e claro como McGleam porque acredito que claro é mais calmante...

— Por que você não pode usar o McGleam? — perguntou Maryam.

— Ah. Usar o McGleam.

— Essa não seria a solução óbvia?

— Mas... xampu? Além disso, acho que McGleam é a marca mais cara à venda. — Ele olhou com carinho para Farah. — Nada a não ser o melhor para Farah-june — ele disse.

Farah lhe fez um aceno lânguido e disse a Maryam.

— O que posso fazer? Tenho esse cabelo crespo dos Karimzadeh.

No jantar daquela noite (uma refeição verdadeiramente iraniana do começo ao fim), Farah entregou-se a reminiscências da infância das duas. A sua visão do passado era mais risonha do que a de Maryam. Todas as suas lembranças pareciam envolver festas hilárias, ou idas de perua à casa de veraneio da família em Meigun, ou piqueniques de dia inteiro a que todos os parentes solteiros de ambos os lados compareciam. Onde estavam as brigas e as cisões, o tio que tomava ópio e o tio que dava desfalques, as competições amargas e intermináveis das tias pela atenção que o pai dava de má vontade? Farah não se lembrava da prima que se matou quando eles a proibiram de ir para a faculdade de medicina, ou da prima que não recebeu autorização para se casar com o rapaz que amava.

— Ah, aqueles eram tempos muito, muito felizes — suspirou Farah, e William suspirou também e balançou a cabeça como se ele também tivesse estado lá. Amava ouvir histórias sobre o Irã. Ele incitava Farah se ela se esquecesse de algum detalhe. "E as moedas!", ele dizia. "Lembra delas? As moedas de ouro novinhas que eles davam para as crianças todo dia de ano-novo?" Maryam achava isso presunçoso dele, embora soubesse que deveria se sentir lisonjeada por ele ser tão interessado pela cultura das duas.

Deve ter sido a conversa do jantar que a fez sonhar aquela noite com sua mãe. Ela viu a mãe como era quando Maryam era apenas uma criança — cabelo todo preto e uma pele sem rugas, o sinal sobre seu lábio superior acentuado com um lápis de sobrancelha. Ela estava contando a Maryam a história de uma tribo nômade que costumava espionar quando era menina. Eles tinham se mudado para um conjunto do outro lado da rua, chegando misteriosamente tarde uma noite. As mulheres usavam ouro até aqui (e ela fazia um gesto até o cotovelo). Os homens cavalgavam cavalos notáveis. Uma manhã, ela acordou e todos tinham desaparecido. No sonho, como na vida real, ela contava essa história com uma voz vagarosa, acariciante, um olhar melancólico, e a própria Maryam acordou se perguntando pela primeira vez se sua mãe também tinha desejado desaparecer. Ela jamais fez à mãe nem uma pergunta pessoal que fosse, pelo menos até onde podia se lembrar; e agora era tarde demais. O pensamento despertou uma melancolia suave, quase agradável. Ainda sentia muito a morte da mãe, mas tinha viajado para tão longe dela, para um tipo de vida tão diferente. Já não parecia mais que tinham alguma relação de parentesco.

O quarto de hóspede estava começando a ficar claro, e a janela sobre a sua cama mostrava um quadrado de um céu cinza pálido e a crista negra recortada de alguns abetos. A cena lhe pareceu não menos sobrenatural do que uma paisagem lunar.

Nos dias seguintes, ela entrou na rotina descansada das mulheres de sua infância. Ela e Farah sentavam-se tomando chá enquanto folheavam revistas luxuosas. William em geral ficava trabalhando em seu ateliê ou ia para algum lugar, fazendo a ronda de lojas de ferragens e ferro-velho. Depois, à tarde, ele começava a cozinhar, e toda noite servia outro jantar iraniano. Ele sentia um grande orgulho em declarar os nomes dos pratos em farsi. "Sirva-se do *khoresh*", dizia, o *kh* tão enfatizado e trabalhado que parecia uma tosse. Enquanto a semana passava, Maryam achava seu comportamento cada vez mais ridículo. Mas, pensando bem, qual era o problema? Ela sabia que estava sendo irracional.

Na última noite da sua visita ele perguntou: "Posso lhe servir mais *polo*?", e ela disse: "Por que você não diz apenas arroz?"

Ele disse: "Como?" e Farah levantou os olhos de seu prato.

— Nada, nada, eu só... — Ela de repente se chateou consigo mesma. Parecia estar virando uma velha rabugenta. — Perdão — ela disse para os dois. — Acho que é a mistura de línguas diferentes. Fico confusa.

Mas não era isso que a estava incomodando.

Uma vez, um ano ou dois depois da morte de Kiyan, um colega dele a convidou para ir a um concerto. Um homem bastante legal, americano, divorciado. Ela não foi capaz de pensar em uma boa desculpa para recusar. No carro, mencionou que Sami estava considerando uma quadra de tênis — ela usara essa palavra exata, "considerando" — e o homem lhe disse, "Você tem um vocabulário excelente, Maryam". E então poucos minutos depois ele lhe disse que gostaria de vê-la alguma vez com seu "traje nativo". Não é necessário dizer que não saiu outra vez com ele.

E uma vez, enquanto ela aguardava no consultório de seu médico, uma enfermeira tinha chamado, "Tem algum Zahedi aqui?" e a recepcionista disse, "Não, mas temos uma Yazdan". Como se eles fossem intercambiáveis; como se um paciente estrangeiro fosse a mesma coisa que um outro. E a maneira como ela pronunciou: *Yaz*-den. Mas ainda que tivesse pronunciado direito, Yazdan era uma americanização, encurtado de sua forma mais comprida quando Kiyan chegou a este país. Além disso, para dizer a verdade, de qualquer forma Maryam não era uma Yazdan. Era uma Karimzadeh, e em sua terra ela teria permanecido Karimzadeh mesmo depois do casamento. Portanto a pessoa a quem eles estavam se referindo nem existia. Ela era uma invenção dos americanos.

Bom. Basta. Ela se endireitou em sua cadeira e sorriu para William do outro lado da mesa.

— Acho que este é o melhor *ghormeh sabzi* que já comi —, disse.

— Puxa, *merci*, Maryam — disse ele.

Quando voltou a Baltimore, ela viu que Susan tinha mudado em apenas uma semana. Várias sardas finas como pó de canela estavam espalhadas agora por seu nariz, e ela havia aprendido a andar de sandália de dedo. Pavoneava-se pela casa com estalos quando as solas de borracha batiam em seus calcanhares. Também, disse Ziba, ela havia descoberto a morte.

— É como se de repente ela tivesse compreendido tudo. Não sei como. Ela agora acorda toda noite duas ou três vezes e pergunta se vai morrer. Eu lhe digo que não até ela ficar velha, velha, velha. Sei que não deveria prometer isso. Mas eu lhe digo "*crianças* não morrem".

— Perfeitamente certo — disse Maryam com firmeza.

— Bom, mas...

— Crianças não morrem.

— De qualquer maneira, Bitsy disse a ela para não se preocupar com isso porque ela voltaria de novo como outra pessoa.

Maryam ergueu as sobrancelhas.

— Mas Susan disse "Eu não quero ser outra pessoa! Quero ser eu mesma!"

— Sim, é claro que ela quer — disse Maryam. — Diga a ela que Bitsy é louca.

— Ah, Mari-june.

— As pessoas não deviam ficar empurrando suas idéias fantasiosas para os filhos dos outros.

— Ela não fez por mal — disse Ziba.

Maryam se permitiu um assobio zombeteiro, embora soubesse que Ziba estava certa. Bitsy tinha apenas tentado tranqüilizar a menina. E ela fora uma benção no tempo que Maryam passou em Vermont — ficando com Susan não apenas nas terças e quintas, mas todos os sábados, quando a mãe de Ziba teve que fazer uma cirurgia de apêndice de emergência. Assim, na primeira terça-feira depois de sua volta, Maryam fez questão de convidar

Jin-Ho para passar o dia com Susan. Brad trouxe-a, junto com seu maiô enrolado em uma toalha, e as meninas passaram a manhã espadanando água na piscininha inflável. Depois do almoço, enquanto elas estavam "tirando um cochilo" juntas (na verdade, apenas rindo e cochichando no quarto de hóspedes de cima), Maryam preparou duas panelas separadas de frango com berinjela, e quando chegou a hora de irem caminhando até a casa de Jin-Ho, ela levou uma das panelas para dar para os Donaldson.

— Isso é o que eu estou pensando? — disse Bitsy no minuto em que abriu a porta. — Estou sentindo o cheiro do que estou pensando? Você fez meu prato favorito!

— Um pequeno sinal de nossa gratidão — disse Maryam. — Você foi muito gentil em cuidar de Susan.

— Foi um prazer fazer isso. Você não quer entrar?

— Já temos que voltar — Maryam lhe disse.

— Acabei de preparar uma jarra de chá gelado.

— Obrigada, mas...

— Está certo, eu esqueci — disse Bitsy. — Quando se trata de chá, você é muito purista. Deve detestar quando as pessoas colocam gelo.

— De jeito nenhum — disse Maryam, embora fosse verdade que nunca tenha entendido essa prática.

Por alguma razão, Bitsy parecia considerar isso uma aceitação de seu convite, porque se virou para conduzi-la para dentro da casa. As meninas se precipitaram atrás dela e Maryam seguiu relutante, perguntando-se como tinha acabado por concordar.

— Eu não deixei nenhum bilhete para Ziba — disse ela, colocando a panela sobre a mesa da cozinha. — Ela vai ficar sem saber onde estamos. — Mesmo enquanto falava, no entanto, ela estava se acomodando numa cadeira.

— Sabe o que devíamos fazer? — perguntou Bitsy. Ela abriu a geladeira e tirou uma jarra azul. — Você deveria vir nos ajudar a comer o prato que nos trouxe essa noite depois que terminar de cuidar da Susan.

— Ah, sinto muito; não posso — Maryam lhe disse.

— Papai vai estar aqui!

— Vou jantar fora.

Bitsy foi buscar os copos no armário. Jin-Ho disse: "Mamãe, eu e Susan podemos fazer pipoca?", mas tudo que Bitsy disse foi: "Que pena. Com um amigo homem, ou uma mulher?"

— Como? Uma mulher. Minha amiga Kari.

— Mamãe. Mamãe. Mã. Eu e Susan podemos...

— Estou conversando, Jin-Ho. Então, Maryam, há alguma ocasião em que você sai para jantar só com um homem?

Maryam ficou espantada.

— Você está falando de um... encontro? Puxa, não.

— Não vejo por que não — disse Bitsy. — Você é uma mulher muito atraente.

— Já passei por tudo isso — disse Maryam categoricamente. — Dá muito trabalho.

— Mas certamente você não acha que meu pai daria trabalho — disse Bitsy.

— Seu pai?

— Mamãe, eu e Susan podemos fazer pipoca?

— Estou *conversando*, Jin-Ho. — Bitsy colocou um copo de chá gelado na frente de Maryam. Ela não tinha servido seu próprio copo, mas não parecia perceber. Sentou-se de frente para Maryam. — Meu pai acha você maravilhosa — disse ela.

— Bem... e eu acho *ele* muito gentil.

— Você aceitaria sair para jantar com ele?

Maryam piscou.

— Ele não sabe que estou lhe perguntando isso. Ficaria mortificado se soubesse! Mas você é tão... Bom, você sabe, Maryam: você pode não ser nada animadora. Se tivermos que esperar que ele tenha coragem para convidá-la, vamos esperar para sempre!

— Ah, eu...

— Ele anda interessado em você há meses — disse Bitsy. Ela se inclinou para a frente, juntando as mãos sobre a mesa. Seus olhos estavam redondos e brilhantes. — Não me diga que você não reparou — disse.

— Você deve estar equivocada — disse Maryam, ao mesmo tempo percebendo que Bitsy provavelmente estava certa. Todos aqueles encontros "por coincidência", o jeito como ele ficava por perto, as despedidas que duravam horas... Ela suspirou e se sentou mais ereta na cadeira. — Vamos falar de seu novo bebê — disse ela. — Ziba disse que você teve notícias do pessoal da adoção chinesa.

— Ah, sim, o... — disse Bitsy, mas claramente sua cabeça não estava no pessoal da adoção. Ela ficou imóvel em seu jeito sério, os dedos entrelaçados e seu olhar fixo em algo interior.

— Eles têm uma criança escolhida para você, não é?

— Sim, uma... menina. — Ela pareceu retomar seus pensamentos, finalmente. — Bem, claro, uma menina — disse. — É quase sempre assim. Mas ainda temos uma longa espera. Provavelmente até a próxima primavera, você acredita? Nossa filha terá 10 ou 12 meses antes que possamos pôr os olhos nela, e enquanto isso ela fica ali! Sozinha naquele enorme orfanato!

E assim por diante, todas as exigências, regras e regulamentos mesquinhos. Maryam tomou um gole de seu chá gelado. As meninas agora estavam na varanda de trás, brincando com um brinquedo que tocava uma antiga versão clichê de "O velho MacDonald". O sol da tarde lançava uma faixa empoeirada de ouro sobre os azulejos, e a cozinha parecia segura e tranqüila outra vez.

No jantar daquela noite, Maryam perguntou para Kari:

— Alguma vez você já se sentiu exposta por não ser a metade de um casal?

— Exposta? — disse Kari.

— Quero dizer, ah, não ameaçada; não quero dizer isso, mas vulnerável? Desprotegida? Qualquer um pode chegar até você e pronto... convidá-la para sair!

— Que horror — disse Kari, e soltou uma risada. Mas então imediatamente ficou séria outra vez, de maneira que Maryam suspeitou de que ela entendia o que lhe fora perguntado. Devia; ela era bonita, uma mulher elegante, com bonitos olhos escuros. Os homens certamente a convidavam o tempo todo, embora ela nunca tivesse mencionado isso. — Eu lhes digo que minha cultura proíbe — ela diz.

— Você não faz isso! — disse Maryam, porque sempre achou que Kari era tão liberada quanto pode ser uma mulher.

— Eu digo, "Perdão? Sair? Com uma pessoa *masculina*? Ah, puxa!", eu digo, "Com certeza você não sabe que sou viúva". Eles dizem, "Ah. Uh...", porque é claro que eles sabem, mas então ficam se perguntando se existe algum tabu primitivo turco que eles não conhecem.

— Eu devia fazer isso — disse Maryam, só um pouco de brincadeira.

Provavelmente era demasiado tarde, no entanto. Ah, por que tinha se esforçado todos esses anos para parecer tão assimilada, tão moderna e esclarecida?

— Comece a usar um véu — sugeriu Kari.

Mas ela estava rindo outra vez, e então Maryam riu também e voltou a examinar o cardápio.

Era a vez de Sami e Ziba oferecerem a Festa da Chegada. Ziba tinha grandes planos, como revelou.

— Estou pensando em um cordeiro inteiro assado — disse ela a Maryam depois do trabalho, um dia. — Não seria impressionante? Você conhece nossos amigos gregos, Nick e Sofia: eles fizeram um assim para a Páscoa deles. Nick cavou um buraco no quintal e o mecânico fez um espeto para eles. Nós poderíamos pedir emprestado, eles ofereceram. O que você acha?

— Parece que vai dar um trabalhão — disse Maryam.

— Não me importa o trabalho!

— E um monte de comida, também. Quantas pessoas virão?

— Ah, toneladas de pessoas; você sabe como é. Bem, só dois dos meus irmãos este ano, deve ser; mas também as esposas, e três dos seus filhos, e meus pais. E todos os Dickinson e Donaldson... ou Mac e Abe, pelo menos, e o pai de Bitsy...

— Mesmo assim, um cordeiro inteiro! — disse Maryam.

Mas Ziba parecia estar seguindo outra linha de pensamento. Olhava para Maryam com uma expressão especulativa.

— Na verdade — disse ela —, acho que o pai dela viria mesmo se você fosse a única aqui. — Uma covinha se mostrou em uma das faces. — *Especialmente* se você fosse a única aqui.

— Parece que você deu ouvidos a Bitsy — disse Maryam, seca.

— Não é preciso que Bitsy me conte! Qualquer idiota pode ver como ele se sente.

— Bem, este não é um assunto que me interesse — Maryam lhe disse. Ela pegou sua bolsa no sofá.

— Ah, Mari-June — disse Ziba. — Ele é um homem tão gentil, e sempre parece tão perdido. Além disso, pense em como isso seria conveniente para as nossas duas famílias. Você não pode só sair para jantar com ele?

Maryam parou de procurar suas chaves na bolsa.

— Pelo amor de Deus, Ziba! Por que você está sugerindo uma coisa dessas?

— Ora, por que não? Você é sozinha; ele é sozinho...

— Eu sou iraniana; ele é americano...

— Que diferença isso faz?

— Você deveria ir na casa de Farah comigo — Maryam lhe disse. — Assim, não perguntaria. O marido faz tanta questão do exotismo dela! Parece que ela não é realmente Farah; ela é Madame Irã.

— Dave não faria isso.

— Ah, não? "Me conte" — disse ela, com seu tom de voz mais sério — "quais são os contos folclóricos de seu país, Maryam? Quais são seus costumes locais? Me conte sobre suas estranhas superstições."

— Ele *não* disse isso.

— Bom, quase — disse Maryam. Ela estava com as chaves na mão agora. — De qualquer maneira, estou fora. Susie-june? Susan? Já estou indo.

Susan não respondeu. Ela estava cantando uma música da Vila Sésamo enquanto balançava no seu cavalo.

— Vejo você na quinta — disse Maryam a Ziba.

Mas Ziba era tão teimosa. Seguindo Maryam até a porta da frente, ela disse, "Não estou lhe pedindo para se casar com ele".

— Ziba! Já chega!

— Nem para ter um relacionamento romântico. Ora, as pessoas vão jantar fora o tempo todo neste país! Não precisa passar disso. Mas você não entende isso porque seu casamento foi arranjado e você nunca teve a chance de apenas ir ao cinema com um homem ou comer um hambúrguer com ele.

Havia muita coisa que Maryam poderia ter dito sobre isso, mas ela meramente fez um aceno com a mão e saiu. Normalmente elas teriam se beijado no rosto. Hoje não. Ela foi batendo os calcanhares pela calçada da frente. Podia sentir que Ziba a observava, mas não se virou.

O que ela devia ter dito a Ziba era: seu casamento pode ter sido arranjado, mas não era nada parecido com o que as pessoas imaginavam.

Ela fora a mais ocidentalizada das jovens mulheres, a mais livre-pensadora e avançada. Estudou na Universidade de Teerã, porém mal tinha tempo para as aulas devido a suas atividades políticas. Isso foi quando o xá ainda estava com todo o poder — o xá e sua temível polícia secreta. Havia histórias terríveis, terríveis. Maryam ia a reuniões clandestinas e levava mensagens dobradas bem apertadas de um esconderijo para outro. Ela estava pensando em se filiar ao Partido Comunista. Então foi presa, junto com dois jovens, enquanto os três distribuíam panfletos no campus. Os rapazes ficaram presos vários dias, mas o tio Hassan de Maryam conseguiu que ela fosse solta em uma hora. Ela não tinha certeza de como ele conseguira isso. Sem dúvida houve muito balançar de cabeça, desaprovações e ofertas de cigarros de sua cigarreira de prata. Dinheiro também trocara de mãos, provavelmente. Ou talvez não: a família de Maryam tinha influência.

Mas não influência suficiente, eles lhe disseram — não se ela continuasse se comportando daquele jeito, colocando a si mesma em perigo e também a eles. Sua mãe levou-a para a cama e os tios gritaram e esbravejaram. Falaram em fazê-la abandonar completamente a universidade. Pensaram em enviá-la para Paris, onde o primo Kaveh estava estudando ciências. Talvez ela pudesse se casar com ele. Ela teria que se casar com *alguém*.

Então a vizinha deles, a Sra. Hamidi, mencionou o filho da amiga. Ele era médico na América, um patologista com um emprego de tempo integral e bom salário, sem plantões, e por sorte ele estava no país para uma visita de três semanas. A mãe dele achava que já era tempo de ele se casar. Estava apresentando-o a várias jovens, embora ele tivesse dito que não estava interessado.

A Sra. Hamidi veio para o chá, trazendo a amiga e o filho da amiga, Kiyan. Era um homem alto, de postura meio curvada, sério, com um terno de trabalho cinza escuro, e para Maryam pareceu muito velho, agora ela se divertia ao lembrar. (Só tinha seus 28 anos.) Mas ela gostou do rosto dele. Ele tinha sobrancelhas grossas e um nariz grande, imponente, e os cantos da boca denunciavam seus pensamentos, principalmente virando-se para baixo às insinuações das mulheres mais velhas, mas uma ou duas vezes virando-se para cima quando Maryam dava alguma resposta cáustica. Ela sabia que a mãe de Kiyan a achara impertinente, mas o que lhe importava? Ela estava planejando se casar por amor, talvez quando tivesse 30 anos.

As mulheres discutiram sobre o clima, que estava esquentando cedo naquele ano. A mãe de Maryam anunciou que seus botões de rosa tinham começado a mostrar os brotos verdes. Os olhos de todos foram para Maryam e Kiyan, que tinham se acomodado em cadeiras adjacentes no começo da visita.

— Maryam-jon — disse sua mãe num tom meloso, — você não quer mostrar as rosas para o Agha Doutor?

Maryam suspirou audivelmente e se levantou. Kiyan pareceu resmungar, mas também se levantou.

Como em todas as salas de visita que Maryam já havia visto, as dezenas de cadeiras de costas retas enfileiradas nas paredes emolduravam um quadrado gigante de espaço vazio, e ela e Kiyan tinham de atravessar esse espaço para sair. Quando chegaram ao centro, algum demônio se apoderou dela e ela parou de repente, virou-se para todas aquelas mulheres que a fitavam e fez um passo de Charleston — a parte em que as mãos se cruzam atrevidamente sobre os joelhos. Ninguém se mexeu. Maryam virou-se e saiu caminhando, seguida por Kiyan.

No quintal, ela fez um gesto para os toscos arbustos nus e disse "Repare nas rosas".

Os cantos dos lábios de Kiyan estavam se virando para cima outra vez, ela notou.

— Também na fonte, nos jasmins, na lua cheia e no rouxinol — ela disse.

Não havia lua, claro, e tampouco nenhum rouxinol, mas ela levantou um braço em direção ao local onde eles poderiam estar.

— Sinto muito por tudo isso — disse Kiyan.

Ela se virou para olhá-lo mais atentamente.

— Não foi idéia minha — ele disse.

Ele tinha uma diferença mínima na maneira de falar. Não era realmente um sotaque, e certamente não era uma afetação. (Ao contrário da maneira de falar de seu primo Amim, que retornara da América fingindo tão pouca familiaridade com o farsi que uma vez tinha se referido a um galo como "o macho da galinha".) Mas você podia notar que Kiyan estava sem praticar sua língua nativa. Isso o fazia parecer menos autoritário, e mais jovem do que ela pensara primeiro. Ela se viu se interessando por ele.

— Tampouco foi idéia minha — disse ela.

— De forma alguma achei isso — ele disse, e dessa vez os cantos de sua boca se levantaram num sorriso.

Eles se sentaram em um banco de pedra e conversaram sobre o que havia acontecido no país desde que ele partira.

— Soube que houve manifestações contra nosso poderoso xá dos xás — ele disse. — Puxa, que povo mau e rude — e os dois se entenderam com uma risada silenciosa. Trocaram idéias sobre política, direitos humanos e o status das mulheres. Concordaram em todos os temas. Interrompiam um ao outro para derramar seus pensamentos aos trambolhões. Então, depois de uma hora ou quase, Kiyan virou a cabeça em direção à casa, e ela seguiu os olhos dele e viu três das suas tias acotoveladas em uma janela. Quando as tias perceberam que tinham sido notadas, encolheram-se rapidamente para fora da vista. Kiyan riu para Maryam. — Nós demos a elas uma baita emoção — ele disse.

— Pobres velhinhas — disse Maryam.

— Vamos a um cinema amanhã. Elas se sentirão no paraíso.

Ela riu e disse: "Por que não?"

Eles foram ao cinema na noite seguinte, e a uma casa de kebab no dia seguinte — um feriado universitário — e à noite a uma festa na casa de um dos amigos dele. Essa era uma época em que jovens mulheres tinham mais liberdade do que em qualquer outra época antes ou depois, apesar das queixas de Maryam, e sua família não se importava de deixá-la ir sem acompanhante. Além disso, estava entendido que a intenção de Kiyan era honrada. Ele e Maryam quase com certeza iriam se casar.

Mas eles não tinham interesse no casamento. Concordavam que casamentos eram limitadores e restritivos, uma situação em que as pessoas se estabeleciam quando queriam se reproduzir.

À noite, ela começou a sentir a presença dele em seus sonhos. Ele nunca aparecia fisicamente, mas ela pegava um sopro de seu cheiro de noz-moscada; sentia a altura dele assomar ao lado dela enquanto caminhava; tinha consciência de seu sério e divertido olhar.

Foi lamentável que no momento em que se encontraram, ele já tivesse passado no país cinco dias dos 21 planejados. O final da sua visita se aproximava. As mulheres da família de Maryam ficaram mais ansiosas, suas perguntas mais aguçadas. Um tio ou dois, de olhar esperançoso, começou a aparecer a qualquer momento que Kiyan a visitava.

Maryam fingia não reparar. Agia alegre e despreocupada.

Um dia depois de sua aula de inglês, ela estava descendo um comprido lance de escadas com duas amigas quando viu Kiyan esperando lá embaixo. A primavera tinha recuado um pouco, e ele usava um paletó informal de veludo marrom com a gola virada para cima. Isso o fez, de repente, parecer muito americano; muito o *outro*. Estava olhando para o outro lado, em direção a algumas pessoas que entravam num ônibus. A visão de seu perfil forte e pronunciado lançou um punhal de desejo na direção dela.

Ele então se virou e a viu, e observou sem sorrir enquanto ela se aproximava. Quando eles estavam frente a frente, ele lhe disse, "Talvez a gente deva fazer o que eles querem".

— Tudo bem — disse ela.

— Você iria comigo para a América?

— Iria.

Eles começaram a caminhar juntos, Maryam abraçando os livros junto ao peito e Kiyan com as mãos enfiadas nos bolsos do paletó.

Mas não houve jeito de ela poder ir com ele quando ele viajou, meros quatro dias mais tarde. Eles tiveram uma cerimônia a longa distância naquele junho — Kiyan em Baltimore ao telefone, Maryam em Teerã com seu vestido de noiva ao estilo ocidental arrastando no chão, e os convidados de ambas as famílias ao seu redor. Na noite seguinte, ela partiu para a América. Sua mãe levantou um Corão sobre a cabeça de Maryam enquanto ela atravessava a porta da frente do conjunto familiar, e todas as mulheres choraram. Nunca se imaginaria que elas estavam rezando para que isso acontecesse desde o dia em que ela foi presa.

Ela não partira como um desses iranianos que vêem a América como a Terra Prometida. Para ela e seus amigos da universidade, os Estados Unidos eram a grande decepção — a democracia que, para mistificação deles, esforçara-se para reimplantar a monarquia de volta quando o xá ficou em apuros. Assim ela viajou para seu novo país meio animada e meio resistente. (Mas no fundo, vergonhosamente se alegrando porque nunca mais teria que participar de outra reunião política.) O mais importante era que estava indo se reunir a Kiyan. Nem mesmo suas amigas mais íntimas sabiam como Kiyan tinha crescido e ocupado cada centímetro de sua cabeça. Quando ela chegou ao aeroporto de Baltimore e o viu esperando, usando uma camisa de manga curta que mostrava braços finos e pouco conhecidos, experimentou um momento de choque. Será que essa era a mesma pessoa com que sonhara todas aquelas semanas?

Maryam tinha 19 anos e nunca cozinhara uma refeição, nem lavara chão, nem dirigira automóvel. Mas Kiyan claramente tomou como certo que ela se arranjaria. Ou ele carecia do sentido mais básico de empatia ou tinha um respeito recompensador pela capacidade dela. Às vezes ela pensava que era o primeiro e às vezes o segundo, dependendo do dia. Tinha dias bons e tinha dias ruins — mais dos ruins, no começo. Por duas vezes ela fez as malas para voltar para casa. Uma vez ela o chamou de egoísta e despejou todo um pote de iogurte em seu prato no jantar. Será que ele não conseguia ver como ela se sentia sozinha, apenas uma mulher indefesa?

Os telefonemas internacionais não eram tão comuns naquela época, e portanto ela escrevia cartas para a mãe. Ela escrevia *estou me adaptando muito bem* e *já fiz vários amigos. Estou me sentindo muito à vontade aqui*, e com o tempo, isso se tornou verdade. Ela se inscreveu no curso de direção e conseguiu sua carteira; entrou para os cursos noturnos da Towson State; ofereceu seu primeiro jantar. Começou a perceber que Kiyan não era tão aclimatado à vida americana como ela supusera antes. Ele se vestia mais formalmente que os colegas, e nem sempre entendia suas piadas, e seu conhecimento do inglês coloquial era surpreendentemente reduzido. Em vez de desencantá-la, essa compreensão o tornou ainda mais querido. À noite, eles dormiam enroscados como duas castanhas-de-caju. Ela adorava apertar o nariz nos cachos grossos e úmidos do cabelo da nuca de Kiyan.

Essa parte, as mais poderosas tias da terra não poderiam ter arranjado.

Sami disse que tinha dúvidas sobre assar um carneiro num espeto. Achava que podia incomodar os vizinhos. Assim Ziba acrescentou mais pratos ao cardápio, e sua mãe veio por uma semana e a ajudou na cozinha. Nas tardes, Maryam se juntava a elas. Descascaram berinjelas, amassaram grãos-de-bico e cortaram cebolas até as lágrimas escorrerem por suas faces. À Susan foi dada a tarefa de lavar e pôr o arroz de molho. Maryam ficou emocionada ao vê-la de pé sobre uma cadeira à beira da pia, não mais que diminuta, usando um avental que ia até os dedos dos pés e se concentrando, toda importante, em mexer o arroz em seu banho de água fria. Enquanto trabalhava, ela praticava a canção que Bitsy havia ensinado às meninas. Evidentemente,

Bitsy tinha desistido de tentar dissuadir os que davam as boas-vindas com seu "mil vezes maldito 'Coming Round the Mountain'", como dizia, e em vez isso estava se concentrando nas que chegaram. Encomendara um CD de músicas coreanas para crianças que, para seu desalento, não tinha uma única palavra em inglês, nem na etiqueta, nem na caixa. "Pelo que sabemos, isso pode ser missa de réquiem", ela se queixara a Ziba. Mas a canção que ela escolhera parecia tudo menos um réquiem, com sua melodia vivaz e animada e o coro de OO-la-la-la. Maryam achou encantador, embora Susan tenha lhe dito que ela e Jin-Ho tinham preferido outra. Ela cantou não mais do que um verso da outra — "Po po po", parecia o som — antes de cair num ataque de risadinhas, por alguma razão. Maryam sorriu para ela e balançou a cabeça. Estava admirada com a facilidade com que Susan tinha aprendido essa música, como se suas raízes coreanas fossem mais profundas do que alguém pudesse imaginar. E mesmo assim aqui estava ela, sacudindo a peneira de arroz com o eficaz movimento giratório para a frente, empregado por toda dona-de-casa iraniana.

Na intimidade da cozinha, a Sra. Hakimi timidamente se aventurou a chamar Maryam pelo primeiro nome.

— Maryam, eu não sei, isso tem menta suficiente? — ela perguntou em farsi. Lamentavelmente, Maryam não conseguiu pensar rápido o bastante para se lembrar do primeiro nome da Sra. Hakimi, mas compensou dizendo, "Ah, você sabe muito melhor do que eu" — usando o familiar você. Ela não tinha certeza do motivo pelo qual eram tão rígidas uma com a outra. Por direito, deveriam ser tão íntimas agora quanto irmãs. Ela suspeitava que os Hakimi a consideravam independente demais. Ou demasiado pouco social. Ou qualquer coisa.

Ziba agora estava discutindo a lista de convidados.

— Eu queria ter mais convidados nossos — ela disse. — Queria que Sami tivesse irmãos e irmãs. Sempre tem tantos Donaldson! Será que você poderia convidar a Farah?

— Ah — disse Maryam —, bem.... — E deixou sua voz ir sumindo.

O caso é que, Farah provavelmente aceitaria. E William viria com ela, desde que Mercúrio não estivesse retrógrado ou qualquer outra proibição Nova Era. Eles ficariam com Maryam por uma semana ou mais e ela teria de se envolver em suas muitas atividades de grupo. Farah se dava excelentemente com os Hakimi. A última vez que esteve em Baltimore, Maryam teve de ir de trem até Washington para três banquetes diferentes, e para completar teve de oferecer um jantar ela mesma em retribuição a todos.

Era verdade que ela era pouco social.

Ela voltou para casa aquela tarde, feliz por estar sozinha, agradecida pela quietude e tranqüilidade de sua vida. Como jantar, tomou uma taça de vinho tinto e comeu uma fatia de queijo cheddar. Assistiu na televisão a um programa sobre os hábitos dos grandes ursos americanos.

No meio do programa, Dave Dickinson telefonou.

— Eu estava pensando nesse fim de semana. Eu poderia lhe oferecer uma carona até a festa?

— Obrigada, mas...

— Parece bobagem usar dois carros.

— Mas eu tenho que chegar cedo — disse ela — para ajudar com os preparativos.

— Eu também não poderia ajudar?

— Não, eu acho que não — disse ela. — Além disso, você mora bem ao lado, no mesmo bairro. Não faz sentido você vir até aqui.

— Acho que eu estava só pensando que seria agradável ter a sua companhia — disse ele.

— De qualquer forma, obrigada — ela disse.

Houve um silêncio.

— Até logo, então! — disse ela.

E desligou.

O urso caminhando trôpego pelo bosque tinha uma pelagem fosca e tosca que a entristeceu, e ela apertou o botão "desligar" no controle remoto.

— 7 —

Finalmente a órfã chinesa ficou pronta. (Como um bolinho, Dave imaginou quando ouviu.) Brad e Bitsy embalaram roupas de bebê de três tamanhos diferentes, brinquedos de presente para o orfanato, dinheiro em envelopes de presente vermelhos, fraldas descartáveis, mamadeiras, leite em pó, ameixas e pêssegos secos, ungüento de zinco, pomada para assadura, Tylenol infantil, um termômetro, antibióticos tanto infantis quanto para adultos, barras de granola, meias de compressão, adaptadores elétricos, um kit dental de emergência, máscaras faciais para filtrar a poluição. Foi Dave quem os levou até o aeroporto, e teve alguma dificuldade para colocar tudo no porta-mala do carro.

Ele ficou com Jin-Ho na casa dela e não na dele, porque seus pais acharam que três semanas era tempo demasiado para uma criança-de-cinco-anos-incompletos ser desenraizada de sua casa. Ele dormia no quarto de casal — um arranjo que o fazia se sentir intruso, mas Bitsy tinha insistido. (Ficava mais perto do quarto de Jin-Ho.) Toda manhã, quando acordava, a primeira coisa que ele via era uma fotografia de Brad e Bitsy abraçados em uma praia qualquer. A segunda coisa era a árvore porta-brincos de Bitsy, carregada de grandes e toscas argolas de cobre, madeira e argila, feitas a mão.

Era começo de fevereiro, portanto Jin-Ho tinha pré-escola todos os dias de semana de manhã. Isso era uma ajuda. E na maioria das tardes eles eram convidados para jantar na casa de Mac ou de Abe, ou dos Yazdan, ou de algum vizinho. Mas o resto do tempo era só os dois, Dave e Jin-Ho sozinhos. Ele disse a si mesmo que agora eles poderiam realmente se conhecer. A quantos avós era dada essa chance? E ele realmente gostava da companhia dela. Era uma criança viva, inquisitiva, cheia de tagalerice, fã de jogos de tabuleiro, louca por qualquer tipo de música. Mas havia um nervosismo subjacente que nunca o abandonava. Ela não era realmente dele, afinal. E se alguma coisa acontecesse? Quando ela saía para brincar fora de casa ele se pegava observando pela janela a cada dois minutos. Quando eles atravessavam até mesmo a rua estreita, sem tráfego, onde ela morava, ele a fazia pegar na sua mão apesar de suas objeções.

— Minha mãe me deixa atravessar sem segurar minha mão — ela dizia —, desde que ela esteja ao meu lado.

— Bom, eu não sou sua mãe. Sou muito preocupado. Atenda a meu pedido, Jin-Ho.

Às vezes, à noite, ela ficava um pouquinho trêmula, uma ou outra vez até chegando às lágrimas. "O que será que eles estão fazendo?", perguntava. Ou, "Quantos dias faltam para eles voltarem?" E ocasionalmente mostrava alguma impaciência com seus modos diferentes dos de Bitsy. Ele não escovava o cabelo da maneira certa; não cortava a torrada da maneira certa. Na maior parte, do tempo, no entanto, ela se adaptou muito bem. Sabia que seus pais lhe trariam uma irmã — uma coisa que ela queria muito. Dizia que planejava dar mamadeira para Xiu-Mei e empurrar Xiu-Mei em seu carrinho. Xiu-Mei se pronunciava como algo parecido com "Chao-mei", aos ouvidos imperfeitos de Dave. (Ele primeiro entendera "Charmeine".) Ele achava o som um pouco áspero, mas Jin-Ho era mais acolhedora. Era "eu e Xiu-Mei" isso, "eu e Xiu-Mei" aquilo. "Eu e Xiu-Mei vamos dividir o mesmo quarto quando ela dormir a noite toda", ela disse.

— E se ela mexer nos seus brinquedos? Você vai ficar chateada? — perguntou ele.

— Ela pode brincar com meus brinquedos o quanto quiser! E eu vou ensinar o alfabeto pra ela.

— Você será a irmã mais velha perfeita — ele disse.

Jin-Ho deu um largo sorriso, duas pequenas covinhas de satisfação pondo colchetes em sua boca.

Ele se espantava por ela não ter um horário definido de ir para cama — quase nenhum horário, na verdade. A vida moderna era tão amorfa. Pensou nas correias com que as pessoas levavam seus cachorros para passear hoje em dia: um tipo de bobina gigantesca que se desenrolava para permitir que os cachorros corressem tão a frente quanto quisessem. Então repreendeu a si mesmo por ser um velho antiquado. Esfregou os olhos enquanto jogavam uma interminável partida de dados e obstáculos. "Você não está com sono, Jin-Ho?" Ela nem se dignou a responder; apenas deslizou com eficiência seu homem de pão de mel quatro casas à frente.

Enquanto ela estava na pré-escola todo dia ele ia em casa para ver como estava, pegava a correspondência e ouvia os recados na secretária eletrônica. Sentia falta de sua rotina normal. O problema em ficar na casa de outra pessoa era que você não podia cuidar de suas ninharias; não podia ficar mexendo e consertando suas coisas. Mas ele tentava fazer o melhor que podia. Limpou os radiadores de Brad e Bitsy e planejava consertar uma porta que estava emperrando. Trouxe um pouco de óleo de mocotó de sua casa e passou uma tarde esfregando-o na mochila de couro manchado que Bitsy usava para ir ao mercado de produtores.

— O que é isso? — perguntou Jin-Ho, apoiando em seu braço, exalando o perfume de baunilha da massa de modelar.

— É óleo de mocotó. É bom para couro.

— O que é óleo de mocotó?

— Você não sabe o que é gado vacum? Ah — ele disse. — Bom, vamos ver. Tem o gado marrom manso, e o gado marrom arredio. Esse óleo em particular vem... — ele pegou a lata e tentou ler, levantando-a no comprimento do braço — ...vem do boi marrom manso.

Era o tipo de história que ele costumava contar a seus próprios filhos; era famoso por isso. Eles fariam um olhar de júbilo contido e lhe pediriam para continuar. Mas Jin-Ho franziu as sobrancelhas e disse:

— Eles mataram o boi marrom manso?

— Ah, não. Eles só espremeram as patas. As patas dos bois são muito oleosas, sabe.

— Espremer dói?

— Não, não, não. Na verdade o boi fica agradecido porque de outra forma eles tropeçariam e escorregariam por todo lugar. É por isso que eles não são bichos bons para se ter em casa. As patas estragariam os tapetes.

Ela ainda parecia inquieta. Ela o olhou em silêncio. Ele agora lamentava ter começado isso, mas não sabia como sair. Talvez ela fosse pequena demais para saber quando alguém estava de brincadeira. Talvez não tivesse senso de humor. Ou talvez — era isso, na verdade — eles precisassem de uma platéia. Outros adultos, cujas risadas denunciariam a piada. Nos velhos tempos, era Connie. Connie ralhava com ele de maneira bem-humorada: “Francamente, Dave. Você é terrível.” E diria para as crianças “Não acreditem em uma palavra do que ele diz”.

Ele abaixou a lata de óleo de mocotó. Desejou poder cair na cama agora.

Maryam telefonou para convidar os dois para o jantar.

— Vou chamar também Sami e Ziba — disse ela —, assim Jin-Ho terá alguém com quem brincar. — Mas é claro que seu motivo verdadeiro era que a presença de outras pessoas tonaria a ocasião menos íntima. Ele podia lê-la como um livro.

Ela não tinha o menor interesse romântico por ele. Ele acabou aceitando o fato. Ajudava um pouco saber que ela não parecia se interessar por ninguém. Pelo menos, ele não podia considerar isso algo pessoal.

Ele tinha começado a olhar em volta ultimamente e a se perguntar quem mais poderia haver por ali. Em seu último aniversário, tinha feito 67 anos. Ainda poderia ter bem uns vinte anos pela frente. Com certeza não seria forçado a passar todos esses anos sozinho, seria?

Mas as outras mulheres pareciam desbotadas quando ele as comparava com Maryam. Não tinham seu calmo olhar escuro ou suas mãos elegantes e expressivas. Não transmitiam seu senso de quietude e autocontrole, de pé sozinha na multidão.

Esta noite ela usava um lenço de seda vívido ao redor do coque, e ele ondeou por suas costas de uma maneira fluida quando ela se virou para conduzi-los à sala de estar. Sami e Ziba já estavam lá, acomodados no sofá com o gato enrolado entre eles. Susan estava no andar de cima; ela desceu com estardalhaço até o meio da escada com enormes sandálias de salto alto e chamou Jin-Ho para brincar de se arrumar com ela.

Mari-june juntou toda uma trouxa de roupas em uma caixa para nós — disse ela. — Coisas com rendas! Cetim! Veludo!

— Dos ombros dela, uma saia vermelha rodada caía como um manto.

As meninas desapareceram no andar de cima e Dave sentou-se e aceitou uma taça de vinho. O assunto a princípio foram as notícias de Brad e Bitsy. Brad tinha enviado um e-mail coletivo da China. Eles tinham buscado Xiu-Mei, ele contava, e ela era perfeita. Agora estavam viajando com os outros pais para uma cidade que tinha consulado americano, e assim que tivessem os documentos de Xiu-Mei prontos, voltariam para casa. Todos tinham visto esse e-mail, menos Maryam, que não tinha computador. (Sua casa era tão econômica que deixou Dave sem fôlego. Sem TV a cabo, nem vídeo, nem telefone sem fio, nem secretária eletrônica; nenhum emaranhado de fios elétricos em nenhum lugar que se olhasse.) Sami imprimiu uma cópia para ela, e agora ela colocou um par de óculos de aro de tartaruga e leu em voz alta.

— Xiu-Mei é pequenina e ainda não senta, mas todos os dias a colocamos em nossa cama e a puxamos pelas mãos só para lhe dar a idéia. Ela acha que é um jogo. Vocês deviam vê-la sorrindo.

Maryam abaixou o papel e olhou para os outros por sobre os óculos.

— Onze meses de idade e ainda não sabe sentar! — disse.

— Elas ficam deitadas o tempo todo no orfanato — explicou Dave.

— Mas sentar não é uma *tendência* natural? Os bebês não se esforçam sempre para ficar na vertical?

— Mais cedo ou mais tarde, sim. É só que leva mais tempo se ninguém lhes dá atenção.

— Ah, ah, ah — Maryam soltou uma série de suspiros breves, e tirou os óculos.

O jantar, para surpresa de Dave, foi inteiramente americano: frango assado e batatas assadas com ervas e espinafre refogado. Ele se sentiu estranhamente desestimulado pela correção de tudo. Maryam tinha mesmo que fazer *tudo* bem? Deu-lhe prazer descobrir que as batatas estavam um pouquinho queimadas no fundo. Ou talvez isso tenha sido deliberado; esses iranianos, com seu arroz chamuscado e coisas assim...

Talvez estivesse errado ao achar que não havia tomado pessoalmente a falta de interesse dela.

Jin-Ho compareceu ao jantar com uma blusa de senhora de seda preta e um par de botas de salto alto. Susan usava uma camiseta grande como um vestido com FOREIGNER pintado na frente.

— Foreigner? — disse Dave. Ele supôs que a camiseta tinha sido de Sami. — Você era fã do Foreigner? — perguntou a ele.

— Ah, não, essa era da mamãe.

— *Você* era fã do Foreigner? — ele perguntou a Maryam.

Ela riu.

— Não é o grupo de música — ela lhe disse. — É só uma palavra, "estrangeira". Sami mandou imprimir essa palavra para mim como uma brincadeira quando consegui minha cidadania. Fiquei tão triste por me tornar americana, sabe.

— Triste!

— Foi difícil para mim renunciar a ser cidadã do Irã. Na verdade, fiquei adiando. Só peguei meus documentos definitivos um tempo depois da revolução.

— Puxa, eu imaginava que você teria ficado feliz — Dave lhe disse.

— Ah, bem, certamente! Eu estava feliz. Mas mesmo assim... sabe como é. Também fiquei triste. Eu ia e voltava em relação a isso... o tango de sempre da imigração.

— Perdão — disse Dave. Ele se sentia um imbecil. Ele nem sabia que isso era habitual. — Claro, deve ter sido difícil. Peço desculpas por ter parecido um chauvinista.

— De jeito nenhum — Maryam lhe disse, e então se virou para Ziba e lhe ofereceu mais espinafre.

Ele sempre fazia isso com Maryam — dizia alguma coisa embaraçosa, ou deixava cair algo, ou derramava. Na presença dela, as mãos dele pareciam grandes demais e os pés pareciam pisar com demasiado barulho.

O tópico da cidadania levou Sami a seu primo Mahmad.

— Ele é cidadão do Canadá — disse a Dave. — É filho do irmão da minha mãe, Parvis. Mora em Vancouver agora com a irmã gêmea. E no mês passado foi convidado para falar em um congresso de medicina em Chicago. Parece que é especialista em regeneração do fígado. Mas justo antes de entrar no avião, ele foi parado pelos policiais. O 11 de Setembro, claro. Desde o 11 de Setembro, toda pessoa que parece oriental é um suspeito. Eles o levaram; revistaram; fizeram um milhão de perguntas... Bem, para terminar a história: ele perdeu o vôo. "Lamentamos, senhor", eles disseram. "Poderá pegar o próximo vôo, se tivermos terminado até lá." De repente, Mahmad começou a rir. "O que foi?", eles perguntaram. "Eu não tenho que ir para os Estados Unidos! Foram eles que me convidaram. Eu não tenho que ir, e eu não quero ir. Vou voltar para casa. Até logo."

— Ah, ah, ah — disse Maryam outra vez, embora certamente já tivesse escutado essa história antes.

— Isso é uma grande vergonha — disse Dave. Absurdamente, ele sentiu o impulso de se desculpar outra vez.

— E quando Brad e Bitsy aterrissarem em Baltimore — disse Sami — vocês já pensaram onde os amigos irão encontrá-los? Falando do 11 de Setembro. Quando as meninas chegaram, todos nós estávamos no saguão de desembarque, mas desta vez vamos estar, eu não sei, fazendo hora lá fora, e a polícia gritando conosco.

— Polícia! — disse Jin-Ho. — A polícia vai gritar com a gente?

— Não, não, é claro que não — Ziba lhe disse. — Pare, Sami. Fale de outra coisa.

E Maryam imediatamente perguntou se as pessoas estavam prontas para a sobremesa.

Todos eles saíram logo depois do jantar, por causa da hora de Susan ir para a cama. (Então nem todas as famílias dos tempos modernos tinham dispensado os horários regulares.) Dave não se ofereceu para ficar e ajudar na limpeza. Ele sabia que Maryam diria não, e além disso, ele não queria mesmo ficar. A noite o deixara se sentindo desequilibrado. Estava morrendo de vontade de chegar em casa.

Quando agradeceu Maryam na porta, ela disse "Se você e Jin-Ho precisarem de alguma coisa, por favor, sinta-se à vontade para me telefonar".

— Ah, claro — ele disse.

Mas sabia que não telefonaria. Sob o clarão da luz da varanda, Maryam parecia inflexível e severa. Os braços dela estavam cruzados de uma maneira que lhe pareceu pouco generosa, embora soubesse que ela apenas estava se protegendo do ar frio da noite. Ele se lembrou do tênue olhar divertido que ela com freqüência dirigia a Bitsy, e da vez em que ela se queixou de que os americanos só liam literatura americana, e da vez em que anunciou que este país não entendia o iogurte. Era melhor mesmo não vê-la mais do que já estava vendo.

Quando ele estava acomodando Jin-Ho no carro, aconteceu de escutar Sami e Ziba no carro estacionado à frente.

— Onde está o urso de Susan? — Ziba estava perguntando. — Você pegou o urso dela? — e Sami disse: "Deve estar lá atrás.

Acho que ela não o tirou do carro." O companheirismo da cena — o sistema de camaradagem que era um casamento estabelecido há muito tempo — fez Dave sentir um oco de saudade.

≠

Na noite da chegada de Xiu-Mei, Dave foi no carro de Bitsy até o aeroporto. Ele agora estava equipado com uma segunda cadeirinha de criança — a antiga de Jin-Ho, do tipo para bebê. Jin-Ho sentou-se na maior ao lado, usando um broche que dizia IRMÃ MAIS VELHA e segurando um caixa retangular gigante embrulhada com papel de bolinhas cor-de-rosa. Dentro da caixa havia um sapo verde de pelúcia quase tão grande quanto ela. Dave tinha votado por algo menor, mas Jin-Ho foi inflexível. "Xiu-Mei tem que *reparar* nele", ela disse. Assim, ele havia cedido.

O carro de Bitsy estava cheio de lenços de papel amassados, farelos de biscoitos e partes de brinquedos de plástico espalhados. Também estava puxando para a esquerda; ele devia se lembrar de mencionar isso. Dirigiu mais lentamente do que de costume, deixando-se ultrapassar por qualquer carro que avançasse a sua frente. A noite estava chuvosa e nublada, não muito fria, mas úmida. Teve que manter o desembaçador ligado.

Jin-Ho queria saber se Xiu-Mei sentiria saudades de casa.

— E se ela chegar aqui e achar que não é tão bom quanto na China? — ela perguntou.

— Ah, ela não vai achar isso. Ela vai dar uma olhada em volta e dizer, "Isso é ótimo! Eu gosto daqui!"

— Ela ainda não fala, vovô.

— Você está certa. Que bobagem a minha.

Jin-Ho ficou quieta por um momento, batendo ritmadamente com os pés no banco da frente de uma maneira que seria irritante se alguém estivesse sentado ali. Então ela disse:

— Lembra quando eu e Susan tentamos cavar um buraco até a China?

— Lembro bem — disse Dave. — Seu pai torceu o tornozelo ao pisar nele quando ficou escuro.

— E as crianças na China — disse Jin-Ho. — Elas cavam um buraco até a América?

— Bem, eu nunca pensei nisso, mas acho que sim. Claro; por que não?

— Isso não seria legal?

— Muito legal.

— Elas iam aparecer do chão um dia quando eu e minhas amigas estivéssemos brincando. Elas iam dizer, "Ei! Onde nós estamos?" E eu ia dizer, "Em Baltimore, Maryland".

— Muito legal, realmente — ele disse.

Ele achou que deveria apontar alguns problemas de logística, mas por que se preocupar? Além diso, sentia certo prazer com essa descomplicada versão do caderno de colorir do mundo, onde crianças com jaquetas de Mao e crianças de Levis se entendiam com tanta naturalidade.

No estacionamento do aeroporto, ele passou pelo Volvo de Abe que estava entrando em uma vaga. E depois, na passarela para pedestre, Jin-Ho gritou, "Olha lá a Susan! Estou vendo Susan!" Susan estava caminhando à frente com os pais, balançando uma sacola de compras. Os três então se viraram e esperaram por Jin-Ho e Dave.

— Estou trazendo um sapo para Xiu-Mei! — disse Jin-Ho. Ela precisava esticar o pescoço ao redor de sua enorme caixa para ver à frente, mas se recusou a deixar Dave carregar a caixa para ela.

— Bom, eu estou trazendo para ela uma toalha de banho com capuz, um roupão, um pato de borracha e um vidro de xampu especial — disse Susan.

— Foi legal vocês virem — disse Dave para os Yazdan.

— Ah, não poderíamos perder — disse Ziba. — Jin-Ho, deixa eu ler seu broche. Então agora você é a irmã mais velha!

Não havia sinal de Maryam. Dave não tinha certeza se ela sequer fora avisada da chegada.

Quando estavam dentro do terminal, Dave se despediu dos Yazdan e levou Jin-Ho para o Portão D. O plano era que eles dois esperariam imediatamente de fora da Área de Segurança para que pudessem ser os primeiros a recebê-los oficialmente. Então eles iriam até o local das bagagens, onde os outros estariam reunidos.

Jin-Ho estava muito séria e com ar de importante. Ficou ao lado de Dave, abraçando seu presente, olhando fixamente para os passageiros que se aproximavam, embora o vôo de Los Angeles ainda não tivesse aterrissado. No princípio Dave tentou entretê-la apontando algumas coisas ("Você pode acreditar no tanto de pessoas que viajam com seus próprios travesseiros?"), mas as respostas educadas e abstratas de Jin-Ho finalmente o calaram. Ele se virou nos calcanhares e examinou os diferentes rostos — todas as idades e todos os tons, cada um com a mesma expressão aturdida.

Então, depois de uma longa espera, lá vinham eles — Brad na frente, abrindo caminho, carregado de sacolas e bagagens de mão, e Bitsy logo atrás, uma trouxa feita com uma manta rosa no ombro esquerdo. Bitsy parecia exausta, mas quando viu Dave e Jin-Ho, ela se iluminou e deu uma guinada na direção deles. Brad a seguiu; ele estava prestes a seguir na direção errada.

— Jin-Ho! — disse Bitsy. — Sentimos tanto a sua falta! — Ela se ajoelhou e abraçou Jin-Ho. Ainda ajoelhada, virou a trouxa de manta rosa para frente.

Xiu-Mei tinha franja preta espetada e olhos nitidamente inclinados, que lhe davam um ar esdrúxulo. Era impossível ver sua boca porque ela estava de chupeta.

— Xiu-Mei, esta é a sua irmã mais velha — Bitsy lhe disse. — Diga: "Olá, Jin-Ho!"

Xiu-Mei deu uma chupada mais forte na chupeta, fazendo-a sacudir. Jin-Ho a encarou em silêncio. Demasiado tarde, Dave percebeu que devia ter trazido uma câmera. Lá embaixo haveria várias, mas esta era a cena que eles gostariam de gravar. Não que houvesse muito a mostrar, na verdade. Como muitos momentos transformadores, era decepcionamente carente de drama.

— Um vôo infernal — Brad estava contando para Dave. — Tivemos turbulência desde o Mississipi, e a decolagem e a aterrissagem deu dor de ouvido em Xiu-Mei. Todos juraram que a chupeta ajudaria, mas cara, ela gritou pra valer.

Era verdade que uma lágrima solitária ficara na bochecha de Xiu-Mei.

— Eu trouxe um presente para ela — disse Jin-Ho.

— Ah, isso foi muito bacana de sua parte! — Bitsy lhe disse. — Que irmã maravilhosa! — Ela lançou um olhar de agradecimento para Dave e se levantou, apoiando Xiu-Mei em seu ombro outra vez. — Vamos descer e encontrar os outros?

— Primeiro ela tem de abrir o presente — disse Jin-Ho.

— Agora, não, querida. Mais tarde.

Dave esperou que Jin-Ho insistisse, mas ela docilmente seguiu atrás de Bitsy. Ele a aliviou do pacote para que ela pudesse acompanhar o ritmo. De Brad, ele pegou um par de bolsas e os seguiu para a escada rolante. Jin-Ho parecia tão crescida, assim de repente, e ele sentiu uma dor por ela. Lembrou-se de ter sentido o mesmo por Bitsy quando eles trouxeram seu novo irmão bebê para casa. As mãos dela pareciam patas gigantes e os joelhos pontudos demais.

Lá de baixo, aplausos se elevaram. O comitê de boas-vindas estava aos pés da escada-rolante — amigos e parentes enrolados em seus casacos de inverno, trazendo presentes, balões e cartazes. Assim que Brad chegou ao fim da escada, deixou as sacolas no chão e pegou a neném, com manta e tudo, e a levantou sobre sua cabeça.

— Aqui está ela, pessoal! — ele disse. — A senhorita Xiu-Mei Dickinson-Donaldson. — As câmeras espoucaram e câmeras de vídeo acompanharam a passagem de Xiu-Mei para os braços da mãe de Brad. — Ela não é uma preciosidade?! — disse a mãe de Brad, abraçando-a apertado. — Não é um docinho de coco!? Eu sou sua avó Pat, meu docinho!

Xiu-Mei a encarou e sua chupeta balançou.

Agora Bitsy se virou para Jin-Ho, graças a Deus, e segurou a mão dela. Todos se dirigiram para a esteira das bagagens, onde as malas e mochilas estavam começando a chegar.

— Você devia ver o que nos davam todo dia como café-da-manhã — Bitsy estava dizendo para Jin-Ho. — Um monte de comida que nunca comemos antes! Você ia adorar! — Jin-Ho parecia em dúvida. O flash da câmera de Laura espoucou em seu rosto. Polly — agora com 15 anos e morta de tédio com os acontecimentos familiares — ajustou os fones de ouvido de seu CD player e olhou para um garoto com malha de futebol. As pessoas usavam uma variedade extravagante de roupas. Alguns, evidentemente vindo dos trópicos, estavam de camisas havaianas e chinelos, e outros usavam botas estofadas de ski com múltiplos pompons de penugem. Um jovem casal passou carregando bagagem de lona do tamanho e formato de mesas de passar roupa, salvo-condutos das montanhas pendurados no zíper das jaquetas, a mulher jogando para trás os cabelos escuros raiados e o homem descrevendo uma senhora queda com um sotaque irlandês que o fazia soar como quêda; e logo atrás deles vinha... ora, Maryam, caminhando em um ritmo tranqüilo com as mãos enfiadas nos bolsos do casaco. Ela se aproximou de Jin-Ho, que agora estava de pé a um lado enquanto Bitsy procurava as malas na esteira de bagagem.

— Sua irmã já chegou? — Maryam lhe perguntou.

— A vó Pat está com ela — disse Jin-Ho.

Maryam olhou ao redor procurando pela mãe de Brad, que estava cercada por várias mulheres arrulhando em volta de Xiu-Mei.

— Que gracinha — ela disse, sem tentar se aproximar.

— Estamos *supondo* que ela é uma gracinha — disse Dave — mas não podemos ter certeza até que ela tire aquela chupeta da boca.

— Isso traz tudo de volta? — ela lhe perguntou. — O dia em que Jin-Ho chegou?

— Ah, sim. Puxa, sim.

Mas ele disse isso só por causa de Jin-Ho, para fazê-la se sentir parte de tudo. Na verdade, essa noite não parecia em nada aquela tarde quatro anos e meio atrás. Ah, todos estavam se esforçando. Lou andava por ali com um microfone, registrando congratulações. Bridget e Deirdre estavam afinando o "She'll Be Coming Round the Mountain", e uma das amigas do clube de leitura de Bitsy carregava um cartaz com BEM-VINDA, XIU-MEI. Mas a atmosfera era diferente agora que as pessoas não eram autorizadas a se reunirem no portão de desembarque. O grupo dava uma impressão desencontrada, confusa, e o entusiasmo parecia forçado.

Maryam estava contando a Jin-Ho a própria chegada de Jin-Ho.

— Seu avião se atrasou — ela disse — e tivemos que esperar um tempão. Tínhamos chegado bem cedo, é claro, porque estávamos tão ansiosos para encontrar você. Parecia que você não chegava nunca! E nenhuma palavra de explicação sobre o que estava causando a demora.

Ao escutá-la, era de se pensar que ela própria estava ali por causa de Jin-Ho. Dave esqueceu completamente que ela sequer os conhecia naquela época.

— Nosso avião estava atrasado? — disse Susan. Ela se enfiou entre Jin-Ho e Maryam. — Eu não sabia que nosso avião tinha se atrasado! Você sabia? — ela perguntou a Jin-Ho.

Jin-Ho só deu de ombros e olhou para outro lugar. (Havia momentos em que Dave se perguntava se ela não preferia não ser lembrada do Dia da Chegada.)

— Eles nunca anunciaram nada — continuou Maryam. — Mas chegou um momento em que entendemos que alguma coisa devia estar acontecendo. Eles abriram a porta da passagem que levava ao avião; todos nós nos juntamos e...

Brad e vários outros, enquanto isso, estavam empilhando uma montanha de bagagem perto da esteira — mais bagagem até do que ele e Bitsy tinham levado. Finalmente, Brad deu um passo atrás e começou a ler uma lista.

— Bolsa de pano: ok. Bolsa de lona: ok. Mala vermelha, mala azul, mala azul menor... — Bitsy tinha pego Xiu-Mei e estava passando pelo grupo, convidando a todos para irem com eles para casa. — Só Deus sabe como vai estar. Lembrem-se de que eu mesma não estive lá nas últimas três semanas — disse ela (ofendendo um pouquinho Dave, que tinha faxinado o local de cima a baixo aquela manhã). — Mas adoraríamos ver vocês, todos vocês, e Jeannine está levando petiscos, Deus a abençoe. — Um rubor tinha aparecido em sua nuca — sempre um sinal de excitação em Bitsy — e ela parecia aparvalhada e ardente. Dave sentiu uma pontada de amor misturada com piedade; não poderia dizer exatamente por quê.

— Bem, sou um velho idiota — Lou estava dizendo alegremente. — Empurrei meu microfone em alguém que na verdade era um estranho. Pensei que ele era um dos vizinhos ou alguém assim. Mas ele foi absolutamente legal. Disse: "Lamentavelmente, não tenho o prazer de conhecer essas pessoas, mas certamente desejo o melhor para eles e acho que eles têm muita sorte em ter uma bebê tão lindo." É claro que eu poderia apagá-lo, mas estou pensando em talvez deixar como está.

— Definitivamente deixe como está! — disse Bitsy. — Ele ainda está aqui? Deveríamos convidá-lo para ir até nossa casa! — Ela acomodou Xiu-Mei mais alto no ombro e se virou para Dave. — Papai, você vem no carro conosco? Cabe você entre as duas cadeirinhas?

— Não sei, teria que experimentar — ele disse. — Mas vou pegar uma carona com...

Ele se virou procurando Abe ou Mac e se viu frente a frente com Maryam.

— É claro, eu posso levar você — disse ela.

Antes que ele pudesse explicar, Bitsy disse:

— Ótimo! Obrigada, Maryam. E obrigada por ter vindo dar as boas-vindas a Xiu-Mei.

— Eu não deixaria de vir — disse Maryam, mas naquele tom vago, incerto, que sempre fazia Dave se perguntar se ela havia achado alguma coisa engraçada.

Todos se dirigiram para o estacionamento carregando partes da bagagem, Dave na frente para mostrar onde tinha deixado o carro. Jin-Ho protestou quando ele tentou enfiar o presente dela no porta-malas.

— Tenho que dar meu presente para Xiu-Mei! — ela disse. — Ela pode abrir enquanto estivermos no carro.

— Está certo, meu bem — ele disse. — Vejo você daqui a pouco.

Ele passou as chaves para Brad e depois foi com Maryam aonde ela havia estacionado seu próprio carro, um andar acima. O estacionamento parecia mais frio do que o lado de fora, frio até os ossos, e os dois andaram rápido, o som dos passos deles quase metálicos no piso de concreto.

— Não é curioso — disse Maryam. — De repente, uma pessoa completamente estranha torna-se uma parte da família para sempre. Bem, é claro que isso também é verdade com a criança no parto, mas... Não sei, assim parece mais surpreendente.

— Para mim, ambos são surpreendentes — disse Dave. — Lembro que antes de Bitsy nascer, eu me preocupava se ela seria compatível conosco. Eu disse a Connie: "Veja como demoramos para decidir com quem casaríamos, mas essa criança vinda do nada, sem sequer uma verificação de seus antecedentes ou um teste de personalidade. E se acontecer da gente não ter nenhum interesse em comum?"

Maryam riu e enrolou o casaco mais firme ao seu redor.

Eles não falaram outra vez até estarem no carro, entrando na auto-estrada e deixando a cabine da entrada para trás. Então Dave disse: "E Sami e Ziba? Acha que eles vão adotar outra?"

— Acho que eles pensam que só têm condições de ter um filho — Maryam lhe disse. — Com o custo das escolas particulares hoje em dia.

— Eles não acreditam nas escolas públicas?

Ela lhe dirigiu um olhar enviesado mas nada disse; apenas dirigiu durante vários minutos em silêncio. Seu perfil, emoldurado em prata pelas luzes que passavam, parecia gelado e austero, a longa inclinação de seu nariz impossivelmente reta.

— Embora eu acredite que esta é uma decisão muito pessoal — ele disse, finalmente.

— Sim — disse ela.

Ele sentiu uma necessidade de se rebelar. Que direito tinha essa mulher de agir de maneira tão superior?

— Sabe — disse ele —, não lhe faria nenhum mal condescender com uma pequena discussão de pontos de vista.

Ela lhe enviou um olhar ainda mais breve e voltou a prestar atenção na pista.

— Você poderia, por exemplo, me dizer que as escolas públicas de Baltimore são horrorosas. Eu poderia dizer, bem, sim, mas se os pais se envolvessem, ainda acho que poderíamos mudar as coisas. Então você poderia dizer que não quer sacrificar o futuro de sua neta por uma mera esperança. Eu poderia aceitar isso! Não me arrasaria!

Ainda assim ela não falou, mas parecia estar reagindo com um sorriso.

— Você age como se pensasse que está tão certa que não precisa se preocupar em argumentar — ele disse.

— Eu faço isso? — disse ela, e agora lhe dirigiu um olhar de completa surpresa.

— É como se você pensasse, Ah, esses americanos idiotas, o que eles sabem de qualquer coisa?

— Eu não penso uma coisa dessas!

— É mais difícil do que você pensa, ser americano — ele lhe disse. — Não pense que não sabemos como o resto do mundo nos vê. Nas vezes em que viajei para o exterior, eu via aqueles grupos de turistas meus conterrâneos e me encolhia, embora soubesse que eu também era do mesmo jeito. Esse é o inferno da coisa: todos nós estamos amontoados. Estamos todos no mesmo grande navio, por assim dizer, e onde quer que o navio vá eu tenho de ir, mesmo se ele estiver se comportando como um... valentão da escola primária. Não é como se eu pudesse pular fora, se quisesse, você sabe disso!

— Enquanto nós, iranianos, por outro lado — disse Maryam com um esgar — invariavelmente somos considerados únicos e distantes.

— Bom — disse ele. Sentiu-se um tanto tolo. Sabia que tinha exagerado.

— Você viu como as pessoas se afastavam de Sami e Ziba e de mim no aeroporto esta noite? Não, você não deve ter visto. Você nem teria reparado. Mas é assim que tem sido desde o 11 de Setembro. Ah — ela disse — às vezes fico tão cansada de ser estrangeira que gostaria de me deitar e morrer. Dá muito trabalho ser estrangeira.

— Trabalho?

— Muito trabalho e esforço, e mesmo assim nunca conseguimos nos adaptar completamente. No Natal passado, Susan foi comigo para casa um dia depois da escola e disse, "Eu queria que comemorássemos o Natal do jeito que as outras pessoas comemoram. Eu não gosto de ser diferente". Partiu meu coração ouvir isso.

— Bem... — disse Dave. Ele falava com cuidado, sem querer provocar outro dos olhares de Maryam. — Hmm, talvez você pudesse deixá-la ter uma árvore de Natal pequenina. Isso seria um problema?

— Ela teve uma árvore — disse Maryam. Eles agora estavam entrando na cidade e ela olhou pelo retrovisor, esperando uma chance para trocar de pista. — Teve uma árvore *enorme*. Até aí, pudemos fazer isso por ela.

— Então... eu não sei, a decoração? Uma coroa, um cordão de luzes?

— Claro. E também o visco.

— Ah. E... seria contra as crenças de vocês dar a ela alguns presentinhos?

— Ela recebeu dezenas de presentes. E também deu.

— Ela recebeu — ele disse. Ficou em silêncio por um momento. — A meia do Papai Noel, talvez — disse, por fim. — Ela pendurou uma meia?

— Ah, sim.

— E quanto aos cânticos de Natal? Quero dizer, não os mais religiosos, claro, mas talvez o "Jingle Bells" e "Good King Wenceslas" e, deixa eu ver, "I Saw Three Ships..."

— Ela saiu cantando com os vizinhos. Eles andaram para cima e para baixo na rua cantando todas as canções de Natal que existem, Menino Jesus e tudo.

— Bem, então — ele disse. — Não sei bem...

— Mas no carro naquele dia ela me disse "Não é a mesma coisa. Não parece a mesma coisa. Não é um Natal de verdade".

Ele começou a rir.

— Ah, puxa! — ele disse. — Você está falando de todas as crianças deste país!

Ela parou em um sinal e olhou para ele.

— Você não entende que é isso que todas elas dizem? — disse ele. — Elas dizem, "As outras famílias comemoram melhor; na TV parece muito melhor; na minha cabeça ia ser muito melhor". E é só o Natal! É assim que funciona! Elas têm essas expectativas idealizadas.

Ela pareceu entender o que ele dizia, ele viu. Algo pareceu se esclarecer em sua testa.

— A menina é cem por cento americana — ele disse.

Ela sorriu e recomeçou a dirigir.

Pelo resto do caminho, eles seguiram em um silêncio que Dave não tentou quebrar, porque ela parecia mergulhada em profundo pensamento. Nos sinais vermelhos, batia com a unha no volante como se mantendo o ritmo com um diálogo privado, e ao estacionar em frente à casa de Brad e Bitsy ela disse, "Você está certo, claro".

— Estou?

— Eu sou sensível demais por ser estrangeira.

— O quê? Espere. Não foi isso que eu disse.

Mas ela balançou a cabeça devagar.

— Dou importância demais a isso — disse. Ela agora tinha parado o carro, mas deixou o motor ligado; portanto ele percebeu que ela não entraria. Ela ficou olhando para a frente, para fora do pára-brisa. — "Alguém poderia até chamar isso de autopiedade — disse. — Um traço que desprezo.

— Eu nunca diria isso! Você não tem sequer um vestígio de autopiedade.

— Não, veja — ela disse — você pode ter a, como você diria, a cabeça feita sobre essas coisas. Pode começar a acreditar que sua vida é *definida* pelo fato de ser estrangeira. Pensa que tudo seria diferente se você pudesse se entrosar. "Se pelo menos eu estivesse no meu país", você diz, e esquece que também lá você não se entrosaria, depois de todos esses anos. Já não seria mais de jeito nenhum o seu país.

Suas palavras pareceram a Dave profundamente tristes, mas a voz dela estava fria e o perfil permanecia impassível. Um brilho amarelo ficava bruxuleando em seu rosto enquanto os convidados passavam entre os carros e a lâmpada da calçada.

— Maryam — disse Dave.

Ela se virou e o observou a distância, parecia, a expressão simpática mas contemplativa.

— Você se entrosou — ele lhe disse. — Você se entrosou tanto quanto eu, ou, sei lá, ou Bitsy ou... É justamente como o Natal. *Todos* nós pensamos que os outros fazem mais.

Pelo menos ela parecia estar ouvindo. Ela levantou a cabeça e manteve os olhos nos dele. Ele se sentiu acanhado, de repente. Não tinha a intenção de parecer tão solene.

— De qualquer forma — disse ele em um tom mais leve. — Você não vai entrar?

— Ah... — disse ela.

— Por favor — ele disse, e levou a mão até a ignição e desligou o motor. Ela não fez objeção. — Vamos — ele lhe disse, e lhe passou a chave. E então pareceu que as palavras começaram a querer dizer algo mais, e ele disse: — Vamos, Maryam. Vamos entrar — e os dedos dela se fecharam não só sobre a chave, mas também sobre os dedos dele, e eles ficaram lá sentados de mãos dadas, olhando um para o outro sobriamente.

— 8 —

Bem. Ziba não sabia o *que* pensar. As pessoas ficavam lhe fazendo perguntas — as mulheres, sobretudo. A sua mãe e suas cunhadas e Nahid, a esposa de Siroo. "Maryam está.... ela...? Será que tem algum motivo especial para ela estar sempre com o pai daquela tal de Bitsy?"

Ela foi com ele à festa de ano-novo de Hakimi em março — a verdadeira, a completamente iraniana que os pais de Ziba davam todo ano em um grande hotel em Washington. Normalmente, ela não compareceria. "Khanom acha que é aristocrática demais para nossa simples reunião familiar", os parentes gostavam de dizer um ao outro, embora na verdade não houvesse nada de simples nessa festa, o que provavelmente era o motivo que fazia Maryam sempre enviar suas desculpas. Era muito, muito chique, muito musical e barulhenta, e varava noite adentro. Mas este ano, ali estava ela, com um caftan longo de seda preta com bordado dourado na barra, o coque de cabelo todo preto puxado para trás firme e liso, seu rosto um perfeito oval formidável, perfeitamente maquiado, e Dave Dickinson ficou de pé a seu lado com um terno cinza largo, camisa azul e gravata listrada, talvez a primeira gravata que Ziba viu nele fora do funeral da esposa. Era quase o único americano presente. Ah, alguns dos jovens primos tinham se casado com louras — não havia como escapar daquela mania iraniana de louras — mas ainda assim o homem era notável por sua aparência de pele clara, desbotada. Não que isso parecesse importar a ele. Ficava olhando para todo lado com uma expressão de franca alegria, absorvendo a decoração elaborada e os músicos com seus saltérios e tambores, e as crianças arrumadas correndo soltas entre os adultos. Quando ele viu a quantidade de comida, apertou as mãos enormes como se mal pudesse conter seu contentamento. Isso fez alguns dos outros convidados rirem, e Ziba quase sentiu pena dele, embora ele mesmo parecesse nada perceber.

Ela sabia que ele viria, mas só porque seus pais tinham lhe dito no último minuto. A própria Maryam não disse nada.

— Ela *lhe* disse alguma coisa? — perguntou Ziba a Sami, e Sami balançou a cabeça. Isso foi antes da festa até, mas ainda assim foi um choque ver Dave no meio da multidão rodopiante cerca de uma hora mais tarde. Ele ficou de pé embaixo de um alto arco de mármore, ao lado de uma coluna canelada. Não havia dois centímetros de espaço entre ele e Maryam. Ziba reparou bem isso. (Todos repararam.) A noite toda ele ficou grudado em Maryam feito uma sombra, embora nunca realmente a tocasse. Maryam, por sua parte, parecia apenas sua conhecida. Não colocava a mão na dele ao falar com ele; não tomou seu braço quando se encaminharam em direção a Sami e Ziba para cumprimentá-los. Era o começo do relacionamento, então; um primeiro ou segundo encontro. Ou talvez nem fosse um encontro; talvez apenas uma expedição cultural nascida da curiosidade de Dave. Ou uma conveniência para Maryam, que não gostava de dirigir à noite. (Mas nesse caso, por que não pegar carona com Sami e Ziba?)

Ziba telefonou para Bitsy na manhã do dia seguinte. Bitsy disse que ele não tinha dito nem uma palavra a ela.

Em abril, na festa de ano-novo que Maryam oferecia toda primavera desde a chegada das meninas, Dave já estava lá quando Sami e Ziba chegaram. E eles chegaram *cedo*. Como sempre, vieram na frente para ajudar, não que Maryam jamais deixasse de cuidar de todos os detalhes. Foi Dave que lhes ofereceu os drinques, Dave que foi atender quando os pais de Ziba tocaram a campainha. Mas novamente, ele e Maryam ficaram fisicamente bem separados e ele elogiava sua comida como qualquer convidado casual faria — querendo saber o nome de uma especiaria e parecendo não ter tido nenhum conhecimento prévio, de bastidores, do menu.

Bitsy, quando ela e Brad apareceram, disse: "Ah, aí está você, papai! Telefonamos a manhã toda para sua casa para ver se você ia querer uma carona."

A manhã toda?, pensou Ziba. Exatamente há quanto tempo ele estava aqui?

A mãe de Ziba lhe disse mais tarde que ela devia perguntar direto a Maryam o que estava se passando.

— Ela é sua sogra! — disse ela ao telefone. — Você a vê quase diariamente! Pergunte, é pra gente começar a encomendar as roupas para o casório?

— Perguntar a *Khanom*? — disse Ziba.

Como regra, Ziba reclamava quando sua família chamava Maryam de "Khanom" por trás. "Madame", era o que isso significava, mas no tom particular deles poderia também ser "Sua Alteza". Ziba fingia desaprovar. Nunca revelou o quanto achava Maryam intimidadora. "Na verdade, vocês só têm que conhecê-la melhor", ela lhes dizia com freqüência, e esperava de todo coração que um dia isso fosse verdade. Agora, no entanto, ela admitia:

— Eu não teria coragem de perguntar isso a ela!

— Bem, então Sami. Com certeza ela diria a Sami — disse sua mãe.

Sami disse que ele não se importava de perguntar de jeito nenhum. Mas esperou até a próxima vez que viu Maryam, Ziba reparou. Ele não pegou imediatamente o telefone e tocou no assunto. (O que Ziba se controlou para não sugerir. Havia uma certa delicadeza entre eles, e tinham um cuidado especial quando o assunto era a mãe dele.) No domingo seguinte, à tarde, quando a caminho do cinema eles passaram pela casa de Maryam para deixar Susan, Sami disse: "O quê: nada de Dave? Me parece que Dave está em todo o lugar para onde olho ultimamente."

— Nada de Dave — disse Maryam serenamente. — Susan, vamos ver o jardim comigo! Preciso decidir que flores plantar.

O gato comeu a língua dele; não era assim o ditado?

— E se eles *formarem* um casal — Ziba se aventurou a perguntar a Sami depois que voltaram para o carro —, como você se sentiria? Você ficaria...

— Eu ficaria bem — disse Sami.

— Porque eu sei que pode parecer estranho para você, ver sua mãe com alguém.

— Eu lhe desejaria toda a felicidade. Ela merece, depois de tudo. Meu pai não era um homem de convivência fácil.

— Não? — disse Ziba.

— Ah, não. — Ele diminuiu a marcha para atravessar um cruzamento.

— Você nunca me disse isso.

— Ah, ele era muito temperamental. Cheio de altos e baixos — disse Sami. — Você não conseguia prever nada com ele. Quando eu era criança, eu examinava seu rosto toda manhã para ver se seria um dia bom ou um dia ruim.

— Não é assim, de jeito nenhum, que sua mãe fala nele!

— Nos dias bons ele era bastante amigo... perguntava sobre minhas tarefas da escola, oferecia para me ajudar nos projetos. Nos dias ruins, ele só... mergulhava em si mesmo. Ficava todo mal-humorado e insatisfeito; exigia atenção constante. "Maryam, onde está isso?" e "Maryam, onde está aquilo?" Tinha de ter seu chá especial e seus biscoitos digestivos ingleses. Exigente. Um homem muito *exigente*. Eu sempre quis que mamãe o enfrentasse mais.

— É mesmo? – disse Ziba.

Ela se perguntava como Sami só tinha mencionado isso agora. Homens!, pensou. E então sentiu uma onda de gratidão por ele ser tão diferente do pai. Não havia ninguém mais equilibrado, de temperamento mais estável e amigável que Sami, e ele era tão consciencioso com as tarefas domésticas e os cuidados com a filha. As mulheres de sua família se maravilhavam com isso. Ela se aproximou mais, o máximo que o cinto de segurança permitia, e colocou brevemente a cabeça no ombro dele.

— Isso deve ter sido difícil para você, também — ela lhe disse.

— Ah, não era tão ruim assim — disse ele. — A que horas você falou que o filme começa?

Homens.

Em maio, uma nova engenhoca apareceu na cozinha de Maryam: uma chaleira elétrica com um bule que combinava perfeitamente — ambos de um modernoso aço escovado, a base do bule da exata circunferência do alto da chaleira. Ela já não teria mais que equilibrar perigosamente uma sobre a outra.

— Ah! De onde veio isso? — perguntou Ziba.

— Daquela importadora em Rockville — disse Maryam.

— Você foi a Rockville sozinha?

— O pai de Bitsy foi dirigindo.

— Ah.

Ziba esperou. Maryam mediu as folhas de chá.

— Eu pensei que você gostasse de seu bule de Mil Faces do Japão — disse Ziba, por fim.

— Bem, eu gostava — disse Maryam. — Mas este também é bom. E além disso... foi um presente.

— Ah — Ziba disse outra vez.

Maryam estava de costas para ela, portanto Ziba não podia ver sua expressão.

Agora esse era um dos assuntos favoritos sempre que Ziba e Bitsy se encontravam. O que estava acontecendo?, elas perguntavam uma à outra. E por que se preocupar em manter em segredo? Será que Maryam e Dave não percebiam que todos das duas famílias ficariam encantados em vê-los namorando? Elas catalogavam as poucas pistas que conseguiam reunir: Maryam estava menos freqüentemente disponível para cuidar da neta; Dave foi pego tocando um LP de música iraniana cantada por uma mulher de nome Shusha.

— Shusha! — disse Ziba. — A cantora favorita de Maryam! E Maryam é a única pessoa que conheço que ainda não tem um CD player.

Mas agora tinha secretária eletrônica. Depois de todas as vezes que Sami e Ziba insistiram com ela para comprar uma! Mas ela não parecia saber como fazê-la funcionar. Sua fala inicial continuava revertendo, por algum motivo, para a saudação genérica que a própria fábrica oferecia — "Por favor... deixe... sua... mensagem", em uma voz masculina de robô, sem entonação. E então, misteriosamente, uma nova fala dela mesma tomou o lugar, embora ela tivesse dito que precisava da ajuda de Sami para gravá-la. Ele apareceu como lhe fora requisitado mas ela disse, vagamente: "Ah, ela voltou outra vez ao normal, eu acho. Mas obrigada." Como se a nova fala tivesse se instalado sozinha por mágica, enquanto ela estava olhando para outro lugar.

Dave deve ter feito isso. Dave deve ter comprado a secretária eletrônica, para começar — outro presente. Ela costumava dizer que uma secretária eletrônica só complicaria sua vida.

— O que vocês estão querendo dizer: que não querem se dar ao trabalho de me ligar duas vezes se não me encontrarem em casa? — ela perguntava. Um desses maryanismos, um desses seus altezismos que sempre fazia Ziba fechar os olhos por um instante.

— Ah — Bitsy tinha dito — eles estão se encontrando, sim.

— Mas se estão, por que não admitir isso? — perguntou Ziba.

— Talvez Maryam esteja constrangida. Ela me disse uma vez que havia superado tudo isso; talvez se sinta envergonhada, agora que mudou de idéia.

— É difícil imaginar Maryam sentindo-se envergonhada — disse Ziba.

Elas sorriram uma para a outra.

Antigamente, Ziba se sentia dolorosamente acanhada na presença de Bitsy. Bitsy parecia tão mais velha e mais completa; era tão criativa; era apaixonadamente envolvida com política, programas de reciclagem e coisas assim, e tinha opiniões bem definidas. Mas isso foi antes de ela afinal cair em si e se desculpar por seu americanismo e seu primeiro-mundismo e seu "pão-branquismo", como ela dizia. Ficava permanentemente elogiando Ziba por sua aparência exótica e perguntando suas opiniões sobre várias questões internacionais. Não que Ziba *tivesse* muitas opiniões, como qualquer uma que fosse diferente do que ela leria no *Baltimore Sun*, se alguma vez encontrasse tempo. Mas de qualquer maneira, um tipo de autoridade lhe fora concedida, mesmo assim.

E então, ultimamente, ela havia se tornado o apoio moral de Bitsy — quase como a mais velha — quando várias dificuldades apareceram com a pequena Xiu-Mei. Parecia que Xiu-Mei estava tendo problemas para se aclimatar. Era uma criança muito doce, muito carinhosa e amorosa, mas cada germe que aparecia conseguia deixá-la mal e, por duas vezes depois de sua chegada, teve que ser hospitalizada. Bitsy tinha a aparência arqueada e sonolenta da mãe de um recém-nascido. Às vezes, ainda estava de roupão às dez da manhã. Brigava com Jin-Ho por ninharias e parecia vencida por sua própria casa. Assim Ziba a ajudava com pequenas incumbências e buscava Jin-Ho para brincar, e a tranqüilizava como podia.

— Xiu-Mei agora está tão maior do que quando vocês a trouxeram — dizia ela. — E veja como ela se segura em você!

No começo, Xiu-Mei não sabia como se segurar. Podia ser porque nunca havia sido segurada. Ela arqueava as costas em uma postura rígida, de rejeição, quando as pessoas tentavam pegá-la. Mas agora ela se aconchegava no colo de Bitsy e se segurava em uma dobra de sua manga, observando a cena minuciosamente por trás de sua chupeta de plástico rosa. Eles não conseguiam tirar essa chupeta da boca de Xiu-Mei. Bitsy dizia que se arrependia de tê-la introduzido, embora que alternativa eles realmente teriam, com o problemão no vôo para casa?

— Agora temos uma chupeta em todos os quartos — ela dizia — para o caso de uma emergência, e três ou quatro em seu berço, e meia dúzia no carrinho. Quando vou lhe dar comida, tenho que tirar a chupeta de sua boca, enfiar uma colherada de comida, e depois colocar a chupeta de novo; e ela se opõe o tempo todo. Acho que é por isso que é tão magra.

Ela era *magra* — magra e pequena para a idade, e com 14 meses ainda não tinha começado a engatinhar. Mas ninguém duvidava de sua inteligência. Ela olhava para um rosto e depois para o outro com tal intensidade que poderia estar lendo os lábios, e quando Jin-Ho e Susan estavam brincando perto, ela ficava especialmente atenta, seguindo cada movimento com seus brilhantes olhos pretos de cantos virados.

— Se pelo menos ela tirasse uma soneca — disse Bitsy —, acho que poderia ajeitar as coisas por aqui. Mas ela se recusa. Eu a deito no berço e ela começa a berrar. Não só chora... ela berra, nessa voz de lamento muito aguda. Às vezes tarde da noite eu penso, "Tinha uma coisa que eu queria fazer hoje. O quê? O que eu queria fazer? E então me lembro: pentear meu cabelo".

— O que me faz lembrar — disse Ziba. — A Festa da Chegada, você sabe: acho que devemos fazê-la em minha casa este ano.

— Por quê? Você fez no ano passado.

— Sim, mas com Xiu-Mei e tudo...

— A festa é daqui a três meses — disse Bitsy. — Se a vida não tiver melhorado até lá, estarei no manicômio.

— Um motivo a mais para fazê-la em minha casa — disse Ziba, arriscando uma piada. Mas Bitsy não sorriu.

Assim, Ziba mudou de assunto e perguntou se Bitsy achava que as meninas estavam com idade suficiente para irem ao acampamento este verão.

— Ah, eu não sei — disse Bitsy com uma voz apática. — Como pensar nesse tipo de coisa?

Houve uma época que ela teria muito a dizer. Ziba sentia falta desses dias.

Em uma tarde de junho, Ziba abriu a porta e encontrou Maryam de pé na varanda com uma blusa alinhada e saia de linho, sapatilhas de pano bege e um capacete de bicicleta.

— Meu Deus, o que foi? — disse Ziba.

— Sinto chegar sem avisar — disse Maryam. — Posso entrar? — E então entrou sem esperar a resposta. O capacete era preto e laranja — o laranja em formato de chama sobre cada orelha — e a alça acentuava uma almofadinha de carne embaixo do queixo que Ziba nunca tinha reparado antes. — Eu estava fazendo compras, como você vê — disse ela, apontando para a sala como que para provar — e quando cheguei em casa, pensei em experimentar esse capacete que tinha comprado. Eu queria ter certeza de saber como usá-lo.

— Você comprou um capacete de *bicicleta*?

— Mas na verdade eu não sabia como fazer, porque depois que o coloquei não consegui mais tirá-lo.

Ziba teve vontade de rir. Manteve o rosto sério, mas Maryam ainda disse:

— Sim, eu sei: não estou um espetáculo?! Mas pensei que era melhor pedir a você do que a algum dos meus vizinhos.

— Bem, claro — disse Ziba apaziguadora. — Vem, vamos ver isso... — Ela deu um passo à frente para pegar uma fivela de plástico de um lado. Apertou-a, mas nada aconteceu. Tentou achar algum tipo de fecho, mas não achou nenhum.

Susan, que estava brincando nos fundos, entrou nesse momento com um regador e disse, "Oooh, Mari-june! O que aconteceu?"

— Só estou experimentando um capacete de bicicleta, minha querida — disse Maryam. — Conseguiu? — ela perguntou a Ziba.

— Não, mas me dê um minuto. Tenho certeza que deve estar... — Ziba correu os dedos pela borda da faixa. Podia sentir o perfume levemente amargo da colônia que Maryam estava usando, e podia sentir o calor de sua pele. — O que foi que você prendeu quando o colocou? — perguntou ela.

— Acho que foi aquela fivela, mas agora não me lembro. Na loja, o rapaz que me atendeu desprendeu-a num segundo, mas agora eu não... ai!

— Desculpe — disse Ziba. Ela havia tentado puxar a tira sobre o queixo de Maryam, mas obviamente a fita tinha sido feita para ficar presa. O que sabia ela sobre esse tipo de coisa? O único esporte que praticara quando criança tinha sido o vôlei — e com um *maghnae* para isso, um lenço pesado preto que encaixa, cobrindo suas orelhas e seu peito. — Devo estar deixando passar alguma coisa... — ela disse. — Aqui está a fivela, aqui está a tira...

— Onde está sua bicicleta? — perguntou Susan a Maryam.

— Não tenho bicicleta, June-am.

— Então por que você precisa de um capacete?

— Eu pretendia andar na bicicleta de um amigo.

Susan enrugou a testa. Ziba deu um passo atrás e disse "Sami deve saber".

— Sami? Ele está em casa?

— Não, mas deve chegar a qualquer momento. Vamos entrar, sentar e esperar por ele.

— Oh, puxa! — disse Maryam. Ela foi até o espelho de bordas douradas que ficava do lado oposto à porta da frente. — Você não acha que essa peça de plástico... — ela disse, olhando para seu reflexo.

— Já tentei a peça de plástico — Ziba lhe disse. — Vamos, sente-se, Maryam. Vou fazer uma xícara de chá. Ah... dá pra você tomar chá com o capacete?

— Não sei — disse Maryam. — Ah, eu não quero chá. E se a gente cortar a tira com uma tesoura?

— Não tem por que estragar um capacete novinho. Vamos esperar Sami.

Maryam seguiu Ziba até a sala de estar, mas não parecia nada feliz.

— A bicicleta é da Danielle? — perguntou Susan, seguindo atrás de Maryam.

Isso fez Ziba rir um pouco, por fim — a imagem de Danielle LeFaivre, a mais frívola das amigas de Maryam, teimosamente pedalando uma bicicleta com seu conjunto Carolina Herrera e sapatos de quatrocentos dólares. Maryam deu um suspiro e se sentou no sofá.

— Não — disse ela, — é de outro amigo. — Então, mudou de assunto. — O que você estava regando? — ela perguntou à Susan. — Já tem alguma coisa nascendo?

— Não, eu estava só brincando.

— Ontem, eu fui à escolinha e comprei um pouco de gatária para o Moosh — Maryam lhe disse. — Pensei que você e eu podíamos plantá-la naquele pedaço de terra debaixo da janela da cozinha da próxima vez que você vier a minha casa.

— A bicicleta é do Dave? — perguntou Ziba, abruptamente. Depois se arrependeu, porque Maryam levou um longo tempo para responder.

— Era de Connie.

— Ah.

— Dave pretendia me levar para um passeio no campo neste fim de semana. Ele ainda tem a bicicleta de Connie na garagem, mas achou que seria mais seguro não confiar no velho capacete dela.

— Ah, ele está certo! — disse Ziba. — É como cadeira de carro para crianças, eu acho. Você não deve revendê-los. Têm vida útil limitada.

Quando Sami abriu a porta da frente, era de se pensar que as duas tinham sido resgatadas; elas se viraram rapidamente na direção do som.

Sami não ficou tão chocado quanto deveria, na opinião de Ziba. Tudo que ele disse quando entrou foi "Olá, mamãe. O que aconteceu com o capacete?"

— Será que você consegue me ajudar a tirá-lo? — ela lhe perguntou.

— Mas é claro — ele disse, e se aproximou, fez alguma coisa com a tira que deu um estalo, e tirou o capacete da cabeça dela.

— Obrigada — dise Maryam. — E obrigada a você por ter tentado, Ziba. — Ela se levantou, enfiou o capacete debaixo do braço e pegou a bolsa no sofá.

— Tenha um belo passeio de bibicleta — Ziba lhe disse.

— Obrigada — disse Maryam outra vez, já no saguão de entrada.

— Mas, mamãe? Você vai saber como tirá-lo outra vez? — disse Sami.

— Ah, eu dou um jeito — disse ela. — Até logo.

Parecia que ela estava louca para se afastar deles.

≠

Em julho, Maryam foi para Vermont, para sua visita anual. Deixou Moosh com Sami e Ziba, e Ziba concordou em regar as plantas de sua casa no meio da semana.

Ziba dirigiu o carro até a casa de Maryam em uma manhã de quarta-feira depois de deixar as meninas para um dia no campo. Quando entrou, sentiu-se como uma ladra; havia alguma coisa tão privada e íntima na pequena sala de estar obscurecida. Ela deixou a porta da frente aberta atrás de si, como que para provar que nada tinha a esconder, e foi direto para a cozinha. Uma única chávena lavada e pires estavam na pia, ela reparou. Encheu o regador que Maryam tinha colocado no balcão e caminhou pela casa, parando em cada planta e testando a terra com os dedos. A maioria das plantas estava bem; a semana tinha sido amena e úmida.

No andar de cima, foi até o quarto de hóspedes, onde muitas vezes colocara Susan para dormir quando estavam de visita. A cama de casal com sua colcha branca de crochê, a escrivaninha com seu forro de estampa colorida e o vaso de cerâmica de samambaias (estas necessitando de água) não surpreenderam. E o antigo quarto de Sami — agora uma espécie de depósito para tudo, uma combinação de quarto de costura e escritório e seja o que for — obviamente tinha sido arrumado um pouco antes da partida de Maryam. A escrivaninha estava limpa e as duas camas, com sua juvenil coberta xadrez, estava sem as peças para remendo e para passar que Maryam com freqüência deixava ali.

O quarto de Maryam era menos familiar, e Ziba não pôde deixar de olhar os objetos na escrivaninha assim que entrou. Mas eram os mesmos do ano passado: uma caixa de canetas de madeira pintada em forma de charuto grosso, uma miniatura persa apoiada em um cavalete e uma caixa de mosaico. Nenhuma foto, nem recente nem antiga; estas estariam arquivadas no álbum na estante da sala de estar. Parecia que Maryam tinha decidido há muito tempo como seu mundo deveria ser arrumado e não via razão para variá-lo desde então.

Enquanto Ziba regava a hera que descia da janela, deu uma olhada para fora e viu Dave Dickinson entrando pela calçada da frente. Ora, o que *ele* estava fazendo aqui? Ela esvaziou o regador e se precipitou escada abaixo. Quando chegou à porta, ele estava espiando pela tela com uma das mãos cobrindo os olhos.

— Olá? — ele disse. — Ah, Ziba!

— Estou regando as plantas — ela lhe disse.

— Ah, sim. Claro; eu deveria ter percebido. — Ele recuou um pouco e ela deu um passo para a varanda. (Ela não achava que deveria chamá-lo para entrar sem o conhecimento de Maryam.) Ele estava usando uma camisa de algodão e calças cáqui com as quais parecia ter dormido, e sua cabeça grisalha e cacheada estava desarrumada e parecendo úmida. — Reparei que a porta estava aberta enquanto estava passando — ele disse — e fiquei preocupado que alguma coisa pudesse estar errada.

Por que estava "passando" por uma rua residencial que não levava a lugar nenhum, ele não explicou. E logo perguntou, "Você teve notícias dela?" sem se incomodar em dizer a quem ele se referia.

— Não, mas normalmente não temos — Ziba lhe disse. — Afinal, ela só foi passar uma semana.

— Eu falei com ela depois que ela chegou lá — disse Dave.

— Falou?

— Só para confirmar se tinha chegado bem.

Ele se virou e olhou para a rua. Disse, em um tom precipitado:

— Imagino que *você* não tenha conhecido o marido dela.

— Eu? — disse Ziba. A pergunta era tão inesperada que ela imaginou ter traduzido mal. — Puxa, não — disse. — Eu ainda nem morava neste país quando ele morreu.

— Sim, eu não achei... — Ele seguiu com o olhar um caminhão de jardinagem que estava passando com estrondo. Depois se voltou de novo para Ziba. O cabelo desarrumado lhe dava um ar desconcertado, como se fosse ele quem estivesse surpreso com essa conversa. — Ela ainda é muito ligada à memória dele, eu acho — disse. — Sem dúvida ele foi um homem maravilhoso.

Ziba se perguntou se deveria lhe contar que Kiyan era temperamental e difícil. Pensando melhor, não; melhor não.

— Mas de qualquer maneira, você deve ter notado que gosto dela — ele disse.

— Hmm, sim.

— Ou que a amo, na verdade.

Por alguma razão, Ziba sentiu-se ruborizar.

— Então, Maryam também o ama? — ela perguntou.

— Eu não sei.

Ela achou interessante saber que ele pensava que pelo menos isso podia ser uma possibilidade.

— Mas você deve ter alguma suspeita — disse ela.

— Não, não tenho — ele disse. — Eu não sei o que pensar!

Essas últimas palavras escaparam dele. Ele parou de súbito, como se tivesse chocado consigo mesmo. Depois disse, mais calmo:

— Eu não sei o que ela espera de mim. Não sei como agir. Eu a convido para sair e vamos a algum lugar, a um jantar ou um cinema; ela parece gostar de minha companhia, mas... é como se tivéssemos uma vidraça entre a gente. Eu não sei o que ela está sentindo. Eu me pergunto se ela ainda se sente, digamos, fiel à memória do marido. Ou talvez *presa* a ele, por algum costume social iraniano.

— Não — disse Ziba. — Não existe esse costume.

— Bem, então, alguma outra coisa? Algo como eu precisar pedir a permissão de Sami antes de cortejá-la?

Um pequeno acesso de riso escapou dela. Agora foi a vez de Dave se ruborizar.

— Desculpe, mas o que sei eu? — disse ele.

— Bem, nem eu sei — ela lhe disse. — Maryam pertence a uma geração completamente diferente. Mas posso garantir que ela não pensa que você deve pedir permissão a Sami.

— Então, estou bestificado — disse ele.

Ela nunca tinha escutado essa palavra antes, mas admirou como colocara bem seu ponto de vista.

— Escuta — ela lhe disse. — Que dificuldade tem nisso? Você gosta dela; ela gosta de você. Ela *deve* gostar de você, porque, acredite, Maryam não estaria se encontrando com você se não gostasse. Então, qual é o problema? Tenho certeza de que mais cedo ou mais tarde vai dar tudo certo.

— Está bem — disse ele.

Mas ela sabia que de alguma maneira o havia decepcionado, porque o olhar que ele lhe dirigiu era muito gentil.

— Obrigado por me deixar choramingar — disse ele. E deu um tapinha no ombro dela, virou-se e desceu os degraus da varanda.

— Oh, coitado, coitado do papai — disse Bitsy.

Porque é claro que Ziba lhe contou tudo, sem sequer esperar que ela trouxesse as meninas de volta do campo. Foi direto da casa de Maryam para a dos Donaldson, tocou a campainha rapidamente, foi entrando e dizendo: "Advinha só!"

— Só espero que ele não se machuque — disse Bitsy. Ela estava trocando a fralda de Xiu-Mei no tapete da sala de estar, mas tinha parado quando escutou as notícias de Ziba e nem mesmo reparou que Xiu-Mei tentava pegar o recipiente de lenços umedecidos.

— Por que ele se machucaria? — perguntou Ziba.

— Bom, ele é tão ingênuo, o coitadinho. Tem tão pouca experiência.

— Também Maryam não é tão experiente assim — disse Ziba.

— Não, mas...

— Até onde sabemos, o único homem com quem ela saiu foi o marido.

— Não, mas... bom, você está certa, é claro — disse Bitsy. Mas alguma coisa parecia estar preocupando-a.

— Eu achei que você fosse ficar contente — Ziba lhe disse.

— Ah, eu estou! Francamente, estou. — Ela recuperou o recipiente de lenços, finalmente, e pegou um punhado de lenços da mão fechada de Xiu-Mei. — Mas ficaria muito mais feliz se você tivesse me dito que ela também estava louca atrás dele, telefonando para ele o tempo todo e pendurada no seu pescoço.

— Maryam é uma mulher muito digna — disse Ziba, friamente. — Ela é uma dama. Em nosso país, as mulheres não agem dessa maneira.

Esta deve ter sido a primeira vez que ela usou a expressão "em nosso país". Antes, sempre estava tão ansiosa para dizer que *este* era seu país, e não tinha certeza por que agora deveria ser diferente. Bitsy deve ter notado, porque imediatamente disse "Ah, sim, ela é uma mulher *maravilhosa*, e estou muito, muito contente por que as coisas parecem estar indo em frente com eles".

Então, as duas mudaram de assunto. Xiu-Mei não estava um pouquinho mais rechonchuda? Ziba queria saber, e Bitsy disse que ela realmente parecia mais rechonchuda, agora que Ziba tinha falado, e talvez devessem pesá-la. Então elas subiram as escadas até o banheiro e Bitsy pisou na balança com Xiu-Mei nos braço, depois desceu, passou Xiu-Mei para Ziba e subiu outra vez na balança, e fizeram as contas. Estavam muito animadas e conversadeiras.

Na parede sobre o vaso sanitário estava pendurada uma foto em preto-e-branco com moldura de um Dave muito mais novo com Bitsy e seu irmão Abe, todos eles com perucas esfarrapadas e horrorosas roupas de camponês. Dave usava um conjunto de bigode-e-óculos de Groucho Marx; Connie e Bitsy tinham dentes salientes artificiais, e quatro dos dentes de Abe estavam empretecidos. Essa foto tinha sido tirada no verão em que Mac ficou noivo, Ziba sabia. Connie tinha enviado uma cópia para os pais de Laura com um bilhete dizendo que os futuros parentes queriam se apresentar. Uma brincadeira, é claro, mas Ziba não tinha rido com a devida presteza quando lhe contaram. Como as pessoas podiam se ver de maneira tão leviana?, ela se perguntara. E quem, por Deus, penduraria uma foto de família sobre o vaso sanitário? Algumas coisas com os americanos sempre... a deixavam bestificada.

É possível que ficar longe por uma semana tenha feito Maryam considerar o que Dave significava para ela. De qualquer maneira, depois que ela voltou de Vermont, eles foram vistos juntos com mais freqüência, e realmente pareciam estar *juntos*. Faziam coro às histórias um do outro e lembravam confortavelmente um ao outro experiências compartilhadas, e sentavam-se lado a lado e bastante próximos no sofá. Quando Maryam estava falando, Dave sorria para a sala como se convidasse os outros a se unirem a ele em sua admiração. Quando era Dave quem estava falando, Maryam também sorria, mas dirigia seu olhar discretamente para o colo. Eles agiam como adolescentes, disse Sami a Ziba. Disse que estava contente em ver sua mãe tão feliz, mas isso lhe dava uma sensação esquisita.

Bitsy disse que a fazia se sentir velha. Não podia estar mais satisfeita, ela disse, mas, "Oh, Deus, há quanto tempo você não se ilumina assim quando uma certa pessoa entra na sala? Seja sincera, Ziba".

Isto foi na Festa da Chegada que, depois de tudo, aconteceu na casa dos Yazdan em vez da casa dos Donaldson. Xiu-Mei tinha ficado hospitalizada por três dias na semana anterior — um tipo de bloqueio intestinal, agora resolvido, graças a Deus — e assim, no último minuto, Bitsy se deu por vencida. Ela trouxe o que já havia feito, um prato ao forno e pão caseiro, e Ziba e Maryam puseram-se em ação e prepararam o resto em 36 horas.

Como queria o destino, a lista de convidados foi maior este ano do que tinha sido há algum tempo. Havia até um raro representante do ramo de Maryam da família: Roya, esposa de seu irmão, que estava nos Estados Unidos com a amiga Zuzu para visitar o filho de Zuzu em Delaware. Zuzu ficara assustada por viajar sozinha, era a história. Aparentemente ela não podia ficar sozinha na casa de seu próprio filho, tampouco, ou então Roya também tinha medo de viajar sozinha porque Roya trouxe Zuzu quando veio para Baltimore, e as duas ficaram na casa de Maryam. De certa maneira, isso foi útil: elas ficaram felizes em se juntar à emergência da preparação da comida e Zuzu, que era originária de uma cidadezinha do mar Cáspio, fez um impressionante peixe recheado que foi o centro das atenções. Por outro lado, elas eram daquelas mulheres iranianas tradicionais, olhudas e bisbilhoteiras, e com menos de dez minutos de festa começaram a se concentrar muito minuciosamente em Dave Dickinson. Observavam cada movimento que ele fazia e não evitavam cochichar uma para a outra a cada comentário inconseqüente dele. Sem dúvida elas deviam estar se esforçando para traduzir (nenhuma das duas falava muito o inglês), mas Ziba suspeitou de que estivessem fofocando. Ela ficou interessada ao ver que elas pareciam não ter conhecimento nenhum dele; estavam na casa de Maryam há três dias, mas precisaram de uma apresentação quando ele chegou à festa, e pela primeira reação de afastamento delas, ficou claro que não sabiam que ele tinha importância especial. Então ele disse, "Aha! *Salade olivieh*!" e esfregou as mãos. Ele começou a caminhar em volta da mesa examinando os pratos, que tinham sido dispostos em duas filas compridas.

— *Fesenjun!* — disse, colocando um *u* na última sílaba — soando menos formal e mais íntimo do que "*fesenjan*". — Você que fez? — ele perguntou a Maryam, e ela assentiu, sorrindo para ele com os lábios docemente fechados, e foi aí que as duas mulheres ficaram extremamente, extremamente atentas.

— *Doogh*! — ele disse. — Adoro *doogh* — ele disse para as duas mulheres, e o disse com certo orgulho, sabendo evidentemente que a maioria dos americanos ficaria horrorizada até com a idéia de uma bebida de iogurte com bolhinhas espumantes. Ele pronunciou o som de *gh* com um esforço consciente, risível, praticamente gargarejando em sua tentativa de falar suficientemente do fundo da garganta; e de fato as mulheres riram mesmo — ou sufocaram o riso, pelo menos, cada uma delas levantando a mão à boca e trocando um olhar com a outra. Ele também riu. Deve ter pensado que estava se relacionando lindamente com elas. E Maryam talvez tenha pensado o mesmo, pois continuou sorrindo do outro lado da mesa. Foi Ziba quem, por fim, deu um passo à frente e o pegou pelo cotovelo.

— Espere até ver a *backlava* — ela lhe disse. — Minha mãe trouxe essa manhã.

Mas isso só fez as mulheres trocarem outro olhar. ("Veja como a nora de Maryam o trata com tanta familiaridade!")

— Sua mãe trouxe a *baklava* que ela faz? — disse Dave. — Sou doido por *baklava*. — Ele disse para as mulheres: — Ela faz a massa folhada desde o começo. Vocês não imaginam como fica bom.

Elas fecharam os lábios, como se avaliando alguma coisa. Olharam atentamente para Maryam.

A *baklava* seria servida como o Bolo da Chegada, na verdade. Ziba tinha espetado todo o prato com minúsculas bandeiras dos Estados Unidos e o colocou no aparador no final da refeição. Ela omitiu as velas e não se incomodou de mandar as meninas saírem da sala. Em vez disso, passou direto para o "She'll Be Coming Round the Mountain", e os outros se juntaram a ela — até as próprias meninas. Se Bitsy ficou decepcionada, não demonstrou. Devia estar cansada demais para ligar. Xiu-Mei estava dormindo em seu ombro, a cabeça recostada e a chupeta meio saindo dos lábios abertos, e Bitsy balançou com ela no ritmo da canção. "Pam! Pam!" as meninas estavam gritando. "Venha, meu bem!" Elas cantavam mais alto do que qualquer um, como se tivessem esperado todos aqueles anos por essa oportunidade.

E mais tarde a fita de vídeo foi exibida quase sem ser vista por ninguém: a maioria das pessoas a conhecia muito bem. Jin-Ho foi para um canto brincar de Velha Governanta com duas primas. Linwood e a namorada ficaram que era só cochichos e aconchegos. Algumas das mulheres começaram a limpar enquanto os outros convidados se espalhavam em pequenos grupos, apenas olhando de vez em quando para a tela e comentando como as meninas eram pequeninas, ou como Brad tinha muito mais cabelo, antes de retornarem à conversa. Quando Ziba passou em frente à televisão com uma bandeja de pratos, teve que dizer "com licença" apenas para Susan e Bitsy. Susan estava assistindo ao vídeo de seu lugar no tapete. Bitsy, na cadeira de balanço com Xiu-Mei, parecia a ponto de dormir. Mas então Bitsy perguntou, de repente, "Lembra de quando dizíamos uma para a outra que não queríamos voltar àquele dia por nada no mundo?"

— Lembro — dise Ziba.

— Mas agora eu acho que, de certa forma, eu *gostaria* de voltar. Eu ainda não tinha cometido nenhum erro. Era ainda a mãe perfeita e Jin-Ho ainda era a filha perfeita. Ah, não que eu esteja dizendo... não quero dizer...

— Eu sei o que você quer dizer — Ziba lhe disse, e teria abraçado Bitsy se não tivesse com as mãos cheias de pratos de bolo.

— Como você acha que era a vida delas antes que viessem para nós? — perguntou Bitsy, não pela pela primeira vez. — Elas tiveram todos aqueles meses de experiências sobre os quais nunca saberemos. Tenho certeza de que foram bem tratadas, mas, oh, me mata, realmente me mata não ter estado lá segurando

Jin-Ho quando ela abriu os olhos pela primeira vez no dia em que nasceu.

No dia em que Susan nasceu, Ziba estava do outro lado do mundo se perguntando se seria capaz de amar um bebê totalmente estranho. E tinha chorado pela metade de uma noite algumas semanas depois da chegada de Susan, sem saber por que estava chorando, até que de repente ela pensou, "O que aconteceu com meu *próprio* bebê?"

Duas coisas que ela nunca diria em voz alta para ninguém — nem para Bitsy, nem mesmo para Sami.

— Ah, olha só para ela — disse Ziba. — De qualquer maneira, ela ficou muito bem, não ficou? — Pois Jin-Ho estava rindo alegremente enquanto Deirdre, examinando o cartão que tinha acabado de pegar, fingia desespero.

Na cozinha, Ziba encontrou a mãe lavando os pratos. Roya e Zuzu estavam colocando as sobras em potinhos para serem congeladas, e Maryam amarrava o cordão de um saco plástico de lixo. Dave disse, "Ah, Maryam-june! Não carregue isso! Deixa comigo!" e deu um passo à frente para tomar o saco dela. Maryam se ergueu, soprando os fios de cabelo que estavam no rosto. Roya abaixou uma tigela de salada e lançou um olhar comprido para Zuzu.

Susan começou o jardim-de-infância naquele setembro. Ela fora aceita em uma escola particular do condado de Baltimore. Toda manhã, Sami a levava de carro até lá, já que de qualquer maneira ele trabalhava na região, e nas segundas, quartas e sextas Ziba a buscava. Mas o jardim-de-infância terminava ao meio-dia, o que significava que nas terças e quintas Maryam tinha que ir buscá-la. Maryam trazia Susan para casa, dava-lhe o almoço e ficava com ela até Ziba chegar, várias horas mais tarde. Ziba falou com

Maryam que estava preocupada, achando que isso era uma imposição, agora que Maryam estava tendo uma vida social ocupada; mas Maryam disse, "O que você quer dizer, ocupada?" Ziba não respondeu.

Muitas vezes, quando Ziba chegava na casa de Maryam, encontrava Dave. Ele ficava sentado na cozinha enquanto Maryam preparava o jantar e Susan brincava com o gato. (Mais tarde, Ziba perguntaria a Susan: "Dave almoçou com vocês?" e na maioria das vezes Susan dizia: "Mmmmmmm." Não havia como saber se ele havia ficado lá mais tempo. Toda manhã? Toda a noite anterior?)

Tocantemente, Dave fazia um movimento para se levantar quando Ziba entrava. "Ora, olá! Que bom ver você", dizia, passando uma das mãos pelos cabelos grisalhos. Uma xícara de café estaria na mesa a sua frente — ele bebia café a qualquer hora — e uma pilha amontoada de jornais. Ele gostava de ler alto os jornais e fazer comentários com Maryam. Assim que Ziba se virava para saudar Susan, ele se sentava outra vez e continuava fazendo o que tinha interrompido.

— Escuta isso — dizia a Maryam. — Este homem foi preso por violência no trânsito quando praticava seu jogging, pelo amor de Deus! — Maryam sorria e completava seu café com o bule que ela mantinha para ele. — Ah, obrigado! — ele dizia.

Ele nunca deixava de manifestar sua gratidão — outra qualidade tocante. Embora Ziba achasse que a leitura dos jornais podia ficar um pouco aborrecida. "Moradores da região se queixaram que as dançarinas dos clubes exóticos se apresentavam com os seios desnudos", ele lia de outra página. "Desnudos! Não é uma graça?" Maryam ria gentilmente enquanto enxaguava o bule de chá de Mil Faces. Onde estava o novo aparelho elétrico? Ah: empurrado para o fundo do balcão, meio escondido por um pacote de pão pita.

Susan disse que um menino chamado Henry a chamara de cara de pateta e cabeça de pateta.

— Meninos são assim mesmo — Maryam lhe disse, e Dave anunciou com certa urgência: "Agora, aqui está um grupo de pais protestando contra as taboadas de multiplicar." Ziba pensou em como uma criança se pendura na saia da mãe quando ela está ao telefone, pedindo biscoito, leite, suco, queixando-se de dor de barriga, desesperada para reclamar sua atenção.

— Eles acham que a memorização pela repetição amortece o gosto do aluno pela aprendizagem — disse Dave. — E não vêem por que alguém tem que analisar as frases. Isso é coisa antiga, eles dizem. — Ele abaixou o jornal para franzir a testa para Susan por sobre os óculos. — Você *precisa* analisar as frases, mocinha. Não deixe ninguém lhe dizer que não.

— Está bem — disse Susan.

— Se um certo âncora de TV soubesse analisar uma frase, não teria noticiado em rede nacional que, como pai de duas crianças pequenas, o sarampo estava varrendo o país.

— Hã?

Maryam acendeu a chama debaixo da chaleira.

— Hoje foi seu dia com a mulher da pele de leopardo? — ela perguntou a Ziba.

— Sim, e você não vai acreditar. Agora ela quer cortinas com listras de tigre no quarto do casal. Eu disse: "Mas o papel de parede tem listras de zebra!" Ela disse: "Claro. É um quarto temático".

Maryam se encostou no balcão e cruzou os braços. Estava usando um avental branco comprido sobre calças compridas pretas; parecia viçosa e quase magra demais.

— A noite passada eu tive um sonho dos mais perturbadores — ela disse. — Você acabou de me fazer lembrar. As listras de zebra me fizeram lembrar. Eu estava dirigindo um carro por uma cidade estranha, tentando chegar ao zoológico, e não conseguia achar um lugar para estacionar. Então finalmente estacionei em uma rua lateral. E então eu disse para a moça do ingresso: "Ah! Esqueci onde estacionei!" Eu disse: "Espere um minuto; eu só preciso ter certeza de que consigo voltar a meu carro." Então eu me virei e passei por uma rua, passei por outra rua... mas não conseguia achar meu carro. Todas as ruas pareciam iguais.

— Maryam, querida? — disse Dave, abaixando seu jornal. — Você está se sentindo particularmente ansiosa ultimamente?

— Por quê? Não, não que eu...

— Porque eu chamaria esse de um sonho de ansiedade. Você não acha, Ziba?

— Bem... — disse Ziba.

— Eu tenho que dirigir até a casa de Danielle amanhã à noite — disse Maryam. — E você sabe que ela mora fora da cidade.

— Arrá, é isso — Dave lhe disse. — Você detesta dirigir à noite! Você não tem visão noturna. Sempre acaba se perdendo.

— Não sempre.

— Eu dirijo para você.

— Não, não...

— Eu dirijo! Ficarei à sua disposição! Levo você até lá e volto para buscá-la na hora combinada.

— Isso é uma bobagem — Maryam lhe disse.

— Ah, deixe ele, Mari-june — disse Ziba.

— Sim, me deixe, Mari-june. Além disso — disse Dave. Ele piscou para Ziba. — Assim vou finalmente conseguir conhecer a famosa Danielle.

— Você ainda não conhece Danielle? — perguntou Ziba.

— Não conheço nenhuma das amigas dela.

— Ora, Maryam. Você tem que apresentá-lo — disse Ziba. — Convide-o para entrar quando ele for buscá-la.

Normalmente, ela não seria tão atirada, mas de repente sentiu uma impaciência que cresceu quase à raiva. Você não acha que Maryam poderia mostrar um pouco mais de entusiasmo? Ela claramente amava esse homem: por que era tão rígida, tão obstinada, tão *frustrante*?

Mas Maryam disse: "Eu mesma vou dirigir, obrigada", e se virou de novo para a chaleira.

Então Susan se queixou que Moosh tinha puxado seu cabelo, e Ziba lhe disse o que esperava, se tinha balançado suas tranças na cara dele, e Dave disse, "Olha isto! Agora as igrejas estão projetando as palavras dos hinos em telas suspensas com bolinhas saltitantes, como em um karaokê. Dizem que dá muito trabalho as pessoas lerem as estrofes nos hinários. Pelo amor de Deus! Muito trabalho!"

Maryam estalou a língua. Ziba disse a Susan para pegar suas coisas porque elas tinham de ir embora.

Quando os Donaldson deram sua festa de limpeza-das-folhas em outubro, Maryam compareceu. Ela não havia comparecido no passado, não depois da primeira vez. ("Eu tenho minhas próprias folhas para limpar", ela sempre dizia, embora suas próprias folhas fossem de carvalho e mal começassem a mudar na época.) Mas aqui estava ela, saindo do lado do carona do carro de Dave e acenando para os outros. Ela primeiro entrou na casa para deixar a bolsa e uma garrafa de vinho e depois se juntou a Dave, que já estava começando a limpar a parte da frente. As meninas também estavam ajudando esse ano, cada uma manejando um ancinho para criança e competindo para ver quem fazia a pilha mais alta. Xiu-Mei estava sentada em um encerado que Brad tinha colocado ali perto, tentando pegar os brilhantes ilhoses de latão.

Dava pra ver que ela não tinha muita prática no uso das mãos. Elas se moviam tão hesitantes e imprevisivelmente quanto aquelas tenazes dos jogos mecânicos de "pescaria".

Era um dia perfeito para isso — uma tarde clara de um sábado com vento, quente o suficiente para que pouco a pouco as pessoas fossem se livrando dos suéteres. A mãe de Brad que, como sempre, estava apenas de pé por ali, de maneira decorativa, juntou os suéteres e os empilhou ao lado de Xiu-Mei. Bitsy parou de trabalhar por um minuto para entrar e ver como estava o jantar. O pai de Brad começou uma tediosa discussão sobre o mercado imobiliário com Sami, e Dave deixou seu ancinho para ir até as meninas perguntar alguma coisa. Ziba não podia ouvir o que ele estava dizendo. Tudo que escutou foi Sami dizendo a Lou como as seguradoras estavam dificultando a construção de casas ultimamente.

Bitsy voltou da casa com uma jarra e uma pilha de copos.

— Quem quer limonada? — ela perguntou, e as meninas disseram:

— Eu quero! Eu quero!

Ziba deixou o ancinho e foi ajudar, mas os homens continuaram trabalhando. Também Maryam, até Dave dizer:

— Maryam? Quer parar para uma limonada?

— Ah — ela disse — talvez mais tarde. — Estava passando o ancinho pela entrada dos carros com movimentos lânguidos, preguiçosos. Ela não gostava de bebidas doces, Ziba sabia — mas jamais seria tão rude a ponto de dizer isso.

Dave foi até Bitsy e aceitou um copo de limonada. Depois, curvou-se e sussurrou para as meninas. Jin-Ho disse "Oh" e devolveu o copo para Bitsy. Susan disse "Toma, mamãe", e deu o seu para Ziba. Elas seguiram Dave pelo gramado até Maryam. Bisty ergueu as sobrancelhas para Ziba, mas Ziba não tinha a menor idéia.

— Maryam? — Dave está dizendo. — Você não quer se sentar? Eu lhe trouxe um copo de limonada.

— Ah, obrigada, mas...

— Senta, Mary-june! Senta! — Susan disse, e Jin-Ho disse:

— Por favor, por favor, senta.

Elas estavam puxando os braços de Maryam e rindo. Maryam parecia confusa, e não era de se admirar; o único lugar para sentar era diretamente no chão. Mas ela se permitiu ser puxada, finalmente, até estar bem sentada em um pedaço de grama musgosa já limpa. Então Dave lhe deu a limonada.

A distância, Sami dizia para Lou: "É como se as seguradoras tivessem se esquecido completamente de que o risco faz parte do trabalho delas. Elas não farão o seguro de uma casa que alguma vez teve um vazamento; não importa se o vazamento foi há tanto tempo que..."

— Sami? — chamou Dave.

Sami parou e olhou para ele.

— Meninas — disse Dave.

Ainda rindo, as meninas tiraram alguma coisa dos bolsos. Elas se acercaram ainda mais de Maryam e começaram a se ocupar com alguma coisa bem sobre sua cabeça. Maryam disse: "O quê...?" Ela tentou se desembaraçar das mãos delas, mas as duas estavam bem em cima, quatro mãos insistentes fazendo movimentos rápidos e alvoroçados.

— É açúcar! — Susan gritou. — Estamos espalhando açúcar!

— Quê...?

— Maryam — disse Dave. — Você quer casar comigo?

Maryam parou de bater no cabelo e olhou para ele. As meninas ainda estavam jogando açúcar, mas Dave disse "Está bem, crianças, já chega". Relutantemente, elas se afastaram.

— O quê? — disse Maryam.

— Este é um pedido formal — ele disse, e ficou de joelhos ao lado dela. — Quer ser minha esposa?

Em vez de responder, ela olhou para as meninas. Era certo que suas mãos estavam cheias de cubos de açúcar — os retângulos brancos uniformes que vieram na caixa amarela Domino.

O açúcar devia ser em forma de cone. Era o que eles usavam no Irã: grossos cones brancos de açúcar com cerca de 15 ou 20 centímetros de altura. E as pessoas que os espalhavam deviam ser mulheres adultas conhecidas por terem casamentos felizes, e elas deviam ter feito isso sobre um véu para que os cristais não manchassem o cabelo de Maryam como pontos de caspa. E nunca eram espalhadas na hora dos pedidos. Isso acontecia só nos casamentos.

Ou Dave tinha sido gravemente mal informado ou então ele tinha decidido mudar toda a tradição. Alterá-la e embelezá-la. Americanizá-la, podia-se dizer.

Maryam desviou os olhos das meninas para os outros. Bitsy sorria com sua jarra, Pat juntava as mãos como se fosse orar, Sami e Lou engoliam em seco e a própria Ziba... o quê? Provavelmente de queixos cerrados com a tensão, porque seria tão triste se ela dissesse não para esse pobre homem, doce e tolo.

Maryam olhou para Dave outra vez.

— Sim — ela disse.

Todos deram vivas.

No domingo, Ziba acordou com dor de cabeça por ter bebido champanhe demais. Tinha sido uma comemoração desordeira, estendendo-se até tão tarde que finalmente a própria Maryam foi quem a terminou. Àquela altura, as duas meninas estavam dormindo profundamente no sofá, o que Ziba teria visto mais cedo se não tivesse tão embriagada. Sami teve que carregar Susan até o carro. (Praticamente teve que carregar Ziba.) Ele mesmo bebeu muito pouco porque estava dirigindo, e esta manhã estava alegre — até presunçoso —, calçando as meias enquanto Ziba dizia: "Ai, ai, minha cabeça", apertando os olhos para o despertador. Nove e quinze.

— Meu Deus — disse ela. — Onde está Susan?

— Lá embaixo, vendo TV.

— Sinto como se tivesse uma bola de boliche na minha cabeça. Viro para cá... pam! Viro para o outro lado... pam!

— Quer uma aspirina?

— Acho que vou vomitar.

— Eu te avisei — Sami lhe disse.

— Sami, nem comece. Tá legal?

Ele se levantou e foi de meia até o banheiro. Ouviu a porta do armário de remédios se abrindo.

— Um ou dois? — gritou ele.

— Quatro — ela disse.

Ela escutou a água correndo.

— Espero que Maryam não esteja se sentindo tão mal — ela disse.

— Ela não bebeu tanto assim, pelo que vi.

— Ah, que ótimo, eu fui a única?

— Bom, o Brad estava entornando bastante, e me pareceu que Pat e Lou estavam bem...

Lá em baixo, a campainha da porta tocou.

Sami saiu do banheiro e lançou um olhar indagador para ela.

— Não atenda — Ziba lhe disse.

Mas um momento depois Susan chamou!

— Mamãe? Mari-june está aqui.

Ziba disse "Ah, meu Deus", e se atirou novamente sobre o travesseiro.

— Eu vou — disse Sami. Ele colocou duas aspirinas na mesa de cabeceira, junto com um copo d'água, e saiu do quarto. Depois de uma pausa, Ziba escutou seu alegre, "Olá, Mamãe!" e depois murmúrio, murmúrio — vozes normais da manhã que fizeram Ziba se sentir ainda pior.

Bem, não havia como escapar; ela precisava aparecer. Sentou-se para tomar a aspirina. Depois se arrastou da cama e foi até o armário pegar o robe.

Quando chegou lá embaixo, Maryam estava sentada à mesa da cozinha observando Sami encher a chaleira. Tenha ou não bebido muito champanhe, Maryam tinha a doentia aparência eviscerada de quem ficou acordada até muito tarde. Seu blazer preto tornava sua pele quase amarela, e ela não estava usando batom.

— Bom dia, Mary-june! — disse Ziba. Tentou parecer descansada e cheia de energia.

— Bom dia, Ziba — disse Maryam. Eu estava acabando de dizer a Sami que me sinto péssima.

— Ah, é verdade? Eu também. Eu não sei como pude ser...

— Este foi o pior erro da minha vida.

— Como? — disse Ziba.

Ela olhou para Sami. Ele agora estava de pé ao lado do fogão, esperando a chaleira ferver.

— Mamãe não queria dizer sim — ele lhe disse.

— Não queria...?

— Eu estava tentando ser... — Ela deixou escapar uma espécie de risadinha, embora sua expressão continuasse sombria. — Eu estava tentando ser educada — ela disse.

— Educada! — ecoou Ziba.

— Bem, o que *você* teria feito? Se alguém a colocasse em um holofote como aquele e lhe pedisse em casamento na frente de todo mundo? Engraçado — disse Maryam —, eu sempre fiquei espantada com os pedidos muito públicos. Os homens que fazem o pedido com cartazes ou contratam um avião para voar com uma flâmula grande. E se as mulheres não quiserem se casar? Mas ali estão elas, na armadilha. Aos olhos do público, e então o que podem dizer a não ser sim?

Ziba estava sem fala. Depois de um momento, Sami deu um pigarro e disse:

— Bem, ah, mas sempre supus que esses casais tivessem chegado a algum entendimento prévio, para que os homens se sentissem razoavelmente seguros da resposta delas. Você está dizendo que você e Dave nunca discutiram o assunto?

— Nunca — disse Maryam. Depois ela hesitou. — Ou nunca com tantas palavras, pelo menos.

Sami levantou a cabeça.

— É verdade que temos sido... um casal há algum tempo — disse ela. — Admito que ele significa muito para mim. E minha primeira reação ontem foi "sim"; não vou negar isso. Mas nem dois minutos mais tarde eu pensei, Meu Deus, o que foi que eu fiz?

Ela olhou para Ziba quando disse isso. Em vez de responder, Ziba afundou na cadeira à frente dela. Não sabia se o buraco em seu estômago vinha da ressaca ou do desânimo.

— Ele é tão americano — disse Maryam, e se abraçou como se sentisse frio. — Toma tanto espaço. Parece ser incapaz de deixar algum lugar como está; sempre tem que alterá-lo, ligar o ventilador, ou subir o termostato, ou colocar um disco, ou abrir as cortinas. Ele encheu minha vida de telefones celulares e secretárias eletrônica e um bule extravagante que deixa meu chá com gosto de metal.

— Mas, Mari-june — Ziba ousou dizer. — Isso não é americano; é só... masculino. — Então ela lançou um rápido olhar para Sami, mas ele estava concentrado demais na mãe para se ofender.

— Não, é americano — disse Maryam. — Não consigo explicar por que, mas é. Os americanos todos são maiores do que a vida. Você acha que se ficar com eles também ficará maior, mas então você vê que eles fazem você se encolher; eles se expandem e empurram você. Eu posso me sentir deslizar. Estou pensando há algum tempo! E então, antes que eu possa dizer isso, ele faz esta coisa em público.

Ela estava falando de uma maneira extraordinariamente afetada, Ziba reparou, e com mais sotaque, talvez para provar que ela própria não era americana em nada — que era o oposto de americana. E sua postura encolhida, tão pouco comum nela, a fazia parecer menor.

— Toda essa confusão com nossas tradições — disse ela. — Nossa comida, nossas músicas, nossas festas. Como se ele as estivesse roubando!

— Ah, bom, mas mamãe — disse Sami. — Esta é uma característica *boa*, o interesse dele por nossa cultura.

— Ele está se apoderando de nós — ela disse, sem escutar. — Nos invadindo. Ele está me fazendo sentir que não tenho minha própria individualidade. O que foi aquela cerimônia do açúcar, se não um roubo? Porque ele a tomou e depois a mudou, manipulou-a para servir a seus propósitos.

Ainda que quase tivesse pensado a mesma coisa também, Ziba disse:

— Ah, Maryam, ele só quis mostrar que respeita nossa maneira de fazer as coisas. — Subitamente, ela estava cheia de simpatia por ele, lembrando-se de Dave de joelhos e de seu rosto transparente, ansioso. — Você não pode dizer que ele é americano demais e depois culpá-lo por tentar agir como iraniano. Não tem lógica.

— Pode não ter lógica, mas é assim que eu me sinto — disse Maryam.

A chaleira agora estava fervendo e Sami se virou para tirá-la do fogo. Ziba não sabia como ele podia encarar isso com tanta calma. Ela perguntou a Maryam, "Você não pode dar mais tempo? Talvez seja só um caso de, como eles chamam isso? Vacilação."

— Eu *já* dei bastante tempo — disse Maryam. — Caso contrário teria dito a ele ontem à noite. Mas não, tudo que disse ontem à noite foi que já era tarde e eu estava cansada; ele devia me deixar em casa e eu o veria de manhã. E então esta manhã vim até vocês dois primeiro para explicar a situação, porque eu sei que todo mundo ficará chateado comigo. Todos vocês, e não os culpo. Isso vai causar um constrangimento na amizade de vocês com Brad e Bitsy.

— Ah, não se preocupe com isso — disse Sami, embora a própria Ziba estivesse preocupada exatamente com isso. Aqui estavam eles, prestes a unir as fileiras, tornar-se uma grande família feliz! Será que os quatro agora deixariam de ser amigos? E o que diriam às meninas?

Mas Sami estava dizendo, "Se você não pode se casar com ele, não pode. Não existem duas saídas para isso".

— Obrigada, Sami-jon — disse Maryam.

Depois ela olhou para Ziba, mas Ziba não disse nada.

Então Maryam lhes disse que tinha que ir.

— Quero terminar logo com isso — ela disse — recusou a xícara de chá e pegou sua bolsa. — Tchau, Susan — ela disse ao passar pela sala. Sami a seguiu, mas como estava sem sapatos, não a acompanhou até o carro. Ele parou na porta da frente, com Ziba a alguma distância atrás.

— Dirija com cuidado — disse ele.

Ziba permaneceu calada. Não conseguia controlar seu sentimento de ultraje. Nada disso deveria ter acontecido, ela queria dizer. Queria gritar isso. Era tudo tão desnecessário, e tão cruel, e não havia desculpa para nenhuma parte do comportamento de Maryam, do começo ao fim.

Maryam estava descendo os degraus, caminhando em direção à rua, com sua bolsa apertada no corpo. Parecia muito menor do que o habitual. Com seu blazer preto e calças pretas justas, era apenas uma figura comprimida, de costas eretas, frágil e inteiramente sozinha.

– 9 –

A irmãzinha de Jin-Ho ficava com a chupeta na boca umas cem horas por dia. O único momento em que a chupeta saía era quando ela estava comendo, mas como realmente não gostava de comer, não demorava muito. Devido ao fato de não comer, ela era magrinha-magrinha, toda miudinha. Já estava com dois anos, mas Jin-Ho ainda podia carregá-la. Portanto, a mãe de Jin-Ho disse que eles teriam que se livrar da chupeta. Talvez então Xiu-Mei se interessasse mais pela comida.

Só que não funcionou. "Peta! Peta!", Xiu-Mei berrava. (Era assim que ela chamava as chupetas, por que era assim que a vovó Pat dizia.) A mãe de Jin-Ho dizia: "As petas acabaram, meu benzinho", mas Xiu-Mei não se aquietava. Ela berrava e berrava, e a mãe de Jin-Ho foi para o andar de cima com dor de cabeça e fechou a porta do quarto. Então o pai de Jin-Ho carregou Xiu-Mei pela casa e cantou para ela uma canção chamada "Meninas Crescidas não Choram", mas ainda assim ela continuou berrando. Por fim, ele disse um palavrão, colocou-a no sofá não muito gentilmente e foi para a cozinha. Jin-Ho também foi porque os gritos incomodavam seus ouvidos. Ela coloria as figuras de seu livro enquanto o pai esvaziava a máquina de lavar. Ele fez um barulhão, suficiente para afogar o barulho de Xiu-Mei, e de vez em quando distraidamente cantava outra parte de sua canção. "Me-meninas crescidas... não...chora-a-a-am", ele cantava com uma voz aguda de menina. Em geral, quando os pais de Jin-Ho cantavam isso, ela ficava maluca porque eles não marcavam as notas da maneira certa. Desta vez, no entanto, estava bem, porque ele só estava fazendo palhaçada. "Nã-ão chora-a-m", ele cantava e o "não" era tão baixo que ele tinha que prender o peito para chegar até lá.

Então Xiu-Mei parou de gritar. O pai de Jin-Ho virou-se da lavadora e olhou para Jin-Ho. Estava tudo muito, muito quieto. Ele voltou na ponta dos pés até a sala, e Jin-Ho levantou-se da cadeira e foi na ponta dos pés atrás dele.

Xiu-Mei estava sentada no sofá lendo seu livro de imagens favorito, ativamente chupando a chupeta que devia ter achado entre as almofadas.

Porque ela não tinha só uma chupeta; tinha dezenas. Deve ter tido milhares. Tinha umas dez em cada cômodo, e mais no seu carrinho e mais no berço e mais nos dois carros para que nunca ficasse sem nenhuma. A mãe de Jin-Ho tinha juntado punhados delas mais cedo de manhã, mas não havia jeito de conseguir pegar todas.

Assim, naquela tarde, durante a soneca de Xiu-Mei, a mãe de Jin-Ho anunciou um novo plano. Elas iam fazer uma festa. Assim que Xiu-Mei acordou elas lhe contaram: "Adivinha, Xiu-Mei! No próximo sábado vamos fazer uma grande festa e a Fada das Chupetas vai chegar voando para levar todas as suas chupetas e deixar em seu lugar um maravilhoso presente para você." Até Jin-Ho lhe disse isso. (A mãe lhe pedira para falar com ela sobre isso.) "Só mais seis dias para a fada chegar, Xiu-Mei!" Xiu-Mei só olhou para eles e fez um ruído alto com a chupeta. Raras vezes ela falava alguma coisa, pois sua boca em geral estava cheia.

— Qual vai ser o presente? — perguntou Jin-Ho, mas sua mãe disse: "Ah, isso é um segredo", o que provavelmente significava que ela não sabia. Jin-Ho não era tola. Se a Fada das Chupetas podia voar, devia trazer alguma coisa que os mortais sequer podiam imaginar.

— A Fada das Chupetas também trouxe um presente para mim? — perguntou ela para a mãe.

— Bem, não, na verdade, porque você nunca usou uma chupeta. Isso foi muito impressionante para a Fada das Chupetas! Ela realmente admirou muito, muito, você por isso.

— Eu queria que ela tivesse me trazido um presente — disse Jin-Ho.

A mãe riu como se Jin-Ho tivesse dito uma piada, embora não tivesse.

— E como ela sabe quando vir? — perguntou Jin-Ho.

— Bem, ela é mágica, é claro.

— Então por que ela não veio hoje de manhã, pra você não precisar esconder as chupetas sozinha?

— Ah, isso foi só... um problema de comunicação — sua mãe disse.

— E se no sábado você tiver outro problema de comunicação e...

— Vai dar certo, tá bom? — disse a mãe. — Confie em mim. Eu prometo que vai dar certo.

— Mas se não deu certo hoje de manhã...

— Jin-Ho — sua mãe disse. — Já chega! Vamos mandar uma carta para a Fada. Isso é suficiente pra você?

— Acho que seria mais seguro — disse Jin-Ho.

Assim a mãe foi para o computador e imprimiu um cartão especial com uma cegonha carregando um nenê porque não conseguiu encontrar uma foto de uma chupeta. Dentro, ela escreveu em letras de forma para que Jin-Ho pudesse ler sozinha: SÁBADO, DIA 20 DE SETEMBRO DE 2003, ÀS 3 HORAS DA TARDE, POR FAVOR VENHA BUSCAR AS CHUPETAS DE XIU-MEI. Ela colocou o cartão em um envelope de depósito bancário, e naquela noite, quando eles estavam fazendo churrasco de frango no quintal, colocou o envelope na grelha e eles ficaram vendo-o se transformar em fumaça. O pai de Jin-Ho disse: "Puxa, Bitsy!", e com as pinças afastou um espeto dos pedacinhos pretos de papel carbonizado. A mãe de Jin-Ho disse: "Eu sei! Eu sei! Você não precisa me falar!" Então ela se enfiou em uma espreguiçadeira. "Como foi que me meti nisso?", perguntou ela a ele.

Mas depois disso ela se alegrou.

— Venha se sentar junto comigo, benzinho, disse para Xiu-Mei, e Xiu-Mei deu seus passinhos de bebê até lá e subiu no seu colo. A chupeta desta noite era amarela, no formato parecido com um 8. — Era uma vez — a mãe de Jin-Ho começou a contar — um fada miudinha e cintilante que era conhecida como a Fada das Chupetas.

— Realmente espero que não nos arrependamos disso — disse o pai de Jin-Ho.

A quem convidar? A qualquer um que puder vir, disse o pai de Jin-Ho. Eles discutiram sobre isso no jantar.

— Convide o maldito do carteiro, se quiser. Convide os rapazes da coleta de lixo.

— Sim! Alphonse! — disse Jin-Ho.

— Quem é Alphonse?

— Um dos rapazes da coleta de lixo.

— Vamos convidar meu pai, é claro — disse a mãe de Jin-Ho. — E seus pais. E meus irmãos e suas famílias. Bem, é uma desculpa pra gente se reunir! A questão da chupeta realmente é incidental. E os Copeland, porque a pequena Lucy será companhia para Xiu-Mei. E talvez... o que você acha? Os Yazdan? Ou não.

Ela estava olhando para o pai de Jin-Ho, mas foi Jin-Ho quem respondeu.

— Nós sempre convidamos os Yazdan! Eu sempre tenho de brincar com aquela mandona da Susan.

— Na verdade, não os convidamos sempre — o pai dela lhe disse. — Há quase um mês que não os vemos. Não queremos que as coisas fiquem desagradáveis, Bitsy. Acho que devemos convidá-los.

— Bem, não é por falha minha que não os vemos — disse a mãe de Jin-Ho. Ela passou uma asa de frango para Xiu-Mei. Xiu-Mei não podia mais ficar com a chupeta na mesa, mesmo assim ela só virou a asa de um lado, virou a asa do outro, e depois a colocou no prato. — Sabe, de certa forma Ziba está diferente comigo desde o rompimento — disse a mãe de Jin-Ho. — Ela parece... eu não sei. Constrangida.

— Ela está ansiosa; é só isso. Ela teme que você tenha isso contra ela.

— Bem, mas é um absurdo. Ela sabe que sou uma pessoa justa. Por que poderia culpar *a ela* por algo que a sogra fez?

Maryam, ela quer dizer. A avó de Susan. Que uma vez quase se casou com o avô de Jin-Ho; e se tivesse casado, então ela seria também avó de Jin-Ho. (O pai de Jin-Ho tinha dito que também a mãe de Jin-Ho teria sido tia de Jin-Ho. "Você poderia começar a chamar sua mãe de "tia Bitsy", ele tinha dito. Jin-Ho disse: "Quê? Eu não entendo.") Mas Maryam tinha mudado de idéia, e agora eles não a viam mais. Ela não fez seu jantar de ano-novo na primavera e estava viajando na Festa da Chegada daquele ano. "Convenientemente" viajando, a mãe de Jin-Ho tinha dito. Jin-Ho queria estar *ela* viajando. Odiava as Festas da Chegada.

— O que acha disso — disse o pai de Jin-Ho. Ele agora estava falando com Jin-Ho. — Nós convidamos os Yazdan, mas também convidamos uma amiga de sua escola para que você possa brincar com alguém que não seja mandona.

— Oh! Brad? — disse a mãe de Jin-Ho. — Por que ficar complicando minha lista de convidados? Isso é só uma complicação a mais.

— Ora, querida, você se lembra de como era quando você era criança, seus pais sempre empurrando os filhos dos amigos para você, mesmo que os filhos dos amigos fossem uns idiotas.

— Susan Yazdan não é uma idiota!

— O que eu quis dizer foi...

— Quero convidar Athena — disse Jin-Ho em tom categórico.

A mãe de Jin-Ho disse "Oh".

Athena era afro-americana, o que a mãe de Jin-Ho aprovava.

— Bem, está bem — ela disse a Jin-Ho. — Mas me prometa que você não fará Susan se sentir deslocada. Ela é uma convidada. Promete?

— Claro.

De qualquer maneira, era o contrário. Era Susan quem deixava uma pessoa se sentir deslocada.

A mãe de Jin-Ho disse:

— Um dia, querida, você vai dar valor a essa amizade. Eu sei que você não pensa isso agora, mas pensará. Um dia vocês podem até viajar para a Coréia juntas e ver suas mães biológicas.

— Por que a gente vai querer fazer isso? — perguntou Jin-Ho.

— Vocês podem fazer isso! Nós não nos importaríamos! Nós apoiaríamos vocês e as estimularíamos!

— Bom, voltando ao assunto — disse o pai de Jin-Ho.

Jin-Ho não estava a fim de viajar para a Coréia. Ela nem mesmo gostava da comida da Coréia. Não gostava de usar aquelas roupas com as costuras duras, piniquentas por dentro, e ela nunca, nunca, nem mesmo uma única vez em sua vida tinha assistido àquela estúpida fita de vídeo.

O avô de Jin-Ho disse achar que eles deviam fazer isso de maneira mais gradual.

— É como deixar de fumar disse ele. — Vocês não podem esperar que Xiu-Mei corte tudo de uma vez, em um único dia.

— Bem, eu compreendo seu ponto de vista — disse a mãe de Jin-Ho. — Talvez você esteja certo.

Eles estavam na sala de TV. Era segunda-feira de manhã, e ela estava dobrando as roupas limpas enquanto esperavam Xiu-Mei terminar a soneca.

— Então — ela disse — vamos ver como poderíamos fazer isso. Talvez hoje eu lhe diga que não vai ter mais chupeta no carro. Só quando estivermos em casa, vou dizer; não quando estivermos fora.

— Então, é melhor você se livrar de todas as chupetas que estão no banco de trás — Jin-Ho lhe disse.

— Sim, sim, eu sei... Elas estão por toda parte! Nem acredito que eu realmente saí e *comprei* todas essas coisas infernais!

Ela agitou uma fronha com um estalo e a dobrou no meio.

— Então, amanhã — disse — eu vou dizer nada de chupetas no quintal também. Vocês sabem como Xiu-Mei gosta do balanço. Ela terá que passar sem a chupeta se quiser ir até o balanço, vou dizer. E na quarta, ela não vai poder ficar com a chupeta em lugar nenhum, exceto no berço. E depois, não na hora da soneca, na quinta; e então na sexta será sua última chupeta à noite antes da festa do sábado.

— Eu tinha pensado mais em um ou dois meses — disse o avô de Jin-Ho. — Por que exatamente essa pressa?

— Não posso esperar um mês! Não suporto mais isso! Essas malditas coisas estão me deixando doida!

Jin-Ho e seu avô se olharam. Às vezes a mãe de Jin-Ho ficava mesmo meio louca.

— Hoje na escola nós falamos dos planetas — disse Jin-Ho.

— É mesmo? — seu avô disse com um tom de voz mais alegre que o de costume. — E de qual planeta você gostou mais, Jin-Ho?

— Plutão, porque ele parece meio sozinho.

— Eu poderia agüentar se ela comesse melhor — disse a mãe de Jin-Ho. — Mas parece que ela acha a chupeta tão satisfatória que não sente necessidade de se alimentar. É desanimador ter uma criança que não come! Eu faço as comidas tão saudáveis, de grão integral, naturais e orgânicas, e ela só... me rejeita!

O avô de Jin-Ho estava se curvando para pegar seu chapéu de chuva que estava debaixo da cadeira. Estava chuviscando quando ele chegou, embora agora parecesse ter parado. Quando se levantou, ele disse: "Vou deixá-la só com um pensamento, Bitsy. Alguma vez você já viu uma adolescente com chupeta? Pense nisso."

— Sim! Sim! — disse Jin-Ho. — Eu já!

— Já?

— Aquelas meninas do Western High — ela disse. — Algumas vezes elas penduram chupetinhas de ouro no cordão de ouro do pescoço.

— Bem, muito obrigada por nos informar sobre isso — disse seu avô. — Mas você sabe o que estou dizendo, Bitsy. Mais cedo ou mais tarde, Xiu-Mei abandonará a chupeta por conta própria.

Então ele saiu apressado, como se não quisesse ouvir o que a mãe de Jin-Ho responderia.

O avô de Jin-Ho não costumava visitar muito, mas depois que Maryam mudou de idéia ele passou a aparecer quase todo dia e conversar, conversar, conversar com a mãe de Jin-Ho. Ele começava discutindo política ou seu trabalho voluntário como professor particular ou um programa de TV que tinha visto, mas antes que você se desse conta ele mudaria para Maryam. "Às vezes eu estou indo para casa", ele dizia, "voltando de sua casa ou do correio ou seja de onde for, e no momento de virar para meu quarteirão, eu penso, e se ela estiver lá esperando por mim? Ela podia estar esperando na minha varanda, planejando dizer que lamentava mas não sabia o que tinha dado nela e pedindo para que eu a perdoasse. Não olho quando viro a esquina porque não quero que ela pense que estou esperando por ela. Fico um pouco inibido sabendo que ela pode estar me observando. Tenho a impressão de que minha postura não parece inteiramente natural. Quero parecer indiferente mas não, sabe, indiferente *demais*. Ela não deve pensar que estou relaxado; ela não deve pensar que não me magoou."

Quando ele falava assim, a mãe de Jin-Ho primeiro dava uma palmadinha na mão dele ou dava um murmúrio baixo, mas de um jeito meio apressado, como se ela estivesse ansiosa para passar essa parte. Então ela começava a falar de Maryam.

— Por que você pensa nela, papai... por que *alguma vez* pensa nela, realmente, eu não consigo entender. Ela não merece! Ela foi cruel! Ah, não que eu a culparia se ela simplesmente dissesse "não, obrigada". É verdade que vocês estavam saindo havia poucos meses. E além disso, muitas mulheres dessa idade sentem que simplesmente *não podem* casar de novo por causa do seguro de vida do marido morto ou pensão ou coisa assim. Depois você não foi muito sábio ao lançar a coisa sobre ela; reconheça. Sem aviso nenhum, como foi; na frente de todo mundo. Mas ela deveria ter se colocado imediatamente... rejeitado o assunto com tato, passado por cima, esclarecido. Em vez disso, ela lhe disse sim. E todos nós comemoramos! Fizemos aqueles brindes! Jin-Ho e Susan começaram a imaginar como seriam aparentadas! Depois, paf. Só isso... paf. Ela manda você passear.

— Bem, não exatamente pa...

— Por que ela não poderia, pelo menos, continuar saindo com você? Vocês poderiam continuar namorando, sabe. Não tinha que ser tudo ou nada.

— Ah. Bem, na verdade — o avô de Jin-Ho dizia — eu acho que isso foi mais decisão minha que...

— Desde o começo eu achei que ela era uma pessoa muito fria. Posso dizer isso, agora que acabou. Muito fria e distante — a mãe de Jin-Ho dizia.

— Ela é só uma mulher com limites, querida.

— Se ela é tão apegada a seus limites, por que emigrou?

— Bitsy, pelo amor de Deus! Logo você vai me dizer que ela devia amar este país ou deixá-lo!

— Não estou falando de países; estou falando de uma... falha básica de caráter.

Jin-Ho sempre se preocupava achando que sua mãe podia magoar os sentimentos do seu avô quando criticava Maryam.

Mas ele continuava voltando para visitar; portanto devia estar tudo bem.

⸸

Quando Xiu-Mei acordou da soneca, a mãe levou as duas para o armazém sem nenhuma chupeta. Xiu-Mei chorou o caminho todo até lá. Chorou no armazém, também, mas a mãe de Jin-Ho lhe deu uma banana e isso ajudou um pouco. Ela continuou soluçando, mas comeu parte da banana. No caminho de volta, quando ela começou a chorar outra vez, a mãe de Jin-Ho fingiu não notar e conversou o tempo todo com ela, discutindo a festa.

— Eu comprei açúcar colorido, e chuvisco de chocolate, e aqueles pequeninos BBs prateados... Eu acho que será melhor bolinhos do que um único bolo grande, o que você acha?

— Mmmhmm — disse Jin-Ho, com os dedos enfiados nos ouvidos.

Assim que chegaram em casa, Xiu-Mei achou uma chupeta que estava debaixo do radiador do hall e foi chupá-la na sala de TV.

Na terça-feira, quando o carro do rodízio de carona a deixou depois da escola, ela encontrou a mãe sentada nos degraus da frente com sua grossa suéter irlandesa.

— O que você está fazendo *aqui*? — perguntou Jin-Ho.

— Esperando você, claro. — Mas normalmente ela não ficava esperando ali. Pensei que talvez a gente pudesse lanchar no quintal hoje — o que era estranho, porque estava um verdadeiro clima de outono — ensolarado, mas tão frio que Jin-Ho estava usando um casaco. Tudo fez sentido, no entanto, quando sua mãe aprontou a bandeja para levar para fora.

— Vem, Xiu-Mei? — ela perguntou. Xiu-Mei estava empurrando sua mamãe e bebê canguru pela cozinha dentro de seu carrinho de compras de brinquedo roxo. — Mas você vai ter de deixar a chupeta dentro da casa — sua mãe disse, e Xiu-Mei parou de repente e disse: "Não!", o que fez a chupeta cair no chão. Ela se abaixou para pegá-la, enfiou-a de novo na boca, e começou a empurrar o carrinho outra vez. Elas tiveram que ir para fora sem ela.

No lanche, que era biscoito de pasta de amendoim e suco de maçã, a mãe de Jin-Ho falou um pouco mais da festa. Ela não estava gostando da previsão do tempo; um furacão estava se dirigindo para a costa.

— Este é um momento que o tempo realmente tem importância — ela disse — porque pensei em uma solução muito boa para as chupetas. Vamos amarrá-las em balões de hélio e deixá-las voar para o céu. Não vai ser bonito? Depois entramos na casa e achamos o presente que a Fada deixar.

— Um furacão pode nos fazer voar? — perguntou Jin-Ho. (Ela acabara de ver *O mágico de Oz* na TV.)

— Não aqui tão distante da costa, não pode, mas pode trazer muita chuva. Nossa esperança é que ele já tenha passado no sábado. A previsão é para quinta-feira, o que nos daria dois dias para a preparação, mas desde quando o pessoal da previsão do tempo sabe do que está falando?

Então ela se virou para casa e chamou: "Xiu-Mei? Você mudou de idéia? Os biscoitos de manteiga de amendoim estão deliciosos, querida!"

Elas tinham deixado a porta dos fundos completamente aberta, portanto Xiu-Mei tinha que escutá-las. Mas ela não disse uma palavra. O único som era o nheco-nheco do carrinho de compras. A mãe de Jin-Ho suspirou e pegou o suco de maçã. Puxou a manga do suéter sobre a mão como uma luva antes de pegar o copo.

Quarta-feira era o Dia de Nada de Chupeta Fora do Berço. O pai de Jin-Ho disse que *tudo que* ele podia dizer era que estava tremendamente satisfeito por ter que trabalhar fora. Então ele saiu para o trabalho uma hora mais cedo. E Jin-Ho estava contente de ter uma escola para ir, porque já podia ver como as coisas iam ser. Quando o carro da carona buzinou na frente da casa, Xiu-Mei já tinha procurado cuidadosamente pela casa sem encontrar nenhuma chupeta. Elas estavam todas em uma caixa de bebidas em cima da geladeira, mas ela não sabia disso. Ela se enfiou como uma bola debaixo da mesa da cozinha e começou a chorar muito alto. A mãe de Jin-Ho estava no banheiro, com a porta fechada. Jin-Ho gritou: "Tchau, mamãe", e depois de um momento sua mãe respondeu: "Tchau, querida. Tenha um bom dia." Pelo som de sua voz, parecia que ela também estava chorando.

Portanto Jin-Ho meio que temia voltar para casa. Mas quando entrou, a casa estava silenciosa — um silêncio alegre, acolhedor, não um silêncio ruim. Ela encontrou a mãe mexendo chocolate no fogão, o avô sentado à mesa com o jornal e Xiu-Mei em sua cadeirinha chupando uma chupeta.

— Oi, olá, senhorita Dickinson-Donaldson — disse seu avô, e Jin-Ho disse: "Olá, vovô", com cuidado para não olhar na direção de Xiu-Mei, porque talvez os adultos não tivessem visto a chupeta e ela não estava a fim de apontá-la.

Mas então sua mãe disse:

— Como você pode ver, mudamos um pouco as regras.

— Mmmmm — disse Jin-Ho, e se sentou numa cadeira.

— Eu estava dizendo para sua mãe — disse seu avô — que se a Festa da Chupeta é o cenário da grande renúncia, por que fazer Xiu-Mei passar por todo esse sofrimento antes da hora? Não é, Xiu-Mei?

Xiu-Mei chupou com força a chupeta.

— Nós devemos apenas esperar o grande momento — ele disse. — Eu sei que antes sugeri ir pouco a pouco, mas reconsiderei. — Então ele cutucou Jin-Ho com o cotovelo e disse: "A coerência é o fantasma das mentes pequenas."

— Tá bem — disse Jin-Ho.

— Ralph Waldo Emerson.

— De qualquer maneira — disse a mãe de Jin-Ho, virando-se do fogão —, sábado ainda é o Dia da Chupeta! Lembre-se disso, Xiu-Mei! Sábado ainda é o dia em que a Fada das Chupetas virá; você sabe disso, não sabe?

— Ah, querida, deixe-a em paz — disse o avô de Jin-Ho.

— Eu só não quero que ela pense que...

— Então! Jin-Ho! O que você fez na escola hoje? — e assim ele encerrou o assunto.

O lanche era chocolate e biscoitos de alfabeto. Jin-Ho pegou biscoitos diferentes da lata e os arrumou na frente de Xiu-Mei.

— Está vendo? Um A — ela disse, e Xiu-Mei tirou a chupeta o suficiente para dizer "A".

— Certo — disse Jin-Ho. Ela se sentiu feliz e aliviada, como se Xiu-Mei tivesse acabado de voltar de uma viagem muito longa. — E este é um B. E outro A. E um C. E um A outra vez. — Eles pareciam só ter A, B e C. Ela mexeu na lata, procurando um X para mostrar para Xiu-Mei as suas iniciais.

O avô de Jin-Ho estava dizendo para a mãe delas que ele tinha sido um tolo.

— Talvez tenha passado tempo demais desde que participei do cenário de um namoro — disse ele. — Quer dizer, o que eu estava achando? Imagino como eu devo ter parecido, estocando aquele champanhe na sua geladeira bem antes, como um idiota completo, tão presunçoso, tão completamente seguro de que me diria sim...

— Bem, e ela disse mesmo sim — respondeu a mãe de Jin-Ho. — Você não foi nem um pouco idiota! Ela disse "Sim", bem redondo, e nós *bebemos* o champanhe. Foi só mais tarde que...

— Sabe de uma coisa, o inglês dela parece muito melhor do que é — disse o avô de Jin-Ho. — Você já tinha reparado nisso? Ela me escreveu uma carta uma vez quando estava fora em Vermont, e essa foi a primeira vez que percebi que muitas vezes ela não põe artigos onde deveria pôr. "Estou passando tempo muito bom", ela escreveu, e "amanhã vamos para loja de antigüidade". Acho que isso é compreensível, quando você cresce falando uma língua que não usa "a/o" e "um/uma", mas isso implica uma espécie de, não sei, resistência. Uma relutância a deixar sua própria cultura. Eu suspeito que foi isso que deu errado entre nós dois. A língua era um sintoma, e eu deveria ter prestado mais atenção.

Ela também não falava algumas coisas no plural, Jin-Ho tinha reparado. "Muitos biscoitos atrapalha o jantar", ela dizia. Jin-Ho não mencionou isso, porém, porque gostava de Maryam e queria que seu avô também gostasse dela.

— Não tem nada a ver com a língua — disse a mãe de Jin-Ho. — É ela. Ela tem essa atitude de que sabe mais do que nós. Eu não ficaria nada surpresa se ela se defendesse dizendo que um artigo não deveria entrar nessas frases.

— É possível — o avô de Jin-Ho concordou. — Quando você pensa nisso... o jeito como observava o ano-novo iraniano, mas nunca o nosso; e chamando a todos de "june" e "jon"; e aquele harém na cozinha fazendo arroz para toda ocasião... Bem, algumas vezes eu acho que a maior parte da adaptação neste país é feita pelos americanos. Você alguma vez já se sentiu assim?

— Mas não é realmente isso que tenho contra ela — disse a mãe Jin-Ho. — O que tenho contra ela é que ela é esquiva. Ah, eu odeio isso do mundo achar as pessoas esquivas tão atraentes! Elas são enlouquecedoras! Como ninguém entende isso?

— Será que ela achava que eu também não tinha minhas próprias dúvidas de tempos em tempos? — perguntou o avô de Jin-Ho. — Eu perdi recentemente minha esposa... muito mais recentemente do que ela perdeu o marido. Eu estava me esforçando muito para recomeçar. Nem sempre foi fácil, acredite.

— Foi melhor você sair dessa — disse a mãe de Jin-Ho. — Não se preocupe, papai. Outra pessoa vai aparecer.

— Eu não quero outra pessoa — ele disse.

Então ele deve ter achado que deixou uma impressão errada, porque disse: "Ninguém, quer dizer. Eu não quero ninguém, ponto."

A mãe de Jin-Ho deu uma palmadinha na mão dele.

Todos viriam para a festa, exceto o avô Lou e a avó Pat. Eles tinham aceitado outro convite e se recusaram a mudar de planos. A mãe de Jin-Ho disse que entendia.

— Quais são as *prioridades* deles? — perguntou ela. — Entre um casal de amigos qualquer e a própria neta...

— Não é um casal de amigos qualquer; são seus amigos mais íntimos — disse o pai de Jin-Ho. — E seus amigos estão comemorando as bodas de ouro enquanto a neta está apenas deixando a chupeta.

— Bem, eu não sei por que me importo, afinal. Estou começando a pensar que esse evento todo está ameaçado, pela maneira como estão falando no rádio. Depois que o furacão Isabel chegar, estaremos flutuando em uma baía.

— Você disse que ele não ia nos fazer voar! — disse Jin-Ho para a mãe. — Você disse que estávamos muito longe da costa!

— Não, não, é claro que não vamos voar. Não temos nada com que nos preocupar. Eu estava exagerando — disse a mãe de Jin-Ho.

Mas naquela noite, ela e o pai de Jin-Ho empurraram toda a mobília do quintal para dentro da garagem, só por garantia.

Talvez o anúncio do rádio também estivesse exagerando, porque disse que eles seriam atingidos na quinta-feira e na quinta o tempo estava ótimo. Jin-Ho foi para a escola como de costume, voltou para casa como de costume, lanchou. O céu começou a ficar mais escuro, no entanto, no final da tarde, e havia um pouco de vento e um pouco de chuva. Quando o pai de Jin-Ho chegou em casa, disse: "A chuva está pegando lá fora." Jin-Ho começou a sentir a pele arrepiada e excitada, como sentia na véspera do Natal. No jantar, ficou girando na cadeira para olhar pela janela da cozinha. O ar estava com uma estranha cor de lavanda e as árvores balançavam suas folhas do lado errado. "Faça figa pelos nossos olmos", seu pai lhe disse. "Com todo o dinheiro que gastei, eles podiam estar indo para a faculdade." Jin-Ho riu, imaginando isso.

Então as luzes se apagaram.

Xiu-Mei começou a chorar.

A mãe de Jin-Ho disse, "Está tudo bem! Não há motivo para pânico!", levantou-se e pegou as velas do armário da sala de jantar. O pai de Jin-Ho acendeu-as com o tipo de pistola com que eles acendem o bico de gás ruim do fogão — duas velas na mesa e duas mais no balcão da cozinha. O rosto de todo mundo parecia bruxuleante e diferente. Xiu-Mei ficou agitando uma das mãos, e no começo eles não sabiam por que, mas então perceberam que ela estava brincando com as sombras na parede.

— Não é divertido? — disse a mãe de Jin-Ho. — É como se estivéssemos num acampamento! E não vai durar muito. Logo a companhia de eletricidade vai arrumar isso.

Mas a noite toda eles ficaram no escuro. Leram os livros ilustrados à luz de velas, e na hora de ir para a cama subiram as escadas com a lanterna da gaveta de utilidades da cozinha. Deixaram a lanterna acesa na cômoda de Xiu-Mei para que ela não ficasse assustada, mas ela chorou mesmo assim e a própria Jin-Ho também estava um pouco preocupada. Assim, as duas acabaram dormindo com os pais. Os quatro se enfileiraram na cama que, por sorte, era king size. Lá fora o vento rugia, as árvores estalavam e de tempos em tempos um tanto de chuva batia na vidraça. A mãe de Jin-Ho tinha deixado uma das janelas escoradas um centímetro aberta porque lera em algum lugar que sem isso a casa poderia implodir. O pai de Jin-Ho disse que não, era assim com os tornados, e eles discutiram um pouco sobre isso até a mãe de Jin-Ho cair no sono. Não muito depois, Jin-Ho ouviu o pai se levantar da cama e ir na ponta dos pés até a janela para fechá-la. Depois ele voltou e também pegou no sono. Xiu-Mei já estava dormindo, embora de vez em quando desse um chupão fraco na chupeta. Lá fora o vento continuava até Jin-Ho começar a ficar com raiva dele. Várias vezes ela escutou sirenes. Perguntou-se se a casa deles já estaria flutuando na baía. Mas até agora ela parecia bem sólida.

Então era de manhã e ela era a única na cama. A janela mais perto dela estava coberta de folhas, o que dava ao quarto um tom esverdeado, embora o tempo parecesse ensolarado. Ela saiu da cama e foi olhar mais de perto, mas não conseguiu ver; então foi até a outra janela e olhou. O jardim da frente era uma confusão de troncos de árvores. Um enorme carvalho antigo do outro lado da rua estava deitado de lado, estendendo-se até o pátio deles e quase escondendo completamente a perua de seu pai. Ele a estacionara na frente da casa ontem à noite porque os móveis do quintal estavam ocupando metade da garagem. Só um pedaço ou dois do teto cinza da perua apareciam.

Embaixo, a mãe de Jin-Ho fazia torrada, segurando uma fatia de pão sobre o fogão com um par de pinças de cozinha. Xiu-Mei mexia numa tigela de cereais e o pai estava ao telefone. "Bem, está bem", ele estava dizendo. "Então, vocês têm mais sorte do que nós aqui! Parece que podemos ficar sem luz por vários dias." Ele escutou um minuto e então disse: "Obrigado, mãe. Mas mesmo supondo que pudéssemos chegar até aí, um dos nossos carros está esmagado e o outro está preso na garagem com um olmo atravessado na entrada. Acho que vamos ter de deixar as coisas onde estão e não abrir a porta da geladeira."

Ele estava de pijamas e com o roupão xadrez vermelho que geralmente guardava para os finais de semana. Quando saiu do telefone, Jin-Ho lhe perguntou: "Você não vai trabalhar?" e ele disse: "Ah, duvido que algum dos meus alunos apareça hoje, querida."

— Eu tenho escola?

— Não acho que ela esteja aberta. De qualquer modo, como você chegaria lá?

A mãe de Jin-Ho veio até a mesa com a fatia de torrada, que estava manchada de preto e não cheirava bem.

— Eu não quero — disse Jin-Ho.

— Ótimo — disse a mãe —, porque eu prefiro que você coma algum tipo de cereal. Temos que usar o leite antes que ele estrague.

— Quando a companhia vai arrumar nossa eletricidade? — perguntou Jin-Ho.

— Não sei, querida. São milhares e milhares de pessoas, todas no mesmo barco, de acordo com o radinho do seu pai.

— Você não está feliz agora por eu ter comprado esse rádio? — o pai de Jin-Ho perguntou a sua mãe. — Eu lhe disse que ele podia ser útil!

Ele era um fanático por aparelhos. Era motivo de muita discussão entre os dois.

Do café-da-manhã até a hora do almoço, toda a família trabalhou na limpeza do quintal. É claro que não podiam fazer nada quanto ao carvalho dos Cromwell, que atravessava completamente a rua e bloqueava todo o trânsito, ou quanto ao olmo que se estendia diante da garagem. Mas juntaram os galhos menores, e o monte de folhas ainda verdes e molhadas que pareciam saudáveis, enfiaram tudo em sacos de lixo e puxaram até o beco. Jin-Ho encontrou um ninho de passarinho. Mas não havia nenhuma ave dentro. Ela estava encarregada dos galhos pequenos, que juntava em um balde de plástico que o pai esvaziava de tempos em tempos. Nas casas dos dois lados, os vizinhos também estavam limpando, e as pessoas gritavam umas para as outas de uma maneira amigável. A Sra. Sansom disse que uma casa depois do quarteirão ainda tinha eletricidade. Eles permitiram que os vizinhos puxassem longos fios de extensão para ligar os refrigeradores. "Se o pessoal da companhia elétrica não consertar as coisas até esta noite", ela disse, "voto para juntarmos todos os nossos perecíveis fazer um grande banquete ao ar livre com nossas grelhas." Jin-Ho achou que isso parecia muito melhor do que usar a comida em casa. Ela esperava que a companhia elétrica não *consertasse* as coisas. O tempo estava frio, ventoso e agradável, um perfume novo no ar, e ela nunca tinha visto tantos vizinhos nos jardins ao mesmo tempo.

No almoço, eles comeram omelete, para acabar com os ovos. Então Xiu-Mei foi tirar sua soneca e Jin-Ho olhou pela janela do quarto dos pais enquanto três homens trabalhavam no carvalho da rua. Suas serras faziam um som irritante, como cornetas. Eles cortaram uma passagem para os carros pelo meio do tronco, mas deixaram a base no quintal dos Cromwell com as raízes mordendo o ar, e a parte de cima no quintal dos Donaldson, toda cheia de folhas e cerrada, ainda escondendo a perua deles. O pai de Jin-Ho disse que teriam de ver isso depois, quando não estivessem em estado de emergência. Ele levou Jin-Ho até lá para contar os anéis das árvores, depois que os homens foram embora. O Sr. Sansom também estava contando. Mas não é tão fácil quanto se podia pensar, porque um anel às vezes se mistura com o outro e eles perdiam a pista. O tronco tinha um forte cheiro picante e amargo que fez a boca de Jin-Ho se encher de água.

Agora a mãe dela estava se queixando seriamente da comida congelada. Tinha pratos estocados no freezer que passara um tempo enorme preparando, disse. Jin-Ho disse: "Tudo bem; vamos levar tudo para o banquete ao ar livre e grelhá-los", mas sua mãe disse: "Não dá para grelhar lasanha de espinafre, Jin-Ho." Ela não estava mais dizendo como isso era divertido, e tinha parado de dizer: "Pense nos pobres iraquianos", o que era bom, na opinião de Jin-Ho.

No final, não houve o banquete. A Sra. Samson deve ter esquecido o que tinha sugerido. Quando chegou o pôr-do-sol, os vizinhos desapareceram em suas casas, e tudo que Jin-Ho podia ver deles era o brilho de uma vela aqui e ali em uma janela.

A mãe de Jin-Ho levou a lanterna para o porão e voltou com um cozido.

— Eu só abri a porta rapidinho e depois fechei outra vez! — ela disse. — Não acho que aumentei muito a temperatura, você acha? — Ela o colocou direito no forno, mas como não tinha descongelado, levou uma eternidade para cozinhar. Eles ficaram esperando, esperando, esperando, e lendo livros à luz de velas outra vez porque não havia mais nada a fazer. Logo depois do jantar, que só aconteceu quase às oito, todos foram dormir na cama king size. A mãe de Jin-Ho nem mesmo lavou a louça. — Farei isso amanhã de manhã, quando puder enxergar — disse ela.

— Acho que era assim que as pessoas viviam *antes* — disse o pai de Jin-Ho. — Acomodando a vida entre o nascer e o pôr-do-sol.

— Que seja — disse a mãe de Jin-Ho.

Eles não tomaram banho, tampouco, embora já tivessem se passado dois dias. Isso era outra coisa que teria que esperar até de manhã.

E por que se incomodar em acordar cedo quando não podiam fazer nada? Eles dormiram até tão tarde que o avô de Jin-Ho teve que acordá-los, batendo na porta da frente. "Olá? Olá?", gritava ele, porque a campainha não funcionava. A mãe de Jin-Ho foi abrir a porta enquanto os outros se vestiam. Ninguém falou em tomar banho. Quando Jin-Ho desceu, o avô estava sentado na cozinha vendo a mãe queimar a torrada.

— Jin-Jin! — disse ele. — O que está achando da dureza?

— Está ficando chato — ela respondeu.

— Você tem que fingir que está nos tempos coloniais, querida. É isso que *estou* tentando.

Ao lado dele na mesa havia um pacote de fraldas descartáveis. A mãe de Jin-Ho não gostava de fraldas descartáveis, mas estava ficando sem as de pano. Ele também trouxe três copos de papelão de café pronto, e um litro do leite especial de Xiu-Mei e um objeto prateado parecido com um foguete e mais alto que Jin-Ho que ficou perto da porta de trás.

— O que é isso? — ela lhe perguntou.

— Hélio.

— Hélio?

— Para os balões onde vamos amarrar as chupetas.

— As chupetas? — disse ela. — A Festa da Chupeta! — Ela esquecera completamente.

— Você conhece sua mãe — ele lhe disse. — Ela é uma mulher determinada.

— Eu disse que hoje era o dia que ela teria que largar as chupetas, e vai ser hoje — disse a mãe de Jin-Ho sem se virar do fogão. — Não queremos que Xiu-Mei ache que não tenho coerência.

— "A coerência é o fantasma da..."

— Papai, não quero ouvir isso.

— Está bem! Está bem! — E levantou ambas as mãos.

— Sami e Ziba vão trazer refrigerantes, e tudo o mais é à temperatura ambiente, de qualquer maneira... bolinhos, biscoitos... Estou tirando o sorvete. De que mais precisamos?

— Bem, tem o pequeno problema de chegar até aqui. Metade das ruas da cidade está bloqueada por árvores caídas, ou fios elétricos caídos soltando faíscas, ou as duas coisas. Centenas de sinais de trânsito estão apagados. A polícia está aconselhando as pessoas a não saírem às ruas a não ser em emergências.

— Mas todos os nossos convidados acham que conseguem chegar, exceto Mac. Aquela pequena ponte que cruza a saída da garagem da casa de Mac se foi. Mas eu lhe disse que ele poderia tentar atravessar o regato com o carro, porque é bem raso.

O avô de Jin-Ho começou a rir. Era só um fiozinho de som no começo, mas aos poucos foi aumentando até ele se engasgar e limpar os olhos com o punho do suéter.

— Que foi? — disse a mãe de Jin-Ho. Ela se virara do fogão para olhar para ele, ainda segurando a torrada com as pinças. — O que foi? O que é tão engraçado?

Mas em vez de esperar por uma resposta, ela se virou para Jin-Ho e disse:

— Onde, por Deus, está seu *pai*? — como se Jin-Ho fosse a pessoa com quem ela estivesse zangada.

— Ele está pondo a roupa em Xiu-Mei — disse Jin-Ho.

— Bem, diga a ele que temos café aqui em baixo e é melhor ele se apressar se não quiser tomá-lo frio.

Quando Jin-Ho saiu da cozinha, o avô estava assoando o nariz no seu grande lenço branco de pano.

Encher os balões de hélio deu trabalho. O pai de Jin-Ho e o avô fizeram isso, e ficavam muito chateados porque de vez em quando um balão escapava do bico, saía zunindo pela cozinha e assustava muito todo mundo. "Bitsy, por favor, tire essas crianças daqui!", o pai de Jin-Ho finalmente disse, embora não fosse culpa delas. Na verdade, Jin-Ho estava ajudando. Ela e a mãe amarravam as chupetas nos cordões dos balões já cheios. Mas a mãe disse: "Tudo bem, meninas, vamos tomar banho." Quando elas saíram, Jin-Ho escutou o pai dizer: "Qualquer pessoa teria só comprado uma dúzia de balões cheios de alguma loja; mas não nós. Ah, não, não. Nós temos de alugar nosso próprio bujão de hélio e encher os balões nós mesmos."

— Se fosse uma questão de apenas uma dúzia de balões, era o que eu teria feito — a mãe de Jin-Ho lhe disse enquanto subiam as escadas. Ela parecia pensar que tinha sido Jin-Ho quem objetara. — Mas temos que fazer 47 chupetas voar! Não, 48, porque Xiu-Mei ainda está com uma. Brad? — ela gritou para baixo. — Não são 47 balões; precisamos de 48.

— Impensável fazer voar apenas uma ou duas como símbolo e enfiar as outras no lixo — o pai de Jin-Ho disse ao avô.

A mãe dela revirou os olhos. Jin-Ho também revirou os dela, porque uma ou duas chupetas seria chato. Quarenta e oito seria algo para ser visto. Elas cobririam todo o céu.

— Então isso é o que vai acontecer, Xiu-Mei — disse a mãe como se estivesse contando uma história. — Todas as pessoas da festa pegarão um par de balões e irão para o quintal. Vamos ver: com 19 pessoas... ou pelo menos 17... Bem, alguns de nós vão pegar mais do que um par. Você, por exemplo, porque é a convidada de honra. Você pode pegar três balões.

— Quatro — disse Xiu-Mei.

— Quatro, então. Você pode levar...

— Cinco. Seis — disse Xiu-Mei. — Aparentemente, ela estava só praticando os números. Mas seis era o máximo que sabia; então acabou aí. Ela levantou os braços para a mãe puxar a camiseta. A água enchia a banheira e o espelho estava ficando embaçado.

— Aí nós vamos dizer "Pronto, lá vai!" e todo mundo vai soltar os balões exatamente no mesmo momento e as chupetas vão voar, voar, voar... lá, lá longe, e a Fada das Chupetas vai olhar da beira de uma nuvem e dizer: "Oh, alguém cresceu mais que as chupetas! Agora eu vou ter que..."

— Eu não cresci mais que a minha chupeta — disse Xiu-Mei. Ela tirou a chupeta da boca para poder falar com mais clareza, mas depois a enfiou de novo.

— "Eu vou ter que ir lá embaixo e levar para alguém um presente maravilhoso", a Fada das Chupetas vai dizer. Então ela vai entrar no quarto do tesouro...

— Eu não cresci mais que minha chupeta.

— Entre na banheira, Xiu-Mei.

— Está muito quente — disse Xiu-Mei.

— Não está! Você nem sentiu como está! Você está só sendo do contra! Ah, Deus... Jin-Ho, entre na banheira, por favor.

Jin-Ho ainda estava tirando as roupas, mas se apressou. Sua mãe abaixou Xiu-Mei dentro da água. Assim que ela se acomodou, Xiu-Mei pôs a chupeta na saboneteira, porque ela sempre chorava quando lavavam seu cabelo e era difícil chorar e ficar com chupeta na boca ao mesmo tempo. Jin-Ho entrou depois dela, segurando no ombro da mãe para se equilibrar.

— Mamãe — disse ela, a boca muito perto da orelha da mãe.

— O que é, querida?

— Qual você acha que vai ser o presente dela?

— Bem, nós teremos que esperar e ver, não é?

— Será que é uma boneca das Meninas Americanas, com todos os actessórios?

— Acessórios, você quer dizer; não que essa seja uma palavra que você precise usar na sua idade. E não, eu não acho que é isso. Acho que a Fada das Chupetas é muito esperta para oferecer um presente que estimule o puro consumismo.

— Mas *Ziba* é esperta, e comprou uma para Susan.

Sua mãe deu um suspiro que fez seu cabelo voar na testa.

— Na minha opinião, Jin-Ho — disse ela —, a boneca de Susan mais legal é aquela bonequinha curda. Sabe aquela boneca que fica na escrivaninha dela, a que tem um véu comprido vermelho?

— Mas a boneca curda não tem nenhum ar-cessórios — disse Jin-Ho.

— Não se esqueça de lavar atrás das orelhas — a mãe lhe disse. Depois ela se levantou e foi ligar o interruptor da lâmpada. Fez isso o dia todo. Mas nada aconteceu.

Enquanto elas estavam se enxugando, a mãe de Jin-Ho falou mais sobre a festa.

— O presente estará na lareira, Xiu-Mei, porque a Fada das Chupetas desce pela chaminé como o Papai Noel. E todos vão se reunir para ver você abrir. Tio Abe, tio Mac talvez, os Yazdan... e Lucy também está vindo! Sua amiga Lucy estará aqui!

— Lucy vai tá de chupeta? — perguntou Xiu-Mei.

— Ah — disse a mãe. Depois disse: — Bem, *talvez* esteja. Mas isso é porque Lucy é mais nova do que você. Ela é um mês inteiro mais nova! Praticamente ainda um bebê! Aposto que quando ela vir seu presente ela vai dizer, "Eu também *vou* parar de chupar chupeta".

Xiu-Mei trincou os dentes da frente. Sua chupeta fez um som como o de uma porta guinchando.

Quando elas voltaram para o andar de baixo, todos os balões estavam cheios e flutuando no teto da sala com longos rabos e chupetas cor-de-rosa, azuis e amarelas amarradas na ponta. Xiu-Mei deve ter pensado que era um sonho se tornando realidade, porque começou a correr pela sala tentando pegá-las com as duas mãos. Algumas ela conseguia tocar e começavam a girar, mas a maioria ela não era suficientemente alta para alcançar. Sua mãe disse, "Elas não vão ficar lindas voando lá para o alto, no céu?" Xiu-Mei não respondeu.

Enquanto a mãe de Jin-Ho cobria de glacê os bolinhos na cozinha, Jin-Ho e o avô foram no carro dele comprar o almoço na *deli*. De alguma maneira, Jin-Ho tinha conseguido esquecer o furacão, e foi um choque ver tudo o que tinha acontecido — galhos quebrados por todo lado, troncos destroçados mostrando tiras de madeira branca, e aqui e ali uma lona plástica azul cobrindo um telhado quebrado. Por duas vezes eles tiveram que ir por um caminho diferente porque a rua estava interditada. Quase nenhum dos sinais de trânsito funcionava; por isso eles passavam pelos cruzamentos mais do que devagar, o avô olhando para os dois lados e assobiando um som qualquer do jeito que sempre fazia quando estava se concentrando em alguma coisa. Os faróis apagados lembravam Jin-Ho uma boneca sem os olhos — o mesmo olhar oco e vazio. Estava quase tão quente quanto no verão, e os homens serrando as árvores suavam em suas camisetas.

— Sua mãe tem idéias muito criativas, não é? — seu avô disse. — Eu sei que às vezes parece que ela vai um pouco longe demais, mas pelo menos ela... investe. Ela se interessa. Você tem que admitir que ela se importa muito, né?

— Mmmmm — disse Jin-Ho. Estava olhando para uma árvore que tinha caído em perfeito estado, como se alguém apenas gentilmente a tivesse deitado. Imaginou se a árvore poderia ser plantada de novo em seu buraco da mesma maneira como Brian, na escola, teve seu dente plantado de volta depois que caiu ao pular do trepa-trepa. A mãe dele colocou o dente no leite e o levou com eles para o dentista. Como as mães sabiam dessas coisas?

Quando chegaram de novo em casa, tudo estava pronto na sala — uma toalha de mesa estampada de flores, travessas com bolinhos, biscoitos e tigelas com balinhas de hortelã nas mesmas cores claras das chupetas. Eles almoçaram na cozinha. A mãe de Jin-Ho mal comeu porque estava preocupada com a previsão do tempo. Parece que a chuva ia recomeçar. Ela ficava olhando para o céu, que estava de um azul puro, brilhante, e perguntando a todo mundo como seria possível soltar os balões debaixo da chuva. O pai de Jin-Ho lhe disse para não se incomodar até que o incômodo viesse incomodá-la. Era um dos seus ditos favoritos.

Depois do almoço, Xiu-Mei tirou sua soneca, e Jin-Ho e a mãe foram se vestir para a festa. Jin-Ho pôs uma camiseta vermelha e seu novo jeans bordado, e depois foi até o quarto da mãe para ver a cara que a mãe faria. Ela sabia que jeans bordados não eram muito coreanos. Mas a mãe apenas disse "Você está linda, querida", sem sinal de decepção. E ela vestiu Xiu-Mei também com jeans, quando Xiu-Mei acordou; então devia estar tudo certo.

Xiu-Mei não dormiu nem perto do suficiente. Talvez estivesse excitada com a festa. Ou então perturbada. E não tomou seu copo de suco pós-soneca aos golinhos, mas se sentou como uma trouxa numa cadeira da cozinha, apertando os olhos e de cara amarrada, chupando sua chupeta.

Os primeiros convidados foram os Yazdan. Isso porque eles estavam encarregados das bebidas. Sami e Ziba estavam puxando uma caixa de isopor entre os dois, e todos desceram até a rua para que o pai de Jin-Ho pudesse pegar a ponta de Ziba.

— Esta manhã nossas lâmpadas vacilaram — disse Ziba — e eu pensei, Ah, não! E se a geladeira queimar? Mas foi só por um momento.

Ela estava usando jeans boca-de-sino e um top de tricô preto que mostrava parte da barriga. Estava muito bonita. Seu rabo-de-cavalo saía direto da nuca como um cacho enorme de uvas, com aquele mesmo tom negro purpúreo.

Imagine que o pessoal da adoção descubra que cometeu um erro. Que deu os bebês para as mães erradas. Elas diriam que sentiam muito, mas as meninas teriam que ser trocadas. Jin-Ho ficaria com Ziba, e Susan com Bitsy com seus vestidos-sacos sem mangas e as sandálias que mostravam as saliências dos dedos do pé.

Não ia ser terrível se as mães pudessem ler o pensamento das pessoas?

Jin-Ho esperava que Susan trouxesse a boneca de Menina Americana, mas ela não trouxe. Na verdade, Susan parecia não gostar de bonecas. Que desperdício. Em vez disso, ela tirou um iô-iô do bolso — deve ser disso que elas brincam na escola particular — e o jogou animada para cima e para baixo enquanto andava. Enquanto isso, a mãe de Jin-Ho contava para Ziba da sua comida congelada.

— É como a fase do luto — ela disse. — Negação, no primeiro dia: talvez a energia volte antes que algum estrago seja feito. E depois o desgosto no segundo dia. Você mergulha em um surto de desespero e mentalmente diz adeus a todos os seus pratos.

— Uma amiga *minha* vai vir — Jin-Ho disse para Susan.

— E daí? — disse Susan.

— O nome dela é Athena, eu e ela brincamos de tobogã no recreio todo dia.

Mas a mãe de Jin-Ho se intrometeu para dizer "Mas ela não é uma amiga tão antiga quando você, Susan! Você e Jin-Ho vêm de *muito* antes!"

A mãe tinha o dom de ouvir duas conversas ao mesmo tempo.

— Ora, talvez até as mães de vocês tenham sido amigas antes! — ela disse — Talvez suas mães biológicas tenham sido as melhores amigas na Coréia.

Jin-Ho tomou cuidado para não deixar que seus olhos encontrassem os de Susan.

Como era de se esperar, quando Athena chegou — saindo do carro dos pais quando o resto deles estava chegando à casa — ela se revelou do tipo que perde a voz perto dos adultos. Parou de repente quando os viu todos juntos e enfiou um dedo na boca. Jin-Ho chamou: "Athena! Ei!", mas Athena só ficou parada lá, com um vestido branco de babados, segurando um embrulho de presente.

— Vá falar com ela — a mãe de Jin-Ho lhe sussurrou.

Então Jin-Ho desceu os degraus da frente, chamando "Vem! Vem!", de um jeito encorajador, e Athena começou a avançar passo a passo. Quando estavam de frente uma para a outra, Athena empurrou o presente para as mãos de Jin-Ho. Era um tipo de livro, Jin-Ho podia adivinhar pelo embrulho. Ela disse obrigada, mas Athena disse: "É para sua irmã", o que fez Jin-Ho se sentir idiota. Ela disse: "Eu sei disso." Então, levou Athena até os outros.

A mãe de Jin-Ho fez as apresentações. Ela sacolejou Xiu-Mei em seu quadril, e disse: "Athena, esta é a amiga mais antiga de Jin-Ho, Susan Yazdan. E os pais de Susan, Sami e Ziba, e o avô de Jin-Ho, Dave..."

Athena pôs de novo o dedo na boca. Ela usava minúsculas contas coloridas enfiadas em tranças por toda a cabeça e outra conta em cada orelha, com ouro. Jin-Ho há séculos queria furar as orelhas, mas sua mãe a obrigara a esperar até ter 16 anos.

Era desajeitado ficar na sala por causa dos balões. Ninguém tinha pensado nisso. Com todos aqueles cordões pendurados, o teto parecia estar chovendo. Os adultos tinham que esquivar a cabeça para se falar do outro lado da sala, o que lhes dava uma péssima postura. Então, o tio Abe entrou sem bater e disse: "Uau, o que é isto: uma selva?" e a mãe de Jin-Ho disse: "Ah, está bem, vamos para a sala de jantar. Athena, essas são as primas de Jin-Ho, Deirdre, Bridget, Polly..."

Mas na sala de jantar também não estava bom, porque depois que os adultos acharam cadeiras, ora, ali ficaram eles, sentados à mesa como quem espera uma refeição, mas as únicas coisas na mesa eram os pratos com as sobremesas que deviam ser servidas mais tarde.

— Talvez eu tenha de servir alguns pratos — disse a mãe de Jin-Ho. — Ou... espera! As bebidas! Onde foi que pusemos as bebidas? — Então, começou a dar risadinha. Ela fazia isso às vezes. Ela disse a Ziba: — Inventar uma tradição nova não é tão fácil quanto se pensa.

— Vou pegar as bebidas — disse Ziba. — Você fica sentada. — Porque a mãe de Jin-Ho estava com Xiu-Mei no colo.

— Obrigada, Ziba — disse a mãe de Jin-Ho, e então se virou para a tia Jeannine. — Alguém está um pouco G-R-U-D-A-D-A hoje — disse. — Mas acho que era de se esperar.

— Xiu-Mei — disse a tia Jeannine —, o que é isso na sua *boca*? É um chupeta o que eu estou vendo?

— É a última e única sobrevivente — explicou a mãe de Jin-Ho. — Quando todos chegarem, vamos amarrá-la no último balão e ela vai subir lá, lá, lá pra cima... — Ela parecia agora estar falando com Xiu-Mei, mas Xiu-Mei apenas franziu a testa e apertou mais a chupeta.

— Dê o presente pra ela — disse Athena para Jin-Ho. Elas tinham dado um jeito de se sentar no peitoril da janela perto de Polly, que estava com um batom quase preto e seis brincos em cada orelha, nenhum deles combinando com o outro. Jin-Ho deslizou para o chão e foi levar o presente de Athena para Xiu-Mei, e enquanto Xiu-Mei estava rasgando o papel do embrulho, os Copeland chegaram. Mercy Copeland disse: "Desculpe! Mas parece que a campainha não está funcionando." Ela estava carregando Lucy, para quem evidentemente os adultos tiveram que fazer festa. Lucy era tão lindinha que Jin-Ho teve vontade de mordê-la. Suas bochechas eram redondas e macias, os olhos eram azuis como flores e o cabelo tinha um milhão de cachos amarelos que fizeram as pessoas dizer "Que *anjo* de criança!" Na verdade, ela era muitíssimo mais bonita do que Xiu-Mei, que tinha cabelos pretos lisos e olhos rasgados. Além disso, embora Lucy tivesse trazido sua chupeta, ela estava só pendurada em seu pescoço com uma fita — uma chupeta de plástico claro com bolinhas coloridas dentro do plástico, um tipo realmente extravagante que Jin-Ho não tinha visto antes. Portanto, a boca de Lucy não ficava de jeito nenhum toda tampada como a de Xiu-Mei. Tinha uma boca bonita, rosada, enrugadinha, bem pequena. Estava segurando uma caixa quadrada embrulhada em papel listrado, e assim que a mãe a colocou no chão ela foi com passinhos de bebê colocar a caixa no colo de Xiu-Mei. "Ohhh", todos disseram, mas Xiu-Mei parecia mais interessada na chupeta de bolinhas. Ela se inclinou para frente e tentou agarrá-la, mas Lucy já estava voltando em direção à mãe. "Ora, obrigada, Lucy", a mãe de Jin-Ho disse, e então: "Obrigada, Ziba", porque Ziba estava colocando o presente dos Yazdan na mesa à sua frente. (Os Yazdan sempre, sempre traziam presentes, para todas as ocasiões. Era uma das melhores coisas deles.)

— Todo mundo se conhece? — perguntou a mãe de Jin-Ho e, como ninguém respondesse, ela disse: — Maravilha. Agora, acho que devemos fazer os balões antes de mais nada, vocês todos não concordam? E acabar com isso.

— Como se fôssemos tirar um Band-Aid — o avô de Jin-Ho disse.

— Certo. Então você traz o último balão, Brad, e Xiu-Mei, você me dá sua chupeta...

Mas ela não esperou que Xiu-Mei a entregasse. Ela simplesmente a tirou da boca de Xiu-Mei. A boca de Xiu-Mei ficou com uma forma de O úmido, surpreso, e ela olhou em volta da sala como quem pergunta o que tinha acontecido.

— Lá vamos nós — sua mãe disse, amarrando a chupeta num balão. Era um balão vermelho com estrelas brancas. — A última, última — disse sua mãe como se fosse um tipo de musiquinha. — Todos prontos, pessoal? Todos peguem os balões da sala, dois ou três por pessoa, e vamos lá fora para soltá-los.

Ela se levantou, colocando Xiu-Mei outra vez em seu quadril, e se encaminhou para a sala. A boca de Xiu-Mei ainda estava na forma de O. Jin-Ho ficou esperando que ela desse um berro, mas parecia que ela estava demasiado surpresa.

— Vamos soltar os balões? — perguntou Athena para Jin-Ho.

— Sim — disse Jin-Ho.

— Eu quero levar o meu pra casa comigo.

— Não pode — Susan disse do outro lado. — Você tem de soltá-los.

— Nas outras festas, você pode levar para casa.

— Não quando eles estão com chupetas penduradas, boba disse Susan.

Athena piscou.

Elas entraram na sala e escolheram três balões cada. Susan disse, "Eu vou levar todos os rosa", o que Jin-Ho não entendeu a princípio porque os balões eram ou vermelhos ou brancos ou azuis, alguns com estrelas ou listras ou com ambas, como se tivessem sobrado do 4 de Julho. Então ela viu que Susan estava falando das cores das chupetas. Jin-Ho, ela mesma, tinha duas chupetas azuis e uma amarela. A amarela aconteceu de ser a chupeta que parecia um oito de lado, e isso a entristeceu um pouco, porque ela viu muito claramente na cabeça a figura de Xiu-Mei a chupando.

Todos eles passaram de volta pela sala de jantar, pela cozinha, atravessaram a porta dos fundos e desceram os degraus da varanda.

— Ah! Que pena! — disse Mercy Copeland. Estava olhando para o olmo que caíra na frente da garagem.

— Sim, ficamos tristíssimos — disse a mãe de Jin-Ho. — Sem falar que não posso tirar meu carro, nem os móveis da garagem.

Ela estava segurando só um balão, o último com as estrelas brancas. Xiu-Mei não estava segurando nenhum. Ela não disse que queria seis? Ela estava sentada de lado no quadril da mãe com o lábio inferior enfiado para dentro.

— Tudo certo, pessoal! — gritou a mãe de Jin-Ho. — Pronto, preparem-se, já!

Todos os balões voaram para o alto. Mas foram a diferentes velocidades e alguns não foram muito longe. Um dos balões de Jin-Ho bateu no olmo caído. Um dos de Susan aterrissou na cerca dos Sansom. Mas boa parte dos outros conseguiu subir, e em um minuto não se podia mais ver as chupetas, mas só os balões nos quais elas estavam penduradas, como pequenos percevejos vermelhos, brancos e azuis presos no céu perfeito. A mãe de Jin-Ho estava certa: eram realmente lindos.

Então a Sra. Sansom chamou: "Bitsy?"

Ela estava de pé do outro lado da cerca, segurando o balão de Susan.

— Bitsy, parece que tem chupetas de bebê por todo lado em nosso quintal — ela disse.

— Ah, meu Deus! — falou a mãe de Jin-Ho.

— Tem chupetas nas roseiras, nas calhas e no corniso.

— Sinto muito, Dottie...

— Aquele cabo de TV que está pendurado no poste elétrico no beco? Também está todo coberto de chupetas.

— Vamos limpar tudo, prometo — disse a mãe de Jin-Ho. — Ah, meu Deus, eu nunca pensei...

— Olha lá! Xiu-Mei! — gritou o pai de Jin-Ho.

A mãe de Jin-Ho se virou para ele como se estivesse feliz por escutá-lo.

Ele estava de pé na varanda dos fundos, embora Jin-Ho tivesse pensado que ele estava no quintal com todo mundo.

— Quer saber se a Fada das Chupetas deixou alguma coisa pra você? — ele gritou.

— Ooh! — as pessoas disseram, e — Xiu-Mei! Vamos ver o que é!

Xiu-Mei olhou de um rosto para outro, ainda com o lábio enfiado para dentro, enquanto a mãe a levava pela escada para ver o que ela havia ganhado.

Bem, não era uma boneca Menina Americana. Mas era um presente muito bom, mesmo assim: um carrinho de crianças que ela podia empurrar em vez do seu carrinho de compras. Estava na frente da lareira com um laço vermelho amarrado no puxador.

— Seus cangurus não vão adorar? — sua mãe perguntou. Xiu-Mei não respondeu, mas quando a mãe a colocou no chão, ela foi até o carrinho de compras e tirou a mamãe e o bebê cangurus e os empilhou no carrinho. Depois, começou a empurrá-los pela sala. Parecia um pouco nua sem uma chupeta na boca. Era tão pequena que mesmo o carrinho sendo de brinquedo, ela precisava se esticar para alcançar o puxador. Todos disseram "Oh" outra vez. Lucy veio andando, segurou também no puxador e as duas empurraram o carrinho juntas enquanto o pai de Jin-Ho e o pai de Lucy tiravam um milhão de fotografias.

Na sala de jantar, Ziba estava servindo refrigerantes que tirava do isopor que colocara sobre a mesa. Jin-Ho não podia tomar refrigerantes. Ela aceitou um e foi para o peitoril da janela, onde Athena e Polly tinham se instalado outra vez.

— Os furos de cima de sua orelha doeram mais que os furos de baixo? — Athena estava perguntando. — Eu quero furar mais minha orelha, mas minha mãe acha que é cafona.

— Cafona! — disse Polly. — Bom, isso é porque ela é adulta. — E as duas sorriram uma para a outra como se fossem as melhores e mais antigas amigas. Nenhuma delas prestou atenção em Jin-Ho.

Deirdre estava falando ao celular num canto, olhando para a parede e mantendo a voz baixa. Ela estava namorando, Jin-Ho sabia, embora tivesse apenas 13 anos, o que era muito, muito jovem demais para ter um namorado, segundo a mãe de Jin-Ho. E Bridget estava contando para Mercy Copeland em que escola ela estudava, em que série estava e assim por diante, pobre Bridget, enquanto Mercy assentia muito séria e tomava um gole de seu refrigerante.

O refrigerante de Jin-Ho tinha gosto de lata, mas talvez fosse assim mesmo.

Agora o pai estava fotografando o tio Abe e a tia Jeannine. Eles estavam com os braços entrelaçados como um casal de artistas de cinema, e sorriam com todos os dentes e tio Abe estava dizendo, "Cheddar! Roquefort! Monterey Jack!", que era sua maneira de ser engraçado. Mas o pai de Lucy tinha parado de tirar fotos e estava conversando com Sami na sala de estar. "No mínimo, você precisa de três megapixels", ele estava dizendo. Jin-Ho passou por eles, mantendo a lata de refrigerante baixa ao lado do corpo, para o caso de passar pela mãe.

Mas *onde* estava sua mãe? Ah, sim, ali: de pé na escada da varanda da frente, com o avô de Jin-Ho. Jin-Ho podia vê-los pela tela da porta. Eles estavam de costas para ela e nem notaram quando ela veio e pôs o nariz na tela.

O avô estava falando para a mãe que de qualquer maneira ele tinha trabalho a fazer. Ainda tinha galhos no gramado do tamanho de seu braço.

— E por que eu tenho uma serra elétrica e não a gasolina, eu não sei — ele disse. — Era de se pensar que deveria ter me ocorrido que, se eu precisasse de cortar qualquer árvore, talvez fosse devido a uma tempestade que tivesse interferido com minha eletricidade. Portanto, tenho que usar a serra manual, e ainda tenho uns bons, ah, oito ou dez...

— Entendo, papai — disse a mãe de Jin-Ho — e não vou tentar impedi-lo, de verdade. Mas se você está indo embora por alguma outra razão, se está indo embora por causa de Sami e Ziba... Bom, isso é bobagem. Eles gostam de ver você! Eles não se sentem de jeito nenhum constrangidos!

— Não, eu sei disso — disse o avô de Jin-Ho. — Puxa! Não tem nada a ver com eles. É só que meu quintal, você sabe... — Então, ele deixou a voz morrer, e quando começou a falar outra vez tinha mudado para um assunto totalmente novo. Ele disse: — Não consigo parar de pensar, tentando entender, eu digo, ela parecia tão feliz; nunca me deu a mais leve indicação; por que ela me deixou imaginar que me amava? Lembro que ela me trazia alguma coisa para comer e então se sentava à minha frente e ficava olhando no meu rosto para ver se eu tinha gostado. Ninguém mais fará isso de novo. Eu não me iludo! Ninguém mais vai se importar comigo desse jeito outra vez na minha idade.

Jin-Ho estava esperando a mãe argumentar. Claro, todos eles se importavam, ela deveria dizer. Por Deus, o que ele estava pensando? Mas ela não fez isso. Ela disse: "Ah, papai. Não era só que ela parecia feliz; ela *estava* feliz. Vocês dois estavam. E ela amava você, eu juro. Ela amava você profunda e verdadeiramente; qualquer um podia ver isso, e eu sinto tanto, tanto, por vocês não estarem mais juntos."

Atrás de Jin-Ho, seu pai fez "pssiu".

Ela se virou e olhou para ele.

— Me faz um favor — ele sussurrou. — Abra um pouquinho a porta. Eu quero tirar uma foto dos dois.

Ela abriu a porta de tela no maior silêncio possível. Às vezes a mola rangia, mas hoje não, por sorte. O pai enfiou a câmera pela abertura e apertou o botão. "Obrigado", sussurrou. "Já tirei. Tenho certeza que ficará boa. Sua mãe não está linda?"

Ela estava mesmo. O rosto estava virado para o avô de Jin-Ho e o céu por trás iluminava a pele macia e a curva cheia e doce de sua boca.

Jin-Ho fechou a porta de tela e seguiu o pai de volta para a sala.

Uma vez mais ele estava apontando a câmera para Xiu-Mei e Lucy. Elas ainda estavam na frente da lareira, mas o carrinho agora estava de lado e as duas olhavam Susan, que as dirigia em um tipo de jogo. Susan estava de pé com as mãos na cintura, tão dominadora quanto uma professora, e dizia: "Tá legal, repitam comigo: Uá, uá, uá, nós sempre choramos na hora de deitar."

Obedientemente, elas repetiam: "Uá, uá..."

— Não! Errado! Eu disse "Macaco mandou"? Repitam: "Uá, uá, uá, nós sempre choramos na hora do almoço."

— Uá, uá...

— Qual é o *problema* de vocês duas, cara? Agora. Macaco mandou falar: "Uá, uá, uá, nós sempre choramos na hora da aula de natação."

— Uá, uá, uá...

Lucy falava muito claramente para sua idade, mas era mais difícil entender Xiu-Mei porque ela estava com uma chupeta de bolinhas na boca.

— 10 —

Maryam ia pegar Susan na Escola de Balé e Dança Moderna Pés Miúdos. Lamentavelmente, estava adiantada, porque nunca tinha ido lá e reservou demasiado tempo para o trajeto. Estava quebrando o galho de Ziba, que tinha uma hora no dentista.

Era um dia ensolarado do final de junho e ela podia sentir o calor subindo da calçada ao ficar parada na frente da escola, que era uma casa comum de telhas de madeira marrom, construída um pouco distante da rua. Outra mulher também estava esperando, mas estava ocupada indo atrás de uma criança pequena e elas meramente trocaram sorrisos, o que para Maryam estava ótimo.

Então um homem disse "Maryam?" e ela se virou e encontrou Dave Dickinson de pé a seu lado.

— Olá — ele disse.

— Ah — disse ela. — Olá.

Esta não era a primeira vez que eles se encontravam por acaso. Uma vez, logo depois do rompimento, ela o encontrou quando ele estava deixando Jin-Ho na casa de Sami e Ziba, e uma outra vez algumas semanas mais tarde, quando ela estava esperando na fila no correio. Mas isso tinha sido há um ano, e em ambas as ocasiões ele foi tão lacônico — quase nem falou, na verdade — que ela não sabia ao certo como se comportar agora. Ergueu o queixo e se preparou para o que viesse.

Ele tinha aquela pele rija, bronzeada e dura que era tão atraente nos homens de idade e tão pouco atraente nas mulheres. Estava precisando de um corte de cabelo, e se ela se esticasse para tocar seus cachos eles teriam rodeados completamente seus dedos.

— Susan está estudando aqui? — perguntou ele.

— Sim. Começando o balé.

— Jin-Ho também.

Bom, claro: foi assim que Ziba apareceu com aquela idéia. Maryam deveria saber.

— Acho que é o pânico de verão — disse ela. — O que fazer com elas quando não tiverem escola.

— Sim, com certeza não é por nenhum talento dado por Deus — disse Dave. — Ou pelo menos, não no caso de Jin-Ho. E Susan? Ela tem alguma graça?

Maryam deu de ombros. Na verdade, ela achava que Susan era muito graciosa, mas não queria dizer isso ao avô de uma criança tão desengonçada quanto Jin-Ho.

— Acho que eles só querem lhe apresentar todas as possibilidades — ela disse. — No ano passado, foi a colônia de arte.

— Ah, sim, Jin-Ho também.

Os dois sorriram.

Então Dave disse:

— Bitsy está doente.

Foi por ser um comentário tão repentino que ela percebeu que ele queria dizer algo mais do que o habitual. Ela esperou, fixando os olhos nele.

— É onde eles estão nesse momento, ela e Brad — disse ele —, consultando o oncologista. Na semana passada eles tiraram um caroço do seio dela e agora estão discutindo as opções.

— Ah, Dave. Sinto muito — disse Maryam. — Sei que isso deve lhe trazer tudo de volta.

— Bem, naturalmente estou preocupado.

— Mas a cada ano eles descobrem novos tratamentos — disse ela. — E eles pegaram no início, imagino.

— Sim, os médicos foram muito animadores. É só que é um choque para todos nós.

— Claro que é — ela disse. Ela protegeu os olhos com uma das mãos; o sol havia se movido diretamente sobre ele. — Espero que ela me deixe saber se posso fazer alguma coisa — disse. — Eu ficaria feliz em pegar as crianças, levar comida...

— Vou lhe dizer isso. Obrigado — ele disse. — Eu sei que ela pretende falar com Ziba assim que tiver certeza de qual será o plano.

Outra mulher se aproximou, empurrando um bebê em um carrinho. Agora que tinham um público, Dave mudou de assunto.

— Seja como for! — ele disse. — Você irá à Festa da Chegada este ano? Ah. É claro que sim. É a vez de vocês.

— Bem, não *minha* vez; de Sami e Ziba. E talvez eu esteja em Nova York.

— Nova York?

— Kari, Danielle e eu planejamos ver algumas peças.

— Mas você poderia fazer isso em outra época — ele disse.

— Uma das peças pode sair logo de cartaz. E além disso... Você sabe. Na verdade, esta é uma festa para os jovens. Estou ficando muito velha para essas coisas.

— Velha! — ele disse, tão bruscamente, que a mulher com o carrinho lançou um olhar curioso para Maryam.

— E também pode ser que minha prima Farah esteja aqui — disse Maryam.

— O tempo em que você vai ficar fora é o mesmo em que vai ter hóspede?

— Bom, não exatamente na mesma data..

Ela desistiu. Parou de falar.

— Olha, Maryam — disse Dave. É um absurdo pensar que não podemos os dois comparecer a um mesmo evento social.

Isso vindo do homem que lhe tinha dito diretamente "não, nós *não* podemos continuar nos vendo".

— Bem, você está certo, claro — disse ela.

— Você não veio o ano passado. Perdeu uma boa festa.

— Sim, eu sei. Ziba me disse.

— Jin-Ho deixou a fita de vídeo cair na poncheira, mas a pescamos antes que qualquer dano fosse feito. E "Coming Round the Mountain" saiu tão rouco que quando os gêmeos gritam "Vem, meu bem!", você juraria que eles estavam batendo na janela de um motel. Mas fora isso...

Maryam riu. (Ela sempre amou o jeito dele de contar as coisas.)

— Pense nisso — ele disse.

— Está bem — disse ela.

Então as crianças começaram a sair da escola aos poucos — as duas deles na frente, Jin-Ho com seu cabelo maciço e curto e Susan com suas longas tranças balançando — e eles seguiram seus caminhos separados.

⁂

Nos dias seguintes, ela se viu acossada por uma tristeza persistente. Em parte, é claro, isso se devia à notícia sobre Bitsy. Maryam supunha — esperava ferventemente — que o câncer tivesse sido detectado a tempo, mas ainda assim detestava pensar no que os Donaldson deviam estar passando. E então outra parte dela uma vez mais se entristecia por Dave. Vê-lo a fez recordar como ele ficou parado na varanda da casa dele naquela manhã, vendo-a ir embora em seu carro, as calças de jardinagem manchadas e puídas curvando-se nos joelhos à moda antiga. Ela sentia muita falta dele. Tentava nunca se permitir saber o quanto.

Ela escreveu um bilhete a Bitsy expressando sua preocupação e oferecendo qualquer ajuda que precisasse. *Estou lhe enviando meus melhores pensamentos*, ela escreveu, desejando pela milésima vez que fosse religiosa e pudesse oferecer suas orações. *Espero que você não hesite em me chamar.* Pensou um pouco antes de assinar. *Atenciosamente? Com um abraço sincero?* No final, decidiu por *Afetuosamente*, porque Bitsy podia ter seus defeitos, mas pelo menos eram defeitos bem-intencionados. Ela era uma mulher de bom coração, generosa, e Maryam sentia por ela a mesma simpatia que sentiria por uma velha amiga.

Seu mundo tinha se tornado muito tranqüilo depois do rompimento. Bom, ele tinha sido tranqüilo antes, também, mas de alguma maneira sua breve aventura numa vida mais viva, mais engajada, a fez apreciar a abençoada ordem de sua rotina diária. Ela acordava antes do alvorecer, quando o céu ainda era de um branco perolado e os pássaros mal estavam se mexendo. Um dos cardinais de seu quarteirão tinha o hábito de omitir a segunda nota de seus chamados e repetir apenas a primeira em um *staccato* empedernido, vivaz. "Vite! Vite! Vite!" parecia dizer, como um francês superansioso. Um avião a jato cruzava as vidraças mais altas perfeitamente niveladas, perfeitamente silenciosas, e às vezes uma lua lívida e translúcida ainda se pendurava atrás do bordo do vizinho.

Ela ficava deitada reunindo os pensamentos, afagando desatenta o gato que sempre dormia na curva de seu braço, até o jovem médico da esquina ligar o carro barulhento e sair para suas rondas matinais. Esse era o sinal para ela se levantar. Como estava ficando toda desconjuntada! Cada uma das articulações tinha que aprender a se dobrar outra vez toda manhã, ao que parecia.

Quando saía do chuveiro, o sol já tinha se levantado e mais vizinhos estavam acordados. O novo cãozinho explodia na casa ao lado, latindo excitado. Um bebê começava a chorar. Vários carros zuniam ao passar. Nesta rua, era possível dizer que horas eram apenas contando os carros e ouvindo a velocidade com que passavam.

Ela se vestia com cuidado, com delineador e tudo; não era o tipo de mulher de roupão. Fazia a cama e pegava seu jarro de água e o livro que estava lendo quando pegara no sono, e só então descia, seguida pelo gato que gostava de se enroscar entre seus pés.

Chá. Torrada de pão pita. Uma fatia de queijo feta. Enquanto o chá estava na infusão, ela arrumava a louça num jogo americano de palha trançada. Enchia a tigela de água de Moosh e verificava seu suprimento de ração. Saía para pegar o jornal, mal olhando as manchetes antes de colocá-lo de lado e se sentar para o desjejum. (Ela preferia se concentrar em uma coisa de cada vez.) O chá estava fresco, quente e revigorante. O feta era búlgaro, cremoso e não muito salgado. Sua cadeira estava posicionada de tal forma que pegava os raios de sol, que douravam a pele em seu braço e parecia um verniz quente em sua cabeça.

Que vida pequena, pequena, ela levava! Tinha um filho adulto, uma nora, uma neta e três amigas íntimas. Seu trabalho era agradavelmente previsível. Sua casa não mudava há décadas. Em janeiro próximo ela faria 65 anos — não uma anciã, mas ainda assim, só podia esperar que seu mundo se estreitasse ainda mais de agora em diante. Achava esse pensamento reconfortante em vez de penoso.

Na última semana ela reparara no obituário de uma mulher de 78 anos, em Lutherville. *A Sra. Cotton gostava de jardinagem e de costurar*, ela leu. *Os familiares diziam que ela quase nunca usava a mesma roupa duas vezes.*

Sem dúvida, quando criança, a Sra. Cotton tinha aspirado algo mais dramático, porém, ainda assim, não lhe parecia uma existência nada ruim.

Se fosse quarta-feira — o único dia em que trabalhava no verão — ela iria para a Julia Jessup logo depois das nove, quando o horário do rush tivesse terminado. Cumprimentava o zelador, abria a correspondência, fazia o pouco trabalho necessário. O cheiro de chão encerado a fazia se sentir virtuosa, como se tivesse sido ela a encerá-lo, e sentia certa realização ao jogar no lixo as páginas da semana passada do calendário. A escola, sem suas crianças — seus "Oi, Sra. Yaz! Dia, Sra. Yaz!" — lhe dava uma pequena pontada de nostalgia. No quadro de avisos, uma luva não reclamada no inverno passado parecia gritar com vida.

Se não fosse quarta-feira, ela levava o jornal para a varanda ensolarada depois de lavar as coisas do desjejum. Lia de maneira desconexa — notícias ruins, mais notícias ruins, mais para balançar a cabeça e virar a página. Então, colocava o jornal na sacola para reciclagem debaixo da pia e ia regar seus canteiros, ou pagar algumas contas na escrivaninha no antigo quarto de Sami, ou se ocupava com alguma tarefa doméstica. Muito raramente, saía em público pela manhã. Sair era trabalho. Requeria conversa. Levava à possibilidade de erros.

Ela reparara que, ao envelhecer, falar inglês exigia mais esforço. Podia pedir "si-los" em vez de selos, ou misturar os "dele" e "dela", só percebendo isso quando via um olhar de confusão passar pelo rosto de alguém. E então se sentia exausta. Ah, que *diferença* fazia?, ela se perguntava. Tão desnecessário para uma língua especificar o sexo! Por que ela deveria se preocupar com isso?

Sentia-se mais só em público do que em casa, para ser sincera.

Antes do almoço, em geral ela fazia uma longa caminhada, percorrendo o mesmo trajeto todo dia e sorrindo para os mesmos vizinhos, cachorros e bebês, reparando em uma nova árvore aqui, uma mudança na cor da casa ali. O verão era o momento de chamar os pintores e as equipes de jardinagem. Trabalhadores enxameavam pelo bairro, diligentes como formigas. Ela encontrou seu encanador favorito batendo as ferramentas em sua caminhonete.

Fazia calor, mas ela gostava quando estava quente. Sentia que se movimentava mais suavemente no calor. A fina camada de suor em seu rosto a levava outra vez para as noites abafadas de Teerã, quando ela e a família dormiam em colchões arrastados para o telhado e era possível olhar a cidade e ver todas as outras famílias arrumando seus colchões nos telhados, como se todas as casas tivessem se aberto ao meio e mostrassem a vida que acontecia em seu interior. E então, de madrugada, a chamada para as orações despertava a todos de seu sono.

Não é que ela desejasse voltar para lá, exatamente (muito daquele modo de vida pouco privado a contrariava, mesmo na época), mas não se importaria de ouvir mais uma vez aquele canto distante vindo do minarete.

Ela voltava para casa, lavava o rosto na água fria e preparava um almoço leve para si mesma. Fazia algumas ligações telefônicas. Olhava sua correspondência. Às vezes Ziba passava por lá com Susan. Ou às vezes deixava Susan enquanto ia fazer suas coisas; Maryam gostava mais desses dias. Era mais fácil divertir uma criança se não tivesse adultos por perto. Ela deixava Susan brincar com sua caixa de jóias, peneirando correntes de ouro e molhos de turquesas entre os dedos. Mostrava-lhe os álbuns de fotografia. "Este é meu tio-avô por parte de mãe, Amir Ahmad. O bebê no joelho dele é seu sétimo filho. Era pouco comum naquela época um homem ser visto segurando um bebê. Ele deve ter sido uma pessoa interessante." Ela examinava o rosto dele — sério e de barba quadrada, coberto com um pesado turbante negro, não entregando nada. Ela só tinha uma leve lembrança dele. "E este é meu pai, Sadredin. Ele morreu quando eu tinha 4 anos. Ele seria seu bisavô." Mas seria mesmo? As palavras soaram falsas no instante em que saíram de sua boca. Por mais que se sentisse próxima de Susan — tão próxima quanto qualquer avó poderia sentir — tinha dificuldade para imaginar qualquer vínculo entre os parentes que ficaram em sua terra e essa pequena e delicada menina asiática com seu cabelo preto escorrido, seus exóticos olhos escuros, a pele tão clara e opaca e sem textura como osso.

Em várias ocasiões, Jin-Ho vinha junto, e por duas vezes também Xiu-Mei. Ziba ficava bastante com elas no mês de julho, porque a quimioterapia de Bitsy a deixava sonolenta o tempo todo. Mas ela estava indo muito bem, Ziba informou. Ela disse, "Você tem certeza de que não se importa, Mari-june? Prometo que não vou demorar muito". Maryam dizia "é claro que não me importo", e realmente era sincera. Primeiro, porque esta era uma maneira de ajudar Bitsy. E também porque duas ou três crianças podiam brincar uma com a outra. Tudo que Maryam fazia era servir alguma coisa para elas em algum momento da visita — biscoitos caseiros ou bolinhos e "chá" de suco de maçã em pequenas xícaras de ferro esmaltado.

Jin-Ho agora estava uma cabeça e meia mais alta do que Susan, e tinha pedido para ser chamada de "Jo", embora nenhum deles se lembrasse de fazer isso. Xiu-Mei ainda era pequena e frágil mas irritável, com idéias próprias. Ela usava roupas herdadas tanto de Jin-Ho quanto de Susan; era estranho ver os antigos trajes de brincar de Susan ressuscitados, combinando com antigas sandálias de Jin-Ho e uma chupeta pendurada em um elástico ao redor de seu pescoço.

No final da tarde, sozinha outra vez, Maryam podia finalmente se aventurar a sair para fazer alguma compra de que precisasse. Depois ela faria um jantar completo e sério, mesmo se fosse a única a comê-lo. Muitas vezes, no entanto, suas amigas vinham. Ou então ela ia visitar alguma delas. As quatro eram todas excelentes cozinheiras. Cada uma com uma cozinha diferente: turca, grega, francesa e a de Maryam, iraniana a sua maneira. Não era de se admirar que elas fossem a restaurantes com uma freqüência cada vez menor.

Vestindo-se para uma noite com as amigas, Maryam não sentia nada da ansiedade que costumava sentir ao se vestir para eventos sociais nos velhos tempos. Naquela época, ela podia trocar várias vezes de roupas antes de decidir qual usar, e costumava preparar uma lista mental de começos de conversa. Não era apenas a idade que fazia a diferença (embora isso ajudasse, sem dúvida); era mais porque ela havia se descartado das pessoas com que não se sentia à vontade. Já não aceitava convites para aquelas festas inúteis e superficiais que ela e Kiyan tinham suportado. Suas amigas ocasionalmente questionavam isso. Ou pelo menos, Danielle. Danielle estava sempre procurando por novos conhecidos e novas experiências. Mas Maryam dizia "Por que me incomodar? Esta é a única coisa boa de ficar velha: eu sei do que gosto e do que não gosto".

Sempre que Danielle ouvia a palavra "velha", torcia o nariz com desgosto. Mas as duas outras mulheres assentiam. Sabiam o que Maryam queria dizer.

Elas conversavam com freqüência sobre envelhecimento. Conversavam sobre para onde o mundo estava indo; conversavam sobre livros, filmes e peças de teatro e (no caso de Danielle) homens. Surpreendentemente, pouco diziam sobre crianças ou netos, a menos que estivessem lidando com alguma crise específica. Mas quase sempre surgia o tema dos americanos, de uma maneira divertida e maravilhada. Elas nunca se cansavam de falar dos americanos.

Quer Maryam passasse a noite fora ou em casa, às dez horas estava na cama, como regra. Lia até suas pálpebras ficarem pesadas — duas ou três horas, às vezes — e então desligava o abajur, deslizava mais sob as cobertas e dobrava um braço ao redor de Moosh. Do lado de fora de sua janela, o rouxinol do bairro cantava sozinho no sicômoro, e ela pegava no sono agradecendo pela altura de suas árvores, que fazia a canção dos pássaros vir de tão alto e também eram maravilhosas nas chuvas de verão, quando faziam um constante murmúrio que lhe soava como "Aah. Aah".

Uma manhã, ela atendeu o telefone e uma mulher disse "Maryam?"

Foi só por sua maneira de pronunciar que Maryam soube que era Bitsy. (Bitsy sempre alongava os As do nome de Maryam até um grau cômico, acreditando evidentemente que os A estrangeiros não podiam ser simples.) Sua voz era frágil e levemente rouca, como se ela tivesse se recuperando de uma tosse. De fato ela tossiu, nesse momento.

— Bitsy? Como vai você? — disse Maryam.

— Estou bem — Bitsy lhe disse. — O tratamento não foi nada divertido, mas agora terminou e os médicos estão muito satisfeitos. — Então ela tossiu outra vez e disse: — Desculpe, um pequeno efeito colateral. Nada que os deixe preocupados. De qualquer maneira: obrigada por seu bilhete. Eu deveria ter lhe respondido há muito tempo.

— Não, você *não* devia ter me respondido. Só se tivesse pensado em alguma coisa que eu pudesse fazer.

— Mas só para lhe agradecer por entrar em contato, quero dizer. Fiquei muito feliz por receber notícias suas! Eu realmente senti sua falta; todos nós. Estamos ansiosos para ver você na festa de Sami e Ziba.

— Ah... — disse Maryam. — A Festa da Chegada.

— Papai falou que talvez você fosse.

— Bem, eu disse que ia pensar no assunto — disse Maryam. — Mas este verão está tão complicado; não tenho certeza se...

— Seria como nos velhos tempos! — disse Bitsy, de maneira tão convincente que tossiu outra vez. — Não foi a mesma coisa no ano passado. Até Xiu-Mei reparou. Ela disse: "Cadê Mari-june?" Detesto pensar que você não participará mais de nossa vida.

— Puxa, obrigada, Bitsy — disse Maryam.

As desculpas que ela estava pensando em dar — Nova York, a chegada de Farah — de repente pareceram transparentes. Em vez disso, ela falou a verdade.

— Mas eu temo que seja constrangedor.

— Constrangedor! Bobagem. Somos todos adultos.

Esse argumento pareceu decepcionante; Maryam não tinha certeza do porquê. O que ela queria que Bitsy dissesse? Uma pontada de injúria apertou seu peito.

— Eu sei que seu pai sente que eu não fiz direito as coisas — disse ela.

— Ora, isso é de alguma maneira relevante para nossa discussão? Estamos falando de uma pequena e simples reunião de uma pequena família normal — disse Bitsy. — Bobabem, nós deveríamos coagir você.

Coagir. Esse verbo era pouco conhecido. Talvez significasse algo como "linchar".

— Sim, talvez devessem — disse Maryam em um tom que deve ter soado mais amargo do que pretendia, porque Bitsy disse: “Bem, perdoe-me, Maryam. Eu sou uma intrometida; sei disso.”

O que ela era, de fato. Mas Maryam disse:

— Ah, não, Bitsy, você é só muito gentil. Foi muito legal de sua parte telefonar. — E depois, tentando se igualar à energia de Bitsy: — Mas você não me disse o que posso fazer por você! Por favor, me dê uma tarefa.

— Nadinha, obrigada — disse Bitsy. — Estou cada dia mais forte. Você ficaria admirada. Espere até me ver na Festa da Chegada.

Essa era a Bitsy. Sempre tinha que dar a última palavra, pensou Maryam ao desligar.

— O que você dirá a sua família? — ele lhe perguntou. — Eles estavam tão felizes por nós. Como você explicará a eles que vai jogar tudo fora?

— Já disse a eles — disse ela. — Acabo de voltar de lá.

Olhar no rosto dele a fez desejar não ter dito nada.

— Você falou com eles antes de falar comigo? — ele disse.

— Bem, sim.

— Como você *pôde* fazer isso, Maryam?

— Não sei — ela disse num tom vago. Ela já não tinha forças para se defender. — Apenas fiz, foi tudo — ela disse. — Está feito.

Agora, no entanto, passou por sua cabeça o espanto pela mesma coisa. Por que ela *contara* a eles primeiro? Que jeito estranho de se comportar!

Alguma parte minúscula dela havia esperado que Sami e Ziba a fizessem desistir?

E, ah, se pelo menos, pelo menos ela não tivesse admitido que tinha falado com eles, será que ele teria concordado que poderiam continuar se vendo?

Ela havia se apaixonado por ele quando estava desprevenida, pode-se dizer. Acontecera como uma completa surpresa. Primeiro, ele era apenas outro homem infeliz desesperado por companhia — um homem agradável, mas o que isso significava para ela? Mesmo depois que começaram a passar um tempo juntos, ela não se sentira, ah, relacionada com ele, como se sentia relacionada com Kiyan. "Realmente, Dave", ela lhe disse uma vez, "não temos nada em comum. Não temos uma educação comum. Ora, eu não posso sequer imaginar como sua infância deve ter sido."

— Infância? — ele disse. — De onde surgiu *isso*? Que diferença faz a minha infância? O que realmente importa é no que dá o nosso cozimento no final, quando ficamos só com os resíduos e a essência.

Sim, ele podia ser persuasivo, certamente. Quando ele dizia coisas assim, ela podia entender seu ponto de vista. Mas só enquanto ele as estava dizendo.

Ela foi para Vermont naquele verão com a sensação de que estava fugindo. De certa forma, contra seus melhores instintos, começara a se encontrar demasiado com ele, e aqui estava sua chance de ganhar outra vez alguma distância. Ela cumprimentara Farah num tal jorro de farsi que Farah riu. "Maryam! Mais devagar! Não consigo entendê-la! Maryam, você está falando com sotaque?"

Ela *estava* falando com sotaque? A sua própria língua? Qual era a sua própria língua, afinal? A esta altura, será que tinha mesmo uma?

Ela diminuiu seu ritmo. Acomodou-se uma vez mais ao ritmo de melado de Farah. Recostando-se indolentemente na espreguiçadeira do pátio dos fundos à sombra dos pinheiros, lançou um olhar oblíquo para William e se perguntou como Farah tinha conseguido se adaptar a alguém tão bizarro. Naquele verão, ele estava aperfeiçoando um removedor de manchas para animais domésticos que tinha certeza que lhe renderia milhões. "Começou como um fluido corretor extra-rápido para datilógrafos", ele tinha confidenciado a Maryam. "Pensei nisso alguns anos atrás. *D'elite*, eu ia chamá-lo assim — D, apóstrofe, elite — entendeu? Mas então, por sorte minha, os datilógrafos, adeus!, inventei esse novo uso para ele. E esta é a parte melhor: sem sequer mudar o nome! *D'elite*! Não é ótimo? Além disso, as pessoas que não souberem direito podem até falar *Delight* e não terá a menor importância."

E enquanto isso, Farah, reclinada a seu lado, estava murmurando em farsi como se William não tivesse dito nada.

— Por que será que as mulheres idosas deste país cortam os cabelos para ficarem com cara de monjas? Por que as mulheres das classes altas aqui nunca usam maquiagem suficiente?

Como duas crianças pequenas, eles competiam pela atenção de Maryam; e Maryam, para sua própria surpresa, se viu favorecendo William — seu entusiasmo, sua inocência, seu cativante otimismo. Havia um cansaço do mundo em Farah que às vezes podia ser deprimente. Maryam sorriu para Wiliam e subitamente pensou em Dave. Dave na verdade não era nada parecido com William, certamente não tão radical nem excêntrico; mas mesmo assim....

— Não sei por que as pessoas verdadeiramente boas sempre me entristecem — Kiyan lhe disse uma vez. Ela entendia agora o que ele queria dizer.

Ela havia escrito para Dave naquele verão para lhe dizer que sentia sua falta. Bem, ela o dissera de maneira mais sutil que isso. (*Estou me divertindo muito aqui, mas penso em você constantemente e me pergunto o que você está fazendo.*) Ainda assim, ela sabia o efeito que teria. Ao enfiar a carta pela abertura da caixa de correio, segurou-a por um momento longo, indecisa, antes de deixá-la cair. E então pensara *O que foi que eu fiz?* e desejou poder recuperá-la.

No entanto, quando Dave a encontrou no aeroporto de volta, ele se comportou da mesma maneira. Estava claramente contente por vê-la, mas não se referiu à carta nem agiu como se as coisas tivessem mudado.

— Gostou da visita? — ele perguntou. — Ficou a par de todos os mexericos da família? — Ela ficou magoada. Que presunção a dela achar que ele se importaria com o que ela lhe escrevera! Tratou-o friamente e o enviou logo para casa. Passou a noite se virando na cama, lamentando o que havia considerado sua última chance no amor. Agora ela seria para sempre uma daquelas viúvas determinadamente alegres, se virando sozinhas.

Ah, a agonia do ir-e-vir do romance! Os avanços e retiradas, as feridas secretas, os recolhimentos estratégicos!

O verdadeiro choque cultural não era aquele entre os dois sexos?

No dia seguinte ele chegou à porta dela no meio do seu almoço.

— Eu recebi sua carta — ele lhe disse.

— Minha carta?

— Eles a entregaram dez minutos atrás. Você chegou antes.

— Ah!

— Maryam, você pensou constantemente em mim? Você sentiu minha falta?

Então, mesmo antes que ela pudesse responder, ele a abraçou e a cobriu de beijos. "Você sentiu minha falta!" ele ficou dizendo. "Você me ama!" e ela ria, retribuía seus beijos e tentava respirar, tudo ao mesmo tempo.

Não foi nada parecido com seu casamento. Desta vez, ela agiu sabendo que as pessoas morrem; que tudo tem um fim; que embora ela e Dave estivessem passando todo dia juntos e toda noite, chegaria o momento em que ela diria "Amanhã fará dois anos desde a última vez que pus meus olhos nele". Ou então ele diria o mesmo dela. Eles estavam embarcando nisso sabendo mais do que qualquer jovem casal poderia imaginar, e ambos estavam conscientes disso.

Isso os deixava menos propensos a discutir ou se ofenderem. Perdiam pouco tempo com irritações pequenas. Ela era tolerante com a desordem dele e sua insistência em ler o jornal em voz alta. (Escute isso: "Tenho uma casa de três milhões de dólares", o boxeador se gabou a um entrevistador, "e lençóis com a contagem de dez mil fios". Dez mil fios! Isso é possível?) Ele, por sua vez, aprendeu que ela podia reviver com uma simples tigela de arroz branco quando estava com gripe ou cansada; e uma vez, quando Moosh desapareceu por dois dias ele mandou imprimir dezenas de cartazes onde se lia PERDIDO e RECOMPENSA e CRIANÇA SOFRENDO. "Criança sofrendo?", ela perguntou. "Do que você está falando? Aqui não tem criança!"

Mas ele disse: "*Você*. Você é uma criança." E tomara o rosto dela entre suas mãos e a beijara no alto da cabeça.

E ele tinha razão.

Ela costumava fantasiar sobre viajar numa máquina do tempo até uma época muito, muito distante. À pré-história, por exemplo, onde podia testemunhar como a língua tinha se desenvolvido. Ou ao tempo de Jesus; o que foi tudo *aquilo*, afinal? Agora, no entanto, ela escolheria um período muito mais recente. Gostaria de tomar um avião BOAC outra vez para visitar sua mãe, caminhar pelo tapete rolante estalando os saltos altos, porque naqueles dias as mulheres usavam saltos altos para as viagens de avião, e se acomodar em um dos assentos de dois e sorrir para a aeromoça com seus uniformes que pareciam aerodinâmicos. Gostaria de jantar com Kiyan no Golden Arm Restaurant de Johnny Unitas, na York Road. (Ela pediria a famosa salada de camarão e fatias crocantes de berinjela frita, e a garçonete cantaria "Strangers in the Night" para si mesma enquanto os servia.)

Então ela se lembrava de que, sempre que ela e Kiyan iam comer fora, Kiyan examinava o cardápio por tempo demais antes de finalmente fazer sua escolha, e depois que a comida deles chegava ele olhava para seu prato, olhava para o dela, olhava para o seu de novo e dizia "coitado de mim!". Ela sempre morria de raiva quando ele dizia isso.

Ou daquela vez em que ela despejou o pote de iogurte no prato dele: ela havia passado toda a tarde fazendo seu prato favorito, *bahali polo* com feijão-de-lima cuja pele teve de estourar uma a um até seus dedos ficarem franzidos e ensopados; e quando ela colocou o prato na frente dele, ele tinha dito "sem iogurte por cima, estou vendo". Um comentário perdoável, mas inoportuno, e foi por isso que o pote de iogurte acabou onde acabou.

Ela achava seu antigo eu egoísta e mesquinho. Devia ter lhe dito: "Toma, fica com minha salada de camarão, se preferir." Devia ter dito: "Iogurte? Claro. Vou buscar." Mas na época ela se ressentia da interminável carência dele. Ainda não havia ocorrido a ela que uma vida onde ninguém precisasse dela seria uma vida pobre, sombria, patética.

Não foi isso que a levara a Dave? Era tão claro que ela poderia fazê-lo feliz. Tudo que precisava era ela dizer sim; há quanto tempo ela não tinha esse poder? *Seduzida pela carência*, ela pensou, imaginando-o como o título de bordas incendiadas de uma melodramática história em quadrinhos. No final, esta foi a sua ruína: o desejo de se sentir necessitada.

Tola.

Para se sentir necessitada ela havia se ligado a um homem tão inadequado que poderia da mesma forma ter puxado o nome dele de dentro de um chapéu. Um homem *americano*, ingênuo, complacente e distraído, convencido de que seu jeito era o único jeito e que tinha todo o direito de rearrumar a vida dela. Ela se derretera no instante em que ele disse "Venha", embora soubesse perfeitamente bem que a inclusão era apenas um mito. E por quê? Porque ela havia acreditado que poderia fazer uma diferença na vida dele.

"Como você pôde *fazer* isso, Maryam?", ele tinha perguntado. E "Como você vai explicar ter jogado tudo fora?"

Às vezes ela se sentia como se tivesse emigrado de novo. Mais uma vez deixara seu antigo eu para trás, mudando para uma ter ra estrangeira e perdendo toda esperança de retorno.

O motivo pelo qual Farah estava visitando Maryam este ano, em vez de Maryam visitá-la, era que William tinha o plano de polir de novo todo o piso e disse que seria mais fácil se Farah estivesse fora. Mas a visita dela não coincidiu realmente com a Festa da Chegada; isso fora apenas um álibi. Ela chegou na tarde de uma sexta-feira no final de julho, trazendo tanta roupa que dava a impressão de que ela ia ficar o mês todo e não apenas o fim de semana. O presente para sua anfitriã era um caixa de latão pintado cheia de açafrão. (Morando na Vermont rural, ela não tinha idéia de que hoje se encontrava açafrão na maioria dos supermercados.) "Comprei pela internet", ela disse. "Eu me tornei uma maga da internet! Você devia me ver com meu mouse, clique-clique!" Ela também trouxe um sortimento de pequenos quadrados de cartolina riscados de forma a parecer de madeira, em diferentes tons de marrom ou amarelo.

— O que você acha, Mari-june? Que polimento devemos escolher para nosso piso? Eu acho que é este; William acha aquele.

Para Maryam, tinha pouca diferença, mas ela disse:

— O seu é bonito.

— Eu sabia que você ia concordar! Vou telefonar para William esta noite e lhe dizer. — Depois, disse: — Ah, Maryam, os homens americanos podem fazer qualquer coisa. Desentupir privada, trocar interruptor... Bem. Mas *você* sabe disso. — Ela pareceu perturbada, de repente, e Maryam não podia imaginar por que até que Farah perguntou: — Você nunca mais o encontrou?

— Quê...? Ah. Dave — disse Maryam. — Não.

— Bem, você deve ter tido seus motivos — Farah emendou, controlando-se. — Lembra... lá em nossa terra... a tia Nava? Como todos insistiam para que ela se casasse com o homem que o pai tinha escolhido para ela? E ela disse não, não, não, e seus pais não sabiam o que fazer, mas evidentemente não podiam obrigá-la. Então, uma noite ela estava deitada na cama; o pai bateu na porta: "Nava-june. Você está acordada? Nava-june-am", ele disse...

Ah, essas histórias antigas, antigas, repetidas com todas as inflexões próprias, tons baixos, pausas dramáticas! Maryam se sentiu relaxada e flutuando como se ouvisse uma música.

Mas a visita não foi relaxante no geral. Nunca era, pela experiência de Maryam, porque Farah era tão decidida a se pôr em dia com todos os seus conhecidos. Primeiro elas tiveram que fazer um jantar para Sami, Ziba e Susan, e Farah teve que fazer uma grande festa para Susan e exibir todos os muitos presentes que tinha lhe trazido. Isto estava bem para Maryam; sua própria família não era trabalho, afinal. Mas depois elas tiveram que ir de carro até Washington para visitar os pais de Ziba, que adoravam Farah (muito mais divertida do que Maryam, eles com certeza achavam) e nunca deixavam de lhe oferecer uma festa quando ela vinha. Um *enorme* festa, transbordando de caviar e vodca gelada, na qual Farah se exibia como uma rainha. Ela cintilava, brandia seus dedos cheios de anéis e ria com a cabeça jogada para trás. Graciosamente, tentava fazer Maryam se sentir parte das coisas. "Todos vocês conhecem Maryam, não é? Minha prima favorita! Nós crescemos juntas." Maryam avançava um pouco, sorrindo abafada, oferecendo a mão; mas ela não era um membro ali. Assim que foi possível, retirou-se para um canto mais tranqüilo, onde encontrou Sami lendo para Susan um livro de ilustrações sobre Persepolis. (Ele também não era um membro, embora Ziba estivesse circulando alegremente entre os convidados mais jovens na sala de recreação.)

— Se vivêssemos no Irã — Maryam disse a Sami — todas as noites seriam como esta.

Sami olhou para ela e disse: "Mesmo agora?"

— Bem... — disse Maryam. Ela não tinha certeza, na verdade. — Quando eu era menina, como detestava tudo isso! Em qualquer das festas da família, eu ficava sentada onde você está agora.

Ela se perguntou se havia um gene para isso — para se colocar de fora, resistindo à alegria comunitária. Nunca lhe ocorrera que ela havia passado esse traço para Sami.

No último dia de Farah, um domingo, elas foram fazer compras em um shopping gigantesco e Farah se apaixonou por uma loja de descontos para garotas adolescentes. Comprou uma multidão de calças de raiom encrespada que pareceram extravagantes e sofisticadas quando ela as experimentou — sem nenhum desconto, não era para adolescente. Depois elas foram almoçar na praça de alimentação. "E o que *você* comprou? Nada", Farah disse, com um carinhoso tom de repreensão. "Vou lhe dizer, Maryam-jon: existem dois tipos de pessoas no mundo. Um tipo vai fazer compras e volta com coisas demais e diz 'Oh-Oh, eu exagerei'. E o outro volta de mãos vazias e diz 'Ah, puxa, eu queria ter comprado isso e aquilo'."

Maryam teve que rir. Era verdade que ela com freqüência via algo de que gostava, mas a transação parecia demasiado complexa; requeria energia demais, e assim ela deixava e depois mais tarde se arrependia.

À tarde, elas cozinharam juntas, preparando diversos pratos iranianos que tinham mais sucesso com os estrangeiros, e naquela noite as três mulheres amigas de Maryam vieram jantar. Elas conheciam Farah de visitas passadas; portanto era uma ocasião confortável. Maryam ia da cozinha à sala de jantar enquanto Farah divertia as outras com a descrição da festa dos Hakimi. "Na verdade, foram duas festas, a dos velhos e a dos jovens", ela disse. Maryam instantaneamente entendeu o que ela queria dizer, embora não tivesse percebido isso no momento. "Os velhos todos produzidos e os jovens de jeans. Os velhos escutando Googoosh no sistema de som do andar de cima enquanto os jovens dançavam alguma música bate-estaca lá embaixo na sala de recreação."

Então ela disse: "Eles estão perdendo a cultura deles, os jovens. Vejo isso em todo lugar. Eles fazem as visitas tradicionais de ano-novo mas não têm certeza de como devem se comportar quando estão lá. Fazem todos os movimentos, mas ficam olhando para os outros para ver se estão fazendo certo. *Tentam* participar mas não sabem como. Não é verdade, Maryam? Você não concorda?"

As convidadas de Maryam se viraram para ela, esperando pela resposta. E embora pudesse simplesmente dizer sim, e deixar o momento passar, ela teve um súbito sentimento de culpa, como se fosse uma impostora. Que direito tinha ela de falar? Ela própria estava fora da cultura. Sempre esteve fora. De alguma forma, por nenhuma razão que pudesse apontar, ela nunca se sentiu em casa em seu próprio país ou em qualquer outro lugar, o que provavelmente explicava por que suas três melhores amigas eram estrangeiras. Kari, Danielle, e Calista: todas de fora, elas também nascidas assim.

"Você não concorda, Mari-june?", Farah estava lhe perguntando outra vez, e Maryam ficou parada na porta da cozinha com uma tigela de salada nas mãos e se perguntou se toda a decisão que já tomara na vida tinha sido feita para se manter como forasteira.

Ziba disse a Maryam que queria servir alguma coisa diferente na Festa da Chegada.

— Todos esses pratos iranianos estão ficando um pouco antigos — ela disse. — Eu estava pensando talvez em sushi.

— Sushi? — repetiu Maryam. Por um momento, ela pensou ter ouvido errado.

— Poderia encomendar daquele restaurante em Towson.

— Ah. Bem, mas...

— Para meus pais e meus irmãos eu encomendaria os rolinhos Califórnia. Pode ter certeza que eles não comem peixe cru.

— Mas rolinhos Califórnia têm carne de caranguejo — disse Maryam.

— Ah, ninguém mais observa essas velhas restrições. No Natal passado, a esposa de Hassa serviu lagosta.

E os Donaldson?, Maryam queria perguntar. Os Donaldson ficariam horrorizados! Nada da autêntica cozinha do Oriente Médio!

Mas tudo que ela disse a Ziba foi, "Me avise o que posso trazer".

— Uma garrafa de saquê seria ótimo — disse Ziba.

Maryam riu, mas Ziba não. Evidentemente, ela falava a sério.

Maryam planejava comparecer esse ano. Ela já havia repreendido a si mesma. Foi covardia dela, compreendeu, não ter ido à festa do ano passado. Aparentemente, ela ainda se importava demais com a opinião dos outros. Com essa idade, deveria ser capaz de dizer "Ah, e *daí* se as coisas ficarem constrangedoras?".

Ela escolheu antes o que usar, talvez pensando demais nisso, e consultou o homem na loja de bebidas sobre que marca de saquê comprar. Na noite antes da festa, dormiu mal. Na verdade, ela deveria dizer que não dormiu nada, exceto que a certa altura teve um sonho e, portanto, deve ter cochilado pelo menos por um momento. Sonhou que estava de novo na escola primária e sua turma cantava a música da galinha. "Jig, jig, jujahyam", eles cantavam, com vozinhas engraçadinhas de patos; e Dave estava olhando e sacudindo a cabeça de maneira reprovadora, Dave da mesma idade que tinha agora, com seus cachos grisalhos e suas pálpebras caídas. "Aflição infantil, Maryam", ele disse, e ela acordou chateada consigo mesma por ter um sonho tão óbvio. Seu relógio marcava 3h46. Depois, ficou olhando o relógio mudar para quatro, quatro e meia, e cinco, ela se levantou.

Provavelmente sua noite insone foi o motivo pelo qual ela passou pela manhã em tal confusão. Era domingo, notavelmente frio e agradável para agosto, e devia ter trabalhado no jardim, mas em vez disso ficou lendo o jornal. Depois, terminou de ler o romance que começara na noite anterior, embora tivesse dificuldade para se lembrar do começo e não estivesse nem um pouco interessada no final. Então, subitamente, já era meio-dia. Como isso tinha acontecido? A Festa da Chegada estava marcada para uma hora. Ela se levantou, arrumou os jornais e subiu para se trocar.

Ziba agora deve estar arrumando as bandejas de sushi e os palitinhos que encomendou. Seus irmãos devem estar surrupiando os pistaches da folha de *baklava* espetada de bandeiras americanas, e ela os escorraçaria e chamaria as cunhadas para vir tomar conta dos maridos. Todos estariam zanzando por ali, tagarelando meio em inglês e meio em farsi, às vezes confundindo os dois e acidentalmente se dirigindo a Susan na língua errada.

Que bando barulhento os iranianos podiam ser! Mais de uma vez Dave tinha observado que eles eram muito mais barulhentos do que os Donaldson. Maryam tinha de concordar com isso, mas lhe parecia que os Donaldson eram... Ah, se jactavam mais, faziam mais propaganda pessoal. Pareciam sentir que os eventos *deles* — seus aniversários, suas comemorações, mesmo suas limpezas-de-folhas — tinham tal importância cataclismática que naturalmente o mundo todo estaria ansioso para celebrar com eles. Sim, era a isso que ela objetava: a pressuposição deles de que tinham o direito a uma parte desigual do universo.

— Lembra da noite em que as meninas chegaram? — ela uma vez perguntou a Dave. — Sua família enchia o aeroporto inteiro! A nossa estava espremida em um canto. — Ela tomara o cuidado de falar de maneira ligeira. Essa era uma discussão amigável, afinal, uma discussão teórica; não uma briga. E no entanto, por baixo, ela teve consciência de um pequeno arroubo de ressentimento. — E quando Xiu-Mei veio: a mesma coisa outra vez. Dessa vez, nossas duas famílias foram juntas encontrar o vôo, mas eu senti que estávamos... tomando emprestado a festividade de vocês. Nos segurando nas bordas.

Ele não tinha entendido. Ela pôde perceber isso. Ele realmente não tinha entendido do que ela estava falando.

Ela foi até o armário pegar o vestido que escolhera — preto, de linho, sem mangas, muito simples. Em vez de vesti-lo, no entanto, ela o colocou nas costas de uma cadeira. Depois, tirou os sapatos e se estendeu na cama, passando um braço sobre os olhos que estavam quentes, cansados e doloridos.

Os Donaldson estariam vestindo suas filhas com alguma coisa étnica. Ou pelo menos, estariam vestindo Xiu-Mei. Jin-Ho ("Jo") talvez se recuse. Bitsy estaria se queixando do "She'll be Coming Round the Mountain", embora provavelmente tivesse desistido de encontrar uma alternativa. "Ah, benzinho", Brad estaria dizendo, "não fique nessa agonia. Deixa as crianças cantarem o que quiserem."

Semana passada, na farmácia Tuxedo, Maryam tinha visto um casal passando pela ala dos cartões postais e se perguntara por que lhe parecia tão familiar. Então, pensou, Ah! era o jovem alto que saiu pela porta do carona na noite em que as crianças chegaram, e a jovem mulher que estava esperando por ele. Só que agora eles tinham duas crianças — um menininho bonito de olhos castanhos estava orientando a irmã de rabo-de-cavalo pelo corredor à frente — e a jovem mulher carregava uma daquelas bolsas de bebê cheias de fraldas e mamadeiras. Eles nunca imaginariam que haviam sido capturados em uma fita de vídeo que era mostrada para uma multidão de estrangeiros, todos os agostos até a eternidade.

Alguma coisa estava soando. Maryam pensou primeiro que era sua campainha e depois pensou que era o despertador do forno; estava assim profundamente adormecida. Ela realmente estendeu a mão para o forno antes de perceber seu erro. Abriu os olhos e se levantou nos cotovelos para olhar o relógio: 1:35.

A Festa da Chegada.

Era seu telefone que estava tocando. Ela levantou o fone.

— Alô? — disse, tentando soar completamente desperta.

— Mamãe?

— Ah, Sami, eu estou tão... A festa já começou? Sinto muito! Eu devo ter caído no sono!

— Sim, bem — ele disse secamente — a costa está livre agora, você podia querer saber.

— O quê?

— Os Donaldson já foram. Você está livre para vir agora, se quiser.

— Eles já foram? — ela disse. Olhou de novo o relógio. — Eles já saíram da festa? O que aconteceu?

— E eu vou saber! — disse Sami. Agora ela podia detectar um tom de ofensa na voz dele, ou talvez estivesse imaginando. — Eles estavam lá na sala de estar com os outros — ele disse. — Zee estava na sala de jantar fazendo alguma coisa de último minuto. Eu estava pegando gelo na cozinha. Então Zee entrou na cozinha e disse: "Para onde foram os Donaldson? Eles sumiram", ela disse: "Todos eles! Eu fui chamar as pessoas para a mesa e estava só *minha* família, não a deles. Eu perguntei onde eles estavam e todos disseram, Ah! Eles não estavam lá com você? Mas eles não estão em lugar nenhum", ela me disse. "Eles foram embora!"

— Bem, será... será que alguém disse alguma coisa que os ofendeu, você acha?

— Não que alguém saiba. E o que poderia ser, de qualquer forma? — disse Sami.

Maryam sentiu seus lábios começarem a se contrair.

— Talvez eles tenham ficado chateados quando souberam que vocês iam servir sushi — ela disse.

— Isto não tem graça, mamãe — disse Sami. — Você acha que eles sentiram que era gente demais? Tem uma quantidade incrível de Hakimi aqui este ano, tenho que admitir.

Foi só então que Maryam reparou no ruído de farsi ao fundo.

— Bom, não acredito que algo pequeno como isso tenha perturbado os Donaldson — disse ela. — Ah, espero que não tenha sido alguma problema com Bitsy... que ela tenha começado a se sentir mal.

— Ziba está daquele jeito, como você pode imaginar — ele disse. — Ela ligou para eles imediatamente, mas ninguém atendeu. Eles podem estar se *recusando* a atender; isto é o que a preocupa. Mas, se foi por Bitsy; se ela teve que ir para alguma emergência... Mas de qualquer maneira, mamãe, você pode vir agora. Só estamos nós e os Hakimi. Ziba se sentiu mesmo mal quando viu que você não ia aparecer.

— Ah, Sami, eu nunca pensei em não ir! Já vou, imediatamente. Estarei aí já, já.

Ela recolocou o receptor no gancho, mas o som da festa parecia grudado em seus ouvidos — o tilintar dos copos e as vozes estrondosas dos homens Hakimi, a bela redondeza das vogais em farsi.

Ela se levantou, tirou a blusa e a calça comprida, levantou o vestido de linho preto da cadeira e o passou pela cabeça. Ainda subindo o zíper do lado, enfiou os pés nos sapatos. Foi até a penteadeira atrás da escova, passando pela janela aberta, onde aconteceu de ver Brad Donaldson na sua calçada da frente.

Ele estava carregando Xiu-Mei nos braços, e usava seu traje normal de verão com camiseta esticada e enormes bermudas amassadas, os joelhos suavemente redondos como os de uma criança. Ele estava olhando para a casa, mas só parado. Pela direção de seu olhar, Maryam compreendeu que devia estar olhando para alguém na varanda. "Não toque ainda a campainha", ele disse claramente. "Espere pelos outros." Parecia tão perto que Maryam deu um passo automático para trás, embora tivesse quase certeza de que não podia ser vista.

Então um carro se aproximou, o carro de Dave, e parou atrás do carro dos Donaldson, bem em frente a sua casa. Dois outros carros estacionaram atrás. O primeiro pertencia a Abe — seu Volvo vermelho. O segundo, um sedã cinza, era tão genérico que só quando Laura saiu do lado do carona Maryam teve certeza de que era de Mac. "Ela está aí?", Laura perguntou.

— Estou esperando até todo mundo chegar aqui — Bitsy respondeu em voz baixa e foi assim que Maryam soube que era Bitsy em sua varanda.

Os dois carros que estacionaram atrás do de Dave cuspiram adultos e adolescentes para fora. Maryam teve uma impressão borrada de cabelo descorado pelo sol e vestidos leves de verão e o brilho de pulseiras e braceletes. Jeannine estava falando para uma de suas meninas — era difícil ver qual — para jogar fora o chiclete. Xiu-Mei estava pedindo a Brad para descer, mas ele não ouvia. Ele agora tinha se virado para o carro de Dave, e gradualmente todos eles se viraram, um a um, quando chegaram perto de Brad.

Brad chamou: "Dave?"

E Mac falou: "Vem, papai?"

A porta do carro de Dave se abriu devagar e ele saiu lentamente. Fechou a porta com um clique solto. Curvou-se para tirar alguma coisa de uma perna da calça. Endireitou-se e olhou para os outros.

— Tudo bem, vou tocar — Bitsy disse, e Maryam escutou a campainha.

Mas ela apenas ficou ali, parada.

A campainha tocou outra vez. Um segundo depois, a aldrava de latão bateu.

Bitsy chamou: "Maryam?"

Dave agora estava vindo devagar pela calçada, e o grupo em frente da casa se espalhou para deixá-lo passar. Desse ângulo, ele parecia mais velho. Uma mancha de cabelo mais fino podia ser vista no alto de sua cabeça.

— Chame-a, papai — disse Bitsy.

Ele parou e ergueu os ombros. Disse: "Maryam."

Maryam não respondeu.

Lá em baixo, a aldrava batia com estardalhaço. Por um momento parecia que Bitsy de alguma forma tinha conseguido entrar.

— Somos nós! — gritou Bitsy. — Somos todos nós! Maryam, você está aí? Por favor, abra a porta. Viemos buscá-la para a festa. Não podemos fazer a festa sem você. Precisamos de você! Deixe-nos entrar, Maryam.

No silêncio que se seguiu, o "Vite! Vite!" do superansioso cardinal cortou o ar sobre todas as cabeças.

— Ela não está em casa — uma vozinha disse com tristeza, a primeira indicação para Maryam de que Jin-Ho devia estar na varanda com sua mãe.

Os outros estavam murmurando e discutindo. "Talvez...", disse alguém.

E "Veja se..."

Então, Mac ou Abe disse alguma coisa decisiva que Maryam não conseguiu entender, e ela se inclinou mais para a janela e viu uma espécie de movimento de mudança de posição no grupo abaixo — primeiro uma pessoa e depois a outra se virando, hesitando, e então se preparando para ir embora. Brad já não estava carregando Xiu-Mei, que agora ia em direção a Dave. Quando ela chegou até ele, pegou sua mão e ele olhou para ela por um segundo, como se tentasse se lembrar de quem ela era antes de, ele também, se virar e começar a caminhar em direção à rua. Polly e Bridget estavam com Jin-Ho entre elas. Deirdre girava uma bolsinha na correia de fita rosa enquanto seguia.

E então, depois de todos, foi Bitsy, chegando ao lado de Brad e pegando em seu braço. Tão fraca, ela parecia! Estava se encostando nele para se apoiar, e o lenço de cabeça bem apertado dava a seu crânio uma aparência encolhida.

Maryam pensou na confiança de Bitsy, nas suas sinceras e fabricadas "tradições", que pareciam corajosas agora e não tolas.

A súbita torção que sentiu em seu coração a fez se perguntar se era Bitsy que ela amava. Ou talvez todos eles.

Virou-se da janela. Saiu do quarto. Cruzou o saguão. Quando chegou à escada, estava correndo. Desceu correndo a escada: correu até a porta. Saiu correndo da casa, gritando, "Parem!"

— Parem! — ela gritou. — Não vão embora! Esperem por mim! — ela gritou.

Eles pararam. Eles se viraram. Olharam para ela e começaram a sorrir, e esperaram que ela se unisse a eles.

Este livro foi composto na tipologia
Electra LH Regular, em corpo 11/17, e impresso
em papel off-white 80g/m² no Sistema Cameron
da Divisão Gráfica da Distribuidora Record.